流水

葛水平 著

浙江教育出版社·杭州

新时代 新作品——当代文学名家中短篇小说集

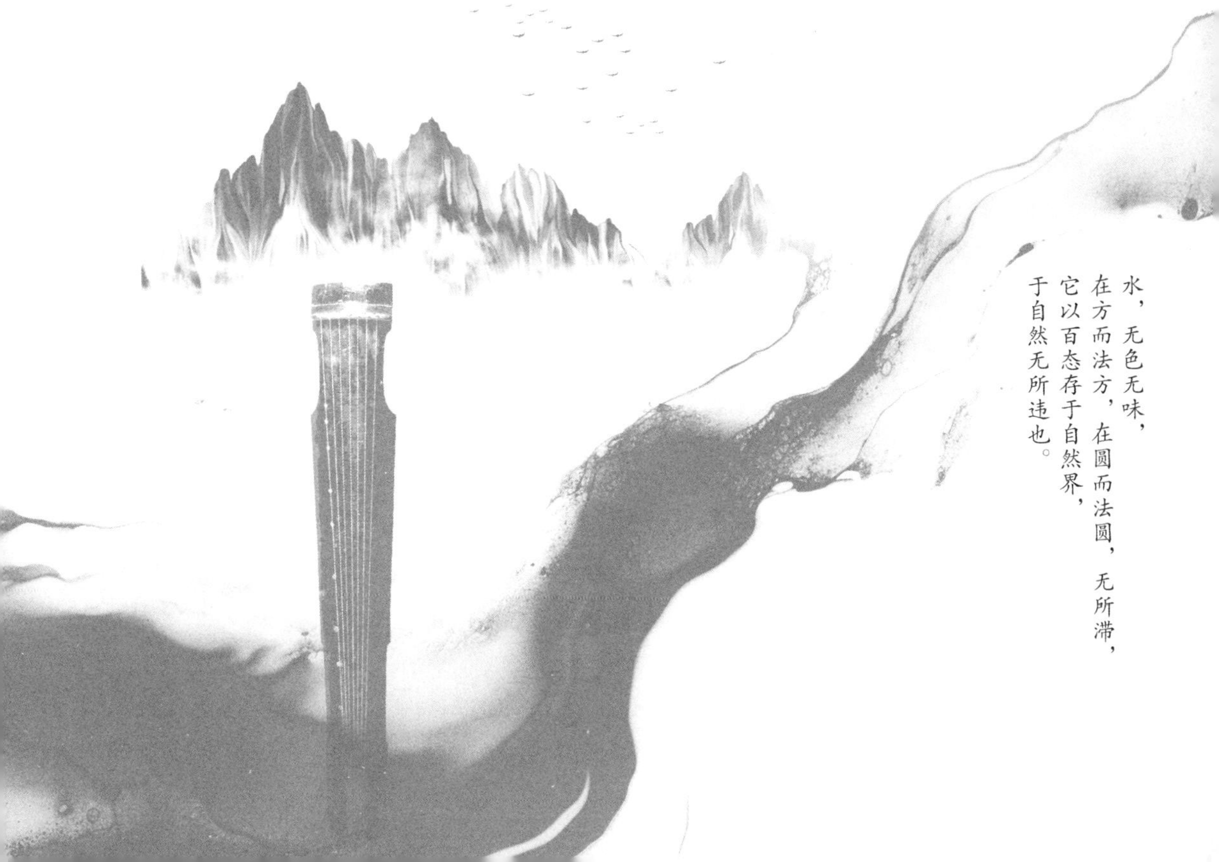

水，无色无味，
在方而法方，在圆而法圆，无所滞，
它以百态存于自然界，
于自然无所违也。

序　言

流水不争先

现在的我，努力更好、更多地守着自己，做一些自己喜欢的事情，更注重日常生活，如果还写一些文字，那是我在生活之余走神。

窗前的柿子树，去年冬日留在树梢的柿子被喜鹊和灰麻雀啄食得只剩下一层薄薄空壳，风儿吹过，鸟儿荡走。仿佛是一夜之间，我发现树的枝条的皮层隐约泛出了青绿，春天要来了，一些泥土下的端倪蠢蠢欲动，我记忆中和春天密切联系在一起的，依旧是故乡。时节在催促勤快的劳动者走入田间，把去冬挑入地里的肥料撒散开，阳光下泥土萌生的气息，让一双双张望的眼睛得到了慰藉。每一个人、每一种植物因为春潜藏了身体内部的安睡，一切便开始动情动念，春天便也有了灵性的张扬。

不知不觉中，岁月又过老了一代人。就在不久前，我和朋友在一个叫“天街小雨”的茶馆聊天，其中有一位携了古琴，有友以纸笔相问相答，兴致不减，直到凌晨。琴声响起，我们对着喧嚣的世界闭上眼睛，以便看到尘世以外的无限事物。

琴声召唤了春雪，一时间静夜便有了苍茫高古，饶有禅道的意趣。

是夜，春雪、古琴、白毫银针，不敢玩赖，诚实是主题。

岁月漫长而缺少确切意义，落雪声在静夜听来尤为峻切。

除去岁月的递减，在尘世中我的另一种表达方式即是笔墨，“黑墨团中天地宽”，也是我于人世间最后栖身之处的意义。

等待了一冬的雪终于来了，一场雪过后，我在空旷的山道上行走，天气已经不像深冬时那样寒冷，尽管还刮着风，那风的气息却已带着极其温润的暖意。坐在坡地上小憩的工夫，我想着怎么写《流水》的序言，这部小说集几经辗转落住在浙江教育出版社，疫情后的这个冬天让我有了“早来到”的春天的喜悦。

《流水》，它与一张古琴有关。古曲《流水》忘我无我，澄澈明净，并以不可模拟的特质卓然独立于世；在这个高度上，有高超的韵律绝尘而去，余音袅袅——那是绝唱，是彻底摆脱了平庸的心灵向着至善至美的大境界守护的绝响。

我想起那一年在青岛，遇见曹安娜，寂寞到需要弹琴的女子，冬日的萧条很适合我们的气质。原本商量好是要去崂山深处拜见一位出家人，约定出发时突然阴云四合，山风卷着雪渣袭来，看着雪花骤然密集，崂山的顶部完全隐去，似乎是天气在故意捉弄我们，又似乎冥冥之中有一种无声的启示。她说，如果无法进山，我们总该做点什么。我想起青岛有人收藏了一张断琴，很古远，便问她要不要去拜见。

曹安娜用眼神示意，我一下就被一种刨根问底的急迫心情扼住了。有温暖的东西在心里膨胀开来，仿佛颓败的美好越来越大地泝洄开去。

青岛的云是有经纬的，天边光线一下子穿透云层射到大地上，如见光明。走，真是一个优美的词，对于外乡人，城市的陌生中总会遇见惺惺相惜的共同爱好者。

当我在黄昏时看见那一张琴时，我僵立在那里，好似面对一首尘封千年的禅偈。

一曲《流水》，深情而邈远，有多少语言难以说出的情思藏在岁月深处。一张旧琴，仿佛没有重逢过，琴馆的小先生坐在琴前弹一曲《流水》，已经感觉不到琴有断口。我的心一直提着，生命如逝水般冷寂，感官是半开半闭的。我想，拥有此琴的人，一定是以前的有产者，或许与豪华无缘，但和贫穷也不相关联。

琴声是一条条思绪的入口，通向那些不事张扬的旧影，因此，我想起了清人陈卓画《携琴访友图》。在陈卓所有遗留在人间的画作中，他所画人物线条和山石用笔更接近于南宋的院派风格。

由宋人的“瘦”想到此刻的冬天，一个寂寞的人携琴踏雪而去，悦己而后悦人，有琴在，话是人世间最多余的语言。

谁是古琴的“领袖”？《列子·汤问》载：“伯牙善鼓琴，钟子期善听。伯牙鼓琴，志在高山。钟子期曰：‘善哉！峨峨兮若泰山！’志在流水，钟子期曰：‘善哉！洋洋兮若江河！’伯牙所念，钟子期必得之。”作为追记的传说，可不必尽信，却可看出琴在友情中的力。

当米兰·昆德拉被人们形容为“为当代的小说立法”时，他对小说在当代的合法性与可能性提出了质疑，认为小说的形式不会消失，但小说的精神可能慢慢地流失。这是一个问题，犹如当下人们对古琴的理解，许多人在学，甚至在表演，那么，古琴是什么“东西”？

听古曲《流水》，听水石相撞、旋涡急转，短小的泛音让我联想到流水一路碰撞、自由流淌，继而汇流成河，体会其中的那份不同寻常的欢跃和释然。滚拂的再度使用，强调了流水的特征，生动描绘了流水由动转静，从穿越急流险滩到自由流淌，气氛由紧张过渡到安稳，人的神情也随之放松下来，油然生出春光明媚。

对于写作，乡村是我的唯一主题，若不如此，我可能会对未来更加茫然而不自知。

葛水平

目　录

流　水

一

75岁的赵城时带着一张宋朝古琴“春雷”从江西前来。

一张断琴。

弦断四十年。

赵城时对于四十年前的那个决定似乎已无情绪，或许是叫岁月被动地默然了，只剩下一个心愿，把琴安放在此处，垂老无神的双眼就该坦然地对这个世界合上了。

一路上他很奇怪，觉得自己很陌生。他和杜抗生老到这般火候，人际关系却出现奇迹般的和解，大概真是上天的旨意，无论人情还是地理。过去时时再现，要他明白，要他醒悟，往事似乎已经烙进了记忆里。

对古琴藏家来说，视琴如命，远远胜过珠宝金银的说法是毫不夸张的。赵城时所藏的“春雷”，桐面梓底周身漆黑，光泽鉴人，腹款“皇明宗室云和道人亲造”，蛇腹断纹清晰精美。

老友见面，分外眼热。

杜抗生第一句说：“你像混蛋一样老得让我认不出了。”

两双暮气沉沉、土气盎然的眼，互相打量着。一切都败给了岁月。

杜抗生接过旅行箱，赵城时连回敬对方的一句话也想不出。

赵城时重重拍了一下杜抗生的肩膀，说："笑到最后的还是你。"

两个人的心里有一股热从胸口泛到鼻腔，鼻头酸了一下。

杜抗生从卧室里取出一块绿色金丝绒台布铺在工作台上，打开了四十年没有打开的旅行箱，古琴被轻放在台布上。

赵城时看着杜抗生做这件事。两位七十多岁的老人，最明显的标记就不要说头发稀少、两鬓斑白，两眼浑浊总是散发出逃不掉的泪光，泪却没有掉下来。再看古琴，杜抗生觉得自己由一个爱情的殉难者变成沧桑的承受者和虚空的观察者。他感觉到了时间如何消失，又如何被光吮吸，此刻他理解了长歌何以当哭。

二

杜抗生的父亲——"中国大百科全书之父"杜玉明，这位中国的"狄德罗"以高尚的品德、辉煌的业绩，在世人心中筑就了一座永不消逝的丰碑，也给后人留下了难以磨灭的印象。他的第一个儿子于1937年11月出生于日军炮轰上海的战火中，当时已开展地下工作多年的杜玉明寄志抗日，给儿子取名"抗生"。

在杜抗生童年的记忆里，父亲总是很忙，每次见父亲和人聊天，他发现父亲的知识面十分广，尤其对中华传统文化的理解很深，还通晓外国文学和现代文艺。那时，正值全面抗日战争时期，上海已经沦为孤岛，杜玉明在中共上海地下党内主要负责文化战线工作，最主要的工作是在看京剧、越剧、电影、话剧，听音乐或欣赏美术作品中完成的，打掩护的人是杜玉明的妻子和杜抗生。年幼的杜抗生经常牵着母亲的手跟着父亲去看戏、听音乐会，那些古典音乐、戏剧给年幼的他莫大的滋养。

大约是1955年的一个冬日午后。杜抗生由父亲带着去往五马路中国乐器店。儿子十几岁了，该学一门手艺了。店掌柜形容枯槁，眼睛里有着杜抗生见过的最冷漠的目光，如同死尸。看着走进店铺的父子俩，店掌柜没有多余的话，眼睛中没有一点光亮，机械地拿出他的乐器一一摆放在柜台上。杜玉明要儿子在众多的乐器中挑选一件自己喜欢的乐器。柜台上放着琵琶、二胡、京胡、萧和笛子等，店掌柜似乎是用自己最后的力气弹拨和吹奏了各种乐器，杜抗生最后在惊恐中选择了琵琶。

父子俩付完钱正要离开乐器店，身后的店掌柜说话了："还有一张古琴，叫'春雷'，你收了吧。"杜玉明一时没有明白。店掌柜说："我快死了，也许就在明天，你若喜欢就拿去，可再救我一日。"

父亲不容杜抗生停下脚步，用力拽着他走。走出门，父子俩长长出了一口气，门让父子俩得以喘息，得以逃脱。杜抗生第一次感受到了内心的逃亡，也第一次感受到了眼睛的重要——店掌柜那双眼睛溢满了死亡气息。

杜抗生说："他真的快死了，或许买了古琴可以救他一日。"

杜玉明没有回头张望，也没有停留，寒风袭来，背上的乐器发出细碎的响声。

杜玉明说："这个世界，只有一条路，换多少鞋子走的还是那条路。对他来说，多一日少一日，终点都是一样。"

杜抗生不明白父亲的话，但是，他知道乐器店的掌柜快死了。那眼睛很像死鱼眼，无声，似乎转瞬即逝。杜玉明停下脚步，儿子看见的一切是对的。店掌柜吸毒，已经病入膏肓，死亡也许就是瞬间的事情。

一个星期天下午，杜玉明领着杜抗生到民乐大家卫三乐先生的府上。杜玉明想让儿子拜卫三乐为师，卫先生是琵琶大家，儿子既然要学艺就得找一位好老师。跟着卫先生学艺的人有很多，包括他的女儿卫央，一个骄傲的小公主。

在学习琵琶的过程中，杜抗生发现卫先生的最爱并不是琵琶，而是中国文人四艺——“琴棋书画”之首的古琴。不论到哪教学或演出，无论演奏什么，他都是古琴不离身。每逢排练完毕，卫先生就会在众弟子的邀请下演奏一曲，指随心动，有一种内心的狂野出逃之感。

一曲终了，被留在空虚边缘的学生散开，走在回家的路上，脚板竟无一点印迹可寻，甚至有学生对卫先生说：“听罢先生的古琴弹奏真想自焚重生。”

这个学生不是杜抗生，而是一个叫赵城时的青年，他也学琵琶。

赵城时的父亲是生意人，上海只是他的寄居地、生意场，衣锦还乡是生意人的梦想。

赵城时把自己的感受说给卫先生听，卫先生的解释是：“弹琵琶是表演给别人听的，是演艺；而弹古琴是给自己听的，是养性。”

杜抗生第一次知道了古琴是涵养性灵的妙器。他的脑海里浮现出乐器店掌柜的眼睛，还有那张叫“春雷”的古琴。过了几天，他把这个消息透露给赵城时。杜抗生不知道这个消息对赵城时来说简直就是及时雨。赵城时愣在那里，而后便是死一般的寂静，赵城时相信命运从来都是眷顾有钱人的。

赵城时撇下杜抗生往家走，他迫不及待地要见到自己的父亲。

见父亲的原因很简单，杜抗生的一番话勾起了赵城时沉淀在心灵深处的记忆。他很激动，甚至下意识掐了掐大腿，明明有痛的感觉，那就是说，不是在做梦！

他想起父亲说过：“在上海，钱一定要和文化沾边。”

赵城时跟卫先生学琵琶，主要是因为卫先生的女儿卫央。虽然赵家有钱，但是钱进不了卫先生眼里，他的眼睛里放着一张古琴，是那种真正的“古”。有一次在饭局上，赵城时的父亲流露出想和卫先生做儿女亲家的想法，卫先生对赵城时的父亲说：“你若拿一张宋代的古琴做聘礼，我家卫央就是你们赵家人。”

赵城时急匆匆地和父亲往乐器店走，乐器店的门挂着锁。旁边的店家说，有几日不见开门了。

又一个冬日的午后，杜抗生抱着琵琶在卫先生的院子里徘徊，说不上是为什么事徘徊。他正是驮着思考和梦想的年龄，未来很遥远，遥远到想想都可笑。因为学艺，他很久没有去剧场看演出了，剧场里光明和黑暗分开的那一瞬，总是暗藏着什么。

人生是不是就暗藏着一分为二？比如那些演员，一半在台上，一半在台下。年轻的演员嘴上无毛，年老的演员胡须好长。剧场，真是让人落入圈套的地方啊，跟着哭泣，跟着欢笑。所有的人情像风暴一样，一半左，一半右，随着曲终人也星散。

杜抗生的手里有三张戏票，他想不出喊谁去看，三张，三个人。

这时候，杜抗生看见卫央走过来。她怀里抱着图书，学生装，阴丹士林蓝上衣，黑裙子，两条黑漆漆的辫子青蛇一样地悬在胸前。卫央的眼睛不大，两道柳叶眉很黑，白净的脸上，有一股沉静，远远的就溢着笑容轻盈地走过来。

冬日的暖阳虽然温暖着杜抗生，但是，突然间他觉得寒风凄冷，急不可耐地跺起了双脚。大概是他跺脚的样子很滑稽，走过去的卫央回转身笑了一下。杜抗生也笑了一下。

笑是上天的一道旨意。

卫央停下脚步从杜抗生手里接过琵琶，坐到旁边的过厅椅子上。

卫央弹拨琵琶时用了绞弦、大幅度推拉和轮指等手法奏出战马嘶鸣、刀光剑影、战士浴血厮杀的战争场面。这样一个外表沉静的女子，竟然用如此激烈的情绪去碰触丝弦。

杜抗生惊讶得张大了嘴。卫先生的这个女儿似乎是上教会学校，平时很少见到，一见便让内心深处的自己产生无法触及的惶恐，怕失去什么似的不敢上前说话。

卫央弹罢曲子，手托琵琶递给杜抗生，嫣然一笑后便走了。

身后的人心潮起伏，以后还会遇见她吗？他看着她走到无影了，便抬头望望天空，心，如那苍白的天空，那里掩藏了不知多少鸟儿飞过的痕迹。

杜抗生往前跑了几步，脚跟的震动，使得架在鼻梁上的眼镜像一只休眠的虫一般动弹了一下。摘下眼镜拎在手里，继续跑，兜里有三张戏票，有一张一定要交到卫央手里。

听到身后传来的脚步声，卫央停下来，回头，看见是杜抗生，有些惊讶。

那么近，心潮起伏不定，杜抗生手里捏着戏票，忽然想到，假如人家拒绝呢？送给百分之百不会拒绝的人，喜欢看戏的人才对。一时间，他对自己都陌生了。

看着脸红且有话想说的杜抗生，卫央说：“你还有事吗？”

杜抗生把手里的戏票捏得紧紧的，潮热的气息条件反射般投射到脸颊上，红着脸说：“你的琵琶弹得真是好。”

卫央莞尔一笑，说：“你也可以弹得很好呀，相信自己就会有好的结果。”

杜抗生说：“你以后可否指导我弹琵琶？”

卫央笑了，说："我们有一个共同的师傅，难道学徒比师傅还要强?"

杜抗生不知道该说什么，对方的话让自己很难应答。

卫央等不来回答，再一次笑了一下就骄傲地转身走了。

杜抗生闭紧了嘴，整副神经交给风照管。很无趣，很懊恼，对自己的行为很不屑。五官似被冻住了，脸上什么表情也没有。

怀抱琵琶走在大街上，听见有人喊他，他停下脚步张望，迎面走来的是同学赵城时。皮肤黝黑的赵城时踩着马路牙子，迅速快走几步跳到他面前来。

街道两侧楼群林立，一群麻雀起起落落，在寒风吹皱的天空希望渺茫地寻找人间吃食。

杜抗生觉得刚才有一段切入自己生活的内容，马上就空了，如同飞走的麻雀，没有痕迹，却隐约感觉，心被什么轻轻地抽了一鞭。杜抗生掏出戏票顺手撕了两张递给赵城时，让他晚上随便喊一个人去看戏。

三

上海金城大戏院也叫黄浦剧场，上海人习惯喊它金城大戏院。戏院观众厅设一千七百八十座。戏院今夜演出的是《孟丽君》。杜抗生先到了戏院，透过幕布缝看到有演员在走台步。他们眉毛勾到鬓角，眼角吊到眉梢，脸涂红，腰缠细，说话时抑扬顿挫。一方舞台把现代人拼命想缩小的生活夸张得很大，呵出来的音又细又长。

观众陆续走到自己的座位上，他们仰着脸左顾右盼。能感觉到许多双眼睛在寻找什么，充满了含蓄隐晦的期待。在戏院里，所有说话打招呼的人都受到了某种暗示和鼓励似的，真是看客的心理。尤其那些穿着高跟鞋的女人，外面披着大衣，在人群中她们很自然地脱掉外套，灯光下裸露出来的胳膊和腿都好像面团一样，包括脸蛋在内到处都肉嘟嘟的。每一张脸上弯弯画两道千篇一律的细眉毛，感觉十分不自然。至于头发，一定是烫成卷的，然后戴个发卡什么的，把光光的额头亮出来。就算有刘海，也像是发际线内的一排毛刷。

杜抗生绕着戏院踱了一圈，回到自己的座位上，看到座位左边空着——赵城时还没有到。

杜抗生老早就看过周璇、舒适主演的电影《孟丽君》，这一次看戏等于重温这部电影，来一个戏剧和电影的比较。电影和戏剧同样讲述了元代才女孟丽君的故事。她为救被陷害的未婚夫皇甫少华，女扮男装，上京赴考，得中状元，屡建奇勋，十八封相。有一天，元成宗识破孟丽君是女子后想纳其为后宫妃子，孟丽君宁死不从。最后，她在太后的帮助下救忠除奸，与皇甫少华终成佳眷。

戏是老套故事，把不可能发生的故事变为可能。电影中的孟丽君让杜抗生心动，将来找对象就找周璇这样的女子。可这样不普通的女子不是满世界都有啊。

铃声过后，戏要开始了，左边的座位还是空空的。

杜抗生突然觉得不应该送给赵城时那两张票，浪费了，一个商人的儿子充其量也就是附庸风雅一下，不会认真来看，还不如喊自己的两个妹妹来看。戏剧开播约二十分钟时，赵城时带着卫央携着一股冷风弯腰躲过顶棚的光柱坐到位置上。

杜抗生惊讶得咧开嘴笑，算是回应，扭头盯着舞台时心里却泛起一股酸。一个商人的儿子，还在母亲腹中待产的时候父亲又娶了小，跟着脾气暴躁的父亲长大，生命也曾充满了愁苦和挣扎。他居然能够请了卫央来看戏，最初的送票人是自己啊，怎么就易手了呢？

这一场戏看得杜抗生心里七上八下，身子几乎没有动过。舞台中的唱腔把他的部分思绪碎成一小段一小段，他甚至害怕自己某一个动作过了头引起对方的不适。也许是自己太拘谨了，旁边的赵城时反倒不时扭头和卫央相视而笑。

真是没有什么可以缓解杜抗生精神的高度紧张。

时间过得如此漫长，以至于幕布合上，戏结束了，他依然有好几分钟习惯性地保持着贴在座位上。

赵城时说："走啊，难道你也入戏了吗？"

杜抗生不好意思地盯着卫央笑了一下，站起身跟随所有人的脚步向前移动。豁亮的光就像把一个人内心的不安晒了出来似的，人与人紧挨着的黑暗与光明的交界处，他看到赵城时拉着卫央的手，一只黑手拉着一只白手，白手白得十分耀眼，黑手看起来很脏。

走出戏院，街道上的冷风吹过来，杜抗生看到一个肥胖的中年人。中年人个子不高，颧骨明显，黑肤，走路急速，戴着一顶礼帽，杜抗生看不懂对方眼神里的意思。他穿着呢子大衣，在大衣领口下的第三颗扣眼上搭挂着一条发亮的怀表链。他是赵城时的父亲，开着车来接儿子和儿子的女同学。他张口说话时一口黄牙，招呼赵城时跟着他走。赵城时要杜抗生一起走，杜抗生推托有事要他们先走。

家中有洋车的人不多，有洋车也是一种身份的体现。

卫央决定和杜抗生留下来一起走，赵城时说："夜的上海寒风吹来更容易感冒，你父亲还等着我们回去呢。"

卫央不好解释什么，回头给了杜抗生一个歉意的微笑，羞涩地和他招招手钻进轿车，车身抖动了几下，车轮转动，一溜烟走了。

杜抗生走在大街上，或许是不自觉，他走到了五马路中国乐器店。乐器店关了门，门两边贴着一副白联，上联写：千里之外菊花台桃花朵朵开；下联写：十面埋伏黄金甲秋天不回来。

乐器店的掌柜果然死了。

驻足期间大门开了一条小缝，一身白衣裙装的女子怀抱一张古琴，看见杜抗生便说："你买了这张古琴吧，它叫'春雷'。我需要钱埋葬我的父亲，我父亲借下了好多债，我得还。这张古琴明天就易手了，我以前见过你，你父亲买得起。"

女子说罢轻坐在乐器店的门槛上，古琴放在双膝上，女子开始弹拨。泛音的轻灵清越，散音的沉着浑厚，按音的或舒缓或激越或凝重，在不知不觉中浸润着人的心田，但一切又似乎是淡淡的，可是它会停在那里，不时地从心里浮上来，回旋，飘散。当然，它也有汹涌澎湃之时。

这是《流水》中七十二滚拂营造出"无边落木萧萧下，不尽长江滚滚来"之境。

杜抗生想起了老师卫三乐，心情莫名其妙开始激荡。

静夜的街头，琴声是死亡的阴影下轻吟着的春曲。还有什么更能表达一个女儿对父亲最有意义的追悼呢？这个女子的血液里一定奔流着人世间的真情，尽管她父亲死得并不光彩。

杜抗生说："我现在没有带钱，明天一早会带着钱来。一早，早在其他人之前。"

月光下"春雷"漆色奇古，断纹，琴声润透清丽洪亮。杜抗生伸手轻抚琴身，真是叫人爱不释手啊。再看女子的脸，月影下洁净而又恣肆，眼睛里有泪水充盈其中，不禁令人心有戚戚。"乐与时去，悲亦系之"，一个习琴女子，好端端的因了父亲活着时的好恶，人生起伏急转，兴尽悲来。

杜抗生不忍多看，急速转身离去。

一早，阳光有些浑浊，杜抗生因为起迟了，又因为昨晚回家晚没有来得及和父亲商量买琴的事，急忙起床洗漱去见父亲，父亲却已经出门，他又去见母亲。母亲听了他的叙述，认为学琵琶的人怎么好再学古琴，执意不许他买。

杜抗生往乐器店走，快速的脚步有些凌乱。边走边想着昨夜的情景，月影下的女子，可能比他要大几岁，说不上好看，因为古琴有了几分高雅的气质。气质的养成需要环境，但归根到底是与琴的品性连在一起的。

杜抗生突然迫切想得到那张“春雷”，那么景慕，甚至觉得自己的情感中带着露珠一般晶莹的向往。

就要走到乐器店了，没有带钱的人想得到一张琴，说来是一个笑话，但是，他坚信自己能够得到。

乐器店外搭了灵棚，守灵的人中没有那个女子。

杜抗生跑上前和看上去有些身份并主管丧葬事情的人说：“我是来买‘春雷’古琴的。”

那个人说：“已经被人买走了。”

杜抗生问：“什么人买走了？”

那个人说：“月娴的丈夫。”

杜抗生迟疑了，嘟囔了一句：“她叫月娴？”

那个人说：“她的丈夫姓赵，江西商人。就在今天早上，他带着月娴和琴一起走了，赵商人留下钱埋葬月娴的父亲，人琴双得。”

杜抗生哭了，号啕大哭。没有人认为他在哭一张破琴，更多人认为他在哭死去的乐器店掌柜。

杜抗生走在南京路上。满大街行走的女人，穿着像样一点的，她们的生活重心是社交和爱情，一个个像一株株向着热闹开放的向阳花，需要外界不停地滋养和浇灌，不然，便径自萎谢了。女人在追求爱情与关注的路上，真是有点儿神经质和任性，她们的偏激和膨胀的自恋，以及不计后果的行事方式常常让她们陷入困境。但是，这些女人是没有气质的，气质是由一些爱好生成的，一个女人如果没有在某些审美趣味上的与众不同，就是十分庸常的。

他看着女人们，和卫央、和月娴比较。

那么，谁有能力买走“春雷”并带走了月娴？

四

春，或许很短暂，没有来得及感受春风徐徐的畅快，夏就来了。

20岁的卫央和23岁的赵城时要在夏天订婚，订婚仪式在卫先生的院子里举行，也算是卫先生的一次雅集。

清幽的院子里开着三角梅，白色、粉红色的三角梅扯出很长的枝蔓，有些招摇。院子里的雅集虽不如在山林中那样让人畅叙“幽情”，但让人在敞亮的世间觞咏“幽情”，无疑更富有个人化的寓意，也就更能让人动容。卫先生的雅集为了女儿卫央而设，虽然看上去很松散，但程序中有一种神秘感。

卫先生身穿青衫长袍，仙风道骨，眉宇间带着祥和与安谧，小心翼翼地怀抱一张古琴，环视所有宾客，有一种发自内心的微笑溢在脸上。而他的女儿卫央脱掉学生服穿着碎花旗袍，也许是受西方短裙影响，旗袍衣长缩短，袖口也相应缩小，显得更合身。

旗袍将卫央展露得千娇百媚、楚楚动人。

江南女子的雅致，大都会小姐的精巧，繁华下的世故聪慧，上海女人的丽质和旗袍的温婉柔美完全融于一体。她像一棵枝蔓清晰的白桦，从不轻易发散无谓的枝丫。她又像一株绚烂的郁金香，纵然光彩照人，却不争抢别人的光华。也许人世间那么多华丽的烦恼和奢侈的忧伤，都不会降临到她头上，因为感性和理性自带化解功能，这真是难能可贵的两全。

赵城时仰着黝黑憨厚的面孔站在学生中间，虽然没有和卫央站在一起，脸上却明显有一副高人一等的表情。杜抗生或许是妒忌的，怎么能不妒忌呢？卫央是谁，那可是民乐大师卫三乐的女儿，士大夫情调家庭出身，多少权势窥觑已久，能和卫央订婚，一定是有超过常人的胆识和才气。对于赵城时，杜抗生从心底里是不屑一顾的，或是不服气。想着，若赵城时对卫央有任何负心行为，他的拳头可不是吃素的。

美人卫央啊，你喃语蜜意的那个人为什么不是杜抗生？

卫先生有点不舍得放下怀中的古琴，环视着他的学生，用洪亮的嗓门说："今天是小女卫央和学生赵城时的订婚日子，双方家长已经有过私下的仪式，但是，小女卫央订婚，是她人生从一个阶段到另一个阶段的续接。我请大家来参加小女的订婚仪式，是想让你们知道人的一生精神上的享受当跃居于物质奢华之上，你们每一个人都应该重在个性。个性，不是承老庄之学说，论说养生、才性，等等，是仪态、形象都朝着优雅徐缓的方向走。今天，我还要告诉我的学生们，从今天起，我将放弃教授琵琶，你们在我这里的学业期限已满，有想继续深造的可另觅良师，找有意教琵琶的老师延续你们的学业。从今天起，我本人只弹古琴，你们在雅集过后各自回家吧。当然了，想学古琴的学生可以继续留下。"

学生们不知道卫先生到底因为什么要如此说教。

卫先生说："同学们，看我手中的古琴，长约三尺六寸。古琴，最初只有五根弦，内合五行，金、木、水、火、土；外合五音，宫、商、角、徵、羽。不过，后来文王囚于羑里，思念其子伯邑考，加弦一根，是为文弦；武王讨伐昏庸的纣王，又加弦一根，是为武弦。因此，古琴也合称文武七弦琴。现在我用小女卫央订婚聘礼宋朝古琴‘春雷’弹奏一曲《流水》，以表得琴之激动和不再教学之歉疚。”

杜抗生惊讶得张大了嘴巴，月娴的宋琴“春雷”，原来落到了江西赵姓商人，也就是赵城时的父亲的手里。

商人，永远都在做买卖，算计着不亏本的生意。

自己恐怕这一生都要对月影无限眷恋，原因之一就是那一曲《流水》了。

一曲令人心驰神往的弹奏，屏息聆听：仿佛那是从洪荒深处传来的苍凉悠远的召唤，让杜抗生惊悚；又如缥缈轻曼的风，从前世吹来，轻轻地揉抚今生的心灵，熨帖着尘世间的浮幻。心灵深处久违的宁静和优雅，竟在这悠扬的琴声中复活了。沉醉其中，琴声戛然而止，就在余韵袅袅之际，苏轼的诗作涌上心头，杜抗生不禁大声朗诵起来：“蔼蔼春风细，琅琅环佩音。垂帘新燕语，沧海老龙吟！”

卫央看着杜抗生，发现青年的杜抗生，此刻脸颊上布满了泪水。

杜抗生的烦恼，不仅是关于琴的烦恼，更有对未来命运的烦恼。

卫先生弹奏完毕，学生们上前依次抚摸“春雷”，十二个金徽尚存（只缺第十三徽），断纹清晰。叩击板面，声音古朴松透，暗示它非一般等级。

卫先生翻过琴背，上面刻有两行阴文鎏金隶书楚辞体诗句：“岐山之桐，斫其形兮。冰雪之丝，宣其声兮。巍巍之魂，和性情兮。广寒之秋，万古流兮。”

文字镌刻十分俊美。

赵城时突然快走两步站到卫央身边，看着所有人笑着说：“各位同学，我在翻读琴书古籍时常留意有关‘春雷’的片言只语。时日不负我，终于探得它的身世。原是杭州玛瑙寺住持芳洲法师所藏的两张琴中的一张。元人张伯雨有《蕤宾铁琴诗（有序）》称：‘……芳洲法师所蓄琴，体制合古，篆铭特佳，近代所希有。因发其义，赋诗一章……’类似内容在《西湖志》上也有记载。而我所收藏的‘春雷’琴正符合了记载中‘体制合古’‘篆铭特佳’等特征。查悉芳洲法师为元初时人，那么‘春雷’琴当为宋琴无疑。”

一张宋琴换做了卫家的女婿。

杜抗生脑子一片茫然，茫然来自灵魂，不知道是走失还是迷路。他想起《诗经》第一篇《关雎》里的“窈窕淑女，琴瑟友之”，眼眶里再一次涌出了泪水。

这一切，卫央都看在眼中。所有的学生中唯独杜抗生的双眸流露出来的情感打动了她的心扉，有点寂寞，有点美好，阳光落在他的脸上，轮廓分明，头发有一点自然卷，很无望的样子，在人群中年少的他显得那么无助。

也许是怕自己失态，甚至没有和自己尊敬的卫先生道别，杜抗生急速离去的身影在同学中十分显眼。

他是故意的，可故意给谁看呢？

此时的黄浦江上，蒸腾的雾气滚扭在一起，白中透紫，紫中又泛青；真是像热恋中的情人的梦一般，此情此景，杜抗生不知道该向谁慷慨陈词。一种深深的针锥之痛扎在心里，难以拔除。眼前的城市、街道、楼房和人影，都显得诡秘莫测。

杜抗生认为自己是喜欢卫央的，爱比青春来得更早。他认为是商人的计谋占了上风，始终没有想过自己还是一个青年。自己给自己画了一块饼，虽然遂意，却不能充饥。他甚至觉得社会是一张网，自己无端陷入了命运的怪圈。

街道两边的法国梧桐，叶子葱郁而招摇，点缀在晴朗的高处，生命的活力与辉煌，都在这里汇集，城市以它春华秋实的正常时序，迎接着每一天的到来。看着远远近近的堤岸、零零星星的行人，许久之后，杜抗生的气息平和多了，这时候天空和江水有一种酣冥的醇芳，人世间的愤怒被江水流动消解了。

杜抗生想，既然老师不再教琵琶，自己这一生也不会再学琵琶。

五

1957年春天，风对于熟悉又陌生的大地来说是什么？是各种花朵的盛开，是季节的精神，是草根生命的绽放。20岁的杜抗生将要在这个春天离开上海了，是举家搬迁。因为父亲杜玉明将要调往北京文物管理所工作。全家人都在做搬家前的准备。杜抗生找了空隙去看望卫央。

此时的卫央已经是赵城时的妻子了。杜抗生看望卫央只能是去赵家。他在赵家门前徘徊了很久，想不出恰当的理由来，或许用“道别”才是最好的理由。

第一次走进赵城时的家门，穿过院落，一个穿了棕红色格子长裙的女人站在院子一角的阳光下，一头浓密蓬松的黑发，脸上的笑容像阳光一样明媚。

是月娴。岁月滋润得月娴少了月夜下的清秀。杜抗生站在月娴身边，他希望她能够认出他。月娴连正眼都没有看他。如果时间能停留在那个月夜该多好。

赵城时在屋门前朝杜抗生招手。

杜抗生迎上去指着远处的月娴说：“她是弹《流水》的月娴？”

赵城时说：“她是一个疯子，什么东西都不能在她手里，一在她手里就撕，她是个连钱也撕的疯子。”

是什么把一个女人变成了疯子？听赵城时这么说，想来那真是一个无力挽回的月夜啊。

杜抗生看见了卫央，她的鼻梁上居然架起了金丝眼镜。有道是“一只美眼一圈金”，正是此时女人赶时髦流行的装饰。卫央笑盈盈地走过来，杜抗生一下有点认不出来。有一股植物香型的味道袭来，仔细闻，是鸢尾滚珠香水的味道，和母亲用的香水味道一样。

卫央如一大束鸢尾花站立在赵城时身边。一身葱绿格子旗袍，眼波流转间沧桑湮灭，举手投足时岁月回溯，恍如青葱少女，岁月在她身上丝毫没有疲倦的痕迹，她只是比学生时期要有风韵，且处处透着优渥生活淬出来的精雅韵致，真是要做一辈子的美人了。

没有等说话，家中保姆抱过来两个哭叫的孩子，卫央伸出双手接住一个，想必是卫央的孩子，此时她脸上母爱泛滥。保姆正犹豫着另一个孩子该给谁，赵城时要保姆抱着去找那疯子。

疯子是月娴。

杜抗生惊讶得张大了嘴。

他似乎窥探到一个无法说清却讳莫如深的感情世界，卫央和月娴通过生育诞下的，一个是赵城时的儿子，一个是赵城时的兄弟。

幸福在脸上，难道生育让她们更幸福？他想不明白。

卫央抱着儿子亲了又亲，似乎该喂奶了，她抬头对着杜抗生笑了一下，算是打招呼告别，抱着孩子进了深处的卧室。

外面的月娴不知道因为什么，一副胆气十足的样子，她不抱孩子，裹紧了裙袍，瞪着眼睛要保姆走开。她踩在棕黄斑驳铺张了一地的法国梧桐叶子上，从地上拿起一个空木盆，用一根干柴敲着盆底“嘭嘭嘭”响，她开始收不住声地笑。她的笑很恐怖，一边笑着，一边还咿咿呀呀地唱。孩子在保姆的怀中也跟着笑。一个挑着扁筐装着水果的中年男人站在赵公馆门前吆喝。月娴跳起，飞一般地跑过去，此刻不知道从什么地方跑出两个彪形大汉，他们冲上前架着月娴往回走。

赵城时大声喊：“把她按在草地上，不听话就给她一个耳光。”

保姆已经把孩子抱走，地上放着一个筛子，里面似乎放着各种豆子。彪形大汉把月娴架到小凳子上，让她捡豆子。

杜抗生自言自语：“她果然是疯了？”

赵城时气喘吁吁跑回来说：“她和一个店伙计偷情让我父亲发现了。我父亲没有骂她，也没有打她，是尊严叫她疯了。”

杜抗生想，尊严可以叫人疯掉，那也是内心有尊严的人才可以啊。

杜抗生说：“我是来道别的，我父亲去北京工作，举家北上，以后就不回上海了。再回来怕也是物是人非。我来是和两位同学道别的，以后去北京有什么事尽管找我。等到了北京，落脚了，我会写信回来。”

赵城时说：“哦，这是好事呢，也许我们会回江西老家，这个社会不利于经商，也说不准会去北平，啊——是北京。”

见卫央没有出来，赵城时压低声音说：“我知道你喜欢卫央，也可能只是精神层面的喜欢，你们读书人家庭的子女性格都纠结。哈哈哈，我才是人生赢家。不过我还是要感谢你，如若没有‘春雷’，恐怕卫央父亲——我们的老师也不会把他女儿许配给我。我的岳父更是人世间的精神导师，精神层面的追求者，很容易做出出格事情来。可生活是生活，精神是精神，人性的真实就应该不断向生活妥协。”

杜抗生说：“不多说了，也许去了京城还会找到像‘春雷’那样的古琴。那时，我不会放弃。当然，我更希望能够遇见那些不热闹，却和自己有话说的朋友。再见了老同学，善待你的妻子，柴米油盐中出不了艺术家。”

此刻卫央抱着一张焦尾琴走出来，盘腿坐在地毯上，她说：“今日别去不知何年何月才能相见，我弹一曲送你北上，请抗生同学选一首喜欢听的曲子。”

杜抗生赶紧盘腿坐下，同学一场从没有听过卫央弹古琴，也是迫切想听，却也要很慎重地选曲。

杜抗生说：“唐朝白居易《清夜琴兴》所云：‘月出鸟栖尽，寂然坐空林。是时心境闲，可以弹素琴。清泠由木性，恬澹随人心。心积和平气，木应正始音。响馀群动息，曲罢秋夜深。正声感元化，天地清沉沉。’我哪里敢要求弹什么，只凭卫央同学随心所弹。”

赵城时听他这一番话，虽然没有任何情感泄露，但是自然听得明白，便说：“诗句是为表达思想情感而存在的，歌曲是配合语言的咏唱而形成的，乐器是依附于咏唱而演奏的，而音律的规范则是为了谐和乐器演奏的曲调。我建议你弹一曲《关山月》。”

卫央思忖了一下说：“我喜欢崔珏的《席间咏琴客》：‘七条弦上五音寒，此艺知音自古难。’”

在他们的对答中，一曲《流水》，从缓慢的散板、清澈的泛音到疾速的滚拂，一切开始回归生命的本真。

一层层上叠，一层层上推，推到悬崖边上猛地跃下，滚拂连续不断，江河翻倒。水，无色无味，在方而法方，在圆而法圆，无所滞，它以百态存于自然界，于自然无所违也。水至善至柔，包容万物而与世无争。

一曲《流水》弹毕，保姆抱着月娴的儿子进来说："少夫人，太太让你给小公子喂奶，那个女人依旧不让孩子吃奶。"

赵城时说："不吃就饿着他。"

喂养似乎是卫央乐意为之的事，她示意保姆抱孩子过来。卫央起身抱过月娴的孩子进入深处的卧室。

赵城时气急败坏说："赶快找奶妈，真该死，这叫什么事啊。"

杜抗生压着一腔情绪，低头告辞走出客厅门，走过月娴身边。他停下脚步，自言一句："生活对女人不公平。"又自问一句："生活是不是自古就这样啊？"

他回头再一次告别，发现卫央已站在屋檐下。他用足劲举了一下手，转身噙着泪离开。

就让自己停留在一种放弃里吧，在她认为最美好的时候安静退场，也许因此守护了一种美丽的永恒，一份唯一属于自己的美丽，也是在告别中完成了一次涅槃。

一路上杜抗生乱想着，脚步也显得凌乱。嗓门发颤发堵，有一种抒情诗般的相思，想把前前后后对卫央的认识回忆一遍，尤其想到了刚才的《流水》。第一段中大量滚拂的手法，水流裹石之声，形象地描绘出汪洋浩瀚、急湍奔流的气韵。第二、三段泛音点出山涧中小溪潺潺、瀑布飞溅的各种水声。第四、五段表现万壑之泉由细流出山汇入洪流，并渐有汹涌之势。自第六段起，水流汇入浩瀚汪洋，急流穿峡过滩，形成惊涛骇浪、奔腾难挡的气势，展示其不畏艰险、勇往直前的品格。第七、八段为高潮之后的余波，忽缓忽急，时放时收，渐渐平复。第九段以杳渺徐逝的气象终曲。

人间难得一知己。多少起起落落的复杂心情，杜抗生很准确地在讳莫如深的感情世界找到了自己想得到的。一阵风刮过来。喉咙吸进一股干涩的沙土，他迎风大吼一声，沙尘满嘴，他蹲在地上连咳带吐地号啕大哭了一场。

深切的孤独也许只能用哭来倾诉，最痛苦的离别，应该是诀别，自己的顾自多情，全不由己，于是，他要收藏于心。

六

火车离开上海，带着杜玉明全家北上，车轮的“咣当”声越来越密。

对未来，杜抗生的脑子里是一片空白。上海，就像自己的手掌，闭上眼睛也能分清纹理。南京路上炫目的广告和霓虹灯，各色商品的浓墨重彩，尘世里形形色色的诱惑比老子的时代当然多得多，好在尘世里许多东西不能让他恬静，一切都别了。也许只有对一个陌生地方的向往才不会让此时的他颓唐，说不清是什么情愫在胸口弥漫，一路上看着窗外，夕阳无限好啊，可自己为何如此难过?

渐渐被火车甩在身后的上海看起来干爽利落，大朵的云，盘旋在天空，晚霞从云缝中射出来，也许尘世里的风景才能叫人惊艳。但是，他此刻满脑子都是卫央弹琴的画面。啊，亲爱的卫央！一想到卫央，他就感觉自己不那么孤独，不那么贫乏了，甚至可以说是幸福的。四下里张望，发现欣赏窗外风景的人并不多，更多的人在昏昏欲睡。此刻他能够回忆，在火车上，卫央如一道暖流击中了他的心房，让他快乐或者惆怅。

杜家落定在北京东南部，朝阳门南小街西侧罗圈胡同。罗圈胡同呈南北走向，多曲折。北起史家胡同，南止干面胡同，东邻朝阳门南小街，西靠西罗圈胡同。胡同北口路东有一小庙，说是清朝刘罗锅（刘墉）的庙。庙侧有一家元宵店，常见一外地中年女人用冰糖、核桃、红绿丝、油面拌馅儿，再用木板拍啊拍，拍得实实的，用刀切成小方块放在大簸箕里，里面预先搁置了元宵粉，一面摇，一面在馅上洒水，方馅儿就摇成了圆圆的元宵。

女人个子矮小，头发稀疏，看见杜抗生走过来，常拘谨得像陌生人。她表情木然只说两个字："几碗？"杜抗生喜欢带着妹妹们去元宵店吃元宵，有时吃后也要带一些回去，女人用纸包好，上面放了红纸印的字号，喜庆得很。他十分喜欢红纸印的字号，能够看到一点生活中的喜色。

元宵店女人有一对双胞胎男孩，憨傻，肤色黑，头发糟乱。两个男孩常坐在门外的长条凳子上看街道上走过的人，凳子腿长，坐在凳子上的男孩脚够不着地，只能悬在凳子上晃荡，四只脚上的鞋子破旧，露出的脚后跟是紫色的，似乎是去年冬天留下的冻疮。两个人的袖管都因为擦清鼻涕又不常洗衣裳被涂抹得明光锃亮。

傍晚的时候杜抗生路过元宵店，发现女人竟然有四个孩子，最大的是儿子，接下来是女儿，大儿子白天带着妹妹去乞讨。傍晚，孩子们围着劳累了一天的母亲要吃要喝。那对双胞胎儿子依旧坐在长条凳子上，他们似乎已经吃饱喝足，四只脚吊在半空晃荡。一同晃荡的还有周围的黑暗，有种突然逼近的陌生感让杜抗生很快形成了对该特定场所的深刻记忆。

元宵店的生意并不是太好，这时候才看见一个瘸着腿拉黄包车的汉子回到元宵店，想必是这家的男主人。

杜抗生对元宵店充满了好奇，说不上为什么，他感到难过，女人的一生要做多少事情？日子就这样过着，就这样。杜抗生想到卫央的一生，假如一个女人因为生育毁掉了才华，是多么可怕的一件事啊。

回到北京快三个月了，上学还是工作一直是一个令人纠结的问题，父亲让他练习琵琶准备考音乐学院，他拒绝练习，对抗的方式是假装去元宵店买元宵，然后跟着胡同里的孩子们出去打架，寻找一种平庸生活的乐趣。每次回家撞见父亲脸色难看，自己便也步履沉重，内心有一种逃亡的欲望，想摆脱命运，但是心中所想总是无法排遣。他想坐着火车回上海，想见到卫央，或者说想听卫央弹《流水》。但是自己没有学会弹古琴。只能是想象，才华与万物沟通，才能将这条相思的鸿沟填平，途径，唯有琴声吗？

七

春天是随着风飘来的。

正月十五刚过，风摇醒了刘墉庙角上的檐铃在胡同里行走，天气已经不像冬日那样寒冷了，手可以从袖筒里伸出来，墙角贴地的蔓草已经苏醒，呼出和吸进的气息有一股极其温润的暖意。

先是柳树，后是杨树，它们向天空舒展枝丫，抖落身上的残叶，仿佛一夜之间，孩子们多起来，他们像被勾了魂似的穿梭在胡同。有货郎摇着拨浪鼓走进来，胡同里的孩子们把一个冬天里积攒的牙膏皮和废铜线圈找出来，从货郎手上换下放风筝的线盘，好在春天去放风筝。胡同里的一些痞孩子带着杜抗生去偷线圈，杜抗生不敢下手，痞孩子们嘲笑杜抗生胆子小，身上有娘娘气。

杜抗生第一次伸出了拳头，冲着说此话的人打过去，瘦长的指头瞬间被撕裂，血流不止。那个骂他的痞孩子没有受到任何伤害，似乎人家的皮特别厚实。

春风抽打着他的脸，他跑到胡同深处没人处哭，他觉得自己已经长大了，可是为什么将来还是很遥远？疼痛可以忍受，思念却难以忍受。没有多余的时间可以游荡在胡同而浪费光阴了。

杜玉明看着儿子混日子，又拗不过儿子的想法，破天荒当着胡同里的痞孩子们的面打了他一个耳光，说：“凡是经历的，你必须经历，想躲你也无法躲过，这就是命。将来的社会不会有人弹古琴，你养活自己都是问题。”

杜抗生站得直直的，目不斜视，他希望父亲来第二下，感受到了疼痛，但是要忍住。父亲没有打第二下，径直往胡同深处的家门口走去。杜抗生望着父亲的背影，心好像再一次被抽了轻轻的一鞭。

胡同里的痞孩子们笑他，他也笑，笑着笑着就跟着这群人跑了。

杜抗生抵抗着父亲的期望，坚决不再学琵琶，他要学古琴，他就想用这种方式抵挡梦魇一般的现实。如果不让他学古琴，他就去过那些穷苦人的生活。

有一天傍晚，杜玉明下班后看着天要下雨了，急忙在马路上拦下一辆黄包车。拉黄包车的人戴着破帽子，杜玉明一时也没有看清楚，或者也没有往那方面想，坐上去便说：“去朝阳门南小街西侧罗圈胡同。”

拉黄包车的人也不抬头也不说话，拉着黄包车飞快跑。

北京从1929年开始，有六条电车路线，每天通行八十多辆公交车，票价定得很低，黄包车想拉人很难。有一段时期，北京的黄包车夫们联合起来，将市内的有轨电车给砸了。黄包车夫的生活绝无浪漫可言，他们活在城市底层，经济困顿，每日赚到的工钱通常不足以养家糊口。

这个年轻人和自己的儿子年龄差不多，这么年轻就用单薄的身板拉黄包车，杜玉明想了解一下对方的家境。

“你这年轻人，力气用得过早身体会吃不消。家是在北京市区，还是周边？”

杜抗生借着元宵店男主人的黄包车玩，没想到拉上了自己的父亲。他不敢吭声，顾自拉着人飞快地跑。

杜玉明说："和你说话呢，你怎么不搭腔？这么不懂道理，难道你是聋子吗？"

杜抗生大口喘气，故意让自己无法接话。等杜玉明下了车，杜抗生拉着黄包车就要跑。有几分疑虑的杜玉明拽住车把手扭着头看车夫，发现居然是自己的儿子。

杜玉明气坏了，指着杜抗生说："拉黄包车是苦力活，体面的城里人都不愿意从事这一行当。你看看人力车夫哪里有城里人，绝大多数是从农村流入城市的破产农民。他们身无长技，基本上未受过像样的文化教育，除了出卖原始的体力，很难在城里找到门槛稍高一点的工作。你怎么能来干这个？"

杜抗生不能顶撞。他很认真地听父亲讲这一番道理，可这一番道理怎么都不应该是从父亲这样有学问的人嘴里讲出来的。

杜玉明说："你最大的人生理想是不是拥有一辆属于自己的黄包车？如果是，我今天就可以满足你。"

杜抗生站着不动，胡同里此时是热闹的拌嘴声、吆喝声、说教声，此起彼伏。也许拥有一辆黄包车未必不是一件好事，所以他没有过脑子就说了一句："我就想要一辆黄包车。"

杜玉明惊讶得张大了嘴。

"你肚子里的墨水变成粪水了吗？你跟我回家说，杜家在胡同里可是有身份的家庭。"

这一趟等于白跑了，杜抗生把车放在元宵店门口，进去打了一声招呼，出门和父亲一块往家走。

父子俩走着走着就起风了，雨点落珠子似的下了。父亲不躲雨，就等疾风大雨袭击自己。大雨有时候真是没有什么征兆，到处都是暴怒的激流，急速斜刺到距离自己最近的可堪避雨的屋檐下。杜抗生看到母亲在屋檐下放了水桶、脸盆，叮叮咚咚的屋檐水落在里面，父子俩被一场雨淋透浇湿。

母亲探出脑袋说："你们父子俩是咋了？不进屋躲雨，明着叫雨淋吗？"

杜玉明一脸怒容，和整个的天地一样浑浊，而唯一生动的可能就是地上一个个被击打出的雨窝窝。杜抗生就盯着那雨窝窝看，父亲说了什么他一概听不进耳朵。

杜玉明看着杜抗生的样子生气地说："我告诉你小子，1946年5月，汉口的公交车管理处开辟了一条从王家巷到三民路的短程路线。发车当天，有一个叫作孙昌清的黄包车夫跑到王家巷公共汽车站，挡在正要开动的汽车前，意思是，如果要发车，就从他身上碾过去。车站的站长出来与孙昌清理论，结果打了起来。黄包车夫用头一撞，把站长门牙撞落一颗并撞歪一颗，车夫的头顶也被牙齿撞破一点，双方都流血了。民众还想理论什么呢？结果就是，黄包车很快就被汽车取代了。守旧，最后吃亏的人是自己，黄包车夫试图以黄包车阻挡汽车滚滚而来的车轮，多么愚蠢至极。你是青年，要知道社会永远是走向进步的。"

杜抗生一脸无辜地说："爸爸，我没有不进步，我只是同情他们。"

"你可以去同情他们，去帮助他们，但是，任何社会都有可能产生种种问题，而健康的社会，则拥有自我修复的能力。你现在不能算是孩子了，所以，你必须知道，是他们自己的觉醒，而不是你！"

杜抗生低下头盯着地面，想着，觉醒是雨打出的水吗？

母亲招呼父子俩回屋去，边招手边说："这孩子做啥都痴，如若不给他找一个古琴老师学习，他可能就沦落成市井混混了。"

女人的话关键时候很起作用。杜玉明怔怔地看着儿子，虽然觉得这个儿子没有救了，但是，给他一个机会以后不落埋怨也许是自己当下要做的事情。

八

这是1958年3月的北京。

起风的季节，人走在大街上有悬空的感觉，仿佛被擎起，裤管空空荡荡，可周围没有树枝摇摆的迹象。墙头上那些古色的瓦，素面风纹瓦当，展示着民间粗拙技法下奇怪的娟秀和生机。咫尺里的旷远，显示着迢迢的安宁。风从瓦棱上下来，吹得行人裹紧了单薄的衣衫，刚流行开的零零星星的自行车在街道上穿过，那些车链子碾过去的高高低低的声音，以及腾起来的去年冬天的落叶在不知不觉中搅和着打出旋子一样的小风。

杜抗生跟着父亲踩着小风去中央音乐学院民族音乐研究所拜访管岳川老师。研究所在北土城地带，交通实在是不方便，地偏也很荒凉。父子俩走了一个上午，中午时分才见到管岳川。

进了研究所门，门房指着一间办公室说："那个倔强的人住那间屋子。"

杜玉明敲门，门"呼"一下就开了，门口站着一个白发老头，人极清爽。

管岳川问："你们二位是?"

杜玉明赶紧介绍自己的工作单位并把杜抗生拽到管先生面前说："我

儿子，他想跟着先生学古琴。”

管岳川打量着杜抗生说：“假如有个怪人，就喜欢弹琴，没钱也行，没工作也行，没女人也行，没家也行，一无所有也行，只要一辈子弹琴就行。你还选择跟这个怪人学琴吗？不怕他把你带坏吗？”

杜抗生说：“我愿意，老师。琴是抒发一己情志之器，一进入境界，则魂魄升腾于宇宙自然山水之诗境而不知有我。”

管岳川拍了拍杜抗生的头，要他们父子进屋。

房间里放着一张桌子，还有两把简易的椅子，桌子上放着管岳川对古琴的打谱心得。“打谱”是一种激活纸堆里一首首琴谱惊世之曲的复杂工程。

三个人两把椅子，杜抗生不敢坐，要管先生和父亲坐。

管岳川问：“你以前接触过古琴吗？”

杜抗生说：“有过接触，没有认真学过，或者说错过了机会。”

管岳川说：“你之前所学的是什么乐器？”

杜抗生说：“琵琶。”

杜玉明插话说：“我准备让他考音乐学院，就考琵琶专业。”

杜抗生回头看着父亲，很认真地说：“爸爸，我不会考琵琶专业，我是准备考古琴的。”

管岳川似乎看出来父子俩之间一些微妙意思，很少有青年喜欢学古琴，于是打着哈哈并用赞许的眼光看着杜抗生。

管岳川说：“喜欢弹古琴好，作为万物之灵，弹古琴对你以后的成长是一种提升。古琴之外其他身外之物是帮不上忙的。”

杜玉明有些坐不住，站起来环视四下的墙，墙上有一张蕉叶琴。

“管先生，琴再雅也不能让自己雅成孤家寡人吧。”

管岳川说："古书上说，俞伯牙向成连先生学琴，成连对俞伯牙说：'我的老师方子春住在东海，他一定会使你的琴艺有飞跃。'他带着俞伯牙一起到了东海边上，说：'你就在这里等着，我坐船去迎老师。'他一去十数天，音信全无。俞伯牙一人待在海边，精神寂寥，向前远望，水天相接，渺无人迹，只听到海水汹涌，群鸟悲号，于是他抚琴而歌，抒发感受。这时候，成连回到他的身边，俞伯牙突然有了质变的体悟，琴艺遂为天下之妙。杜先生，我佩服古人为师所用的循循善诱，引而不发。"

杜玉明说："管先生怕是一己之见，我是十分反感俞伯牙的，钟子期一死，俞伯牙竟然毁琴绝弦，终生不复鼓琴。这只能说明他的心胸狭隘或不自信。如果一种艺术弄到天下只有一个人能赏识，这种艺术的意义和价值就要打一个大大的问号了。"

管岳川不再听杜玉明说话，站起身拿下墙上的古琴，对看起来还懵懵懂懂却已意志坚定的杜抗生说："古琴虽是高雅乐器，但琴家不可自视不凡，孤芳自赏，从同气相求来说，我很想听你弹一曲。"

杜抗生一下紧张了，自己所学都是跟卫先生零碎学得，好久没有抚琴，此时更是不敢弹琴。他红着脸说："我哪里敢在先生面前卖弄，且没有卖弄之技。"

管先生说："那你最想听什么曲子？"

杜抗生惊讶得抬头看，莫非先生有意抚琴，那真是莫大恩惠啊。

杜抗生说："我十分想听先生弹《流水》。"

话毕，自己坐在了地上。窗外丽日照着绿树，婆娑的树影在窗前摇曳。

杜抗生突然发现管岳川的指头上指甲很短，老茧形成了一层厚厚的痂，如指甲一样坚硬。管先生是用血肉弹奏古琴的。

管岳川说："《流水》从古到今有很多版本，每个版本细节上还都不同。弹《流水》心中不能有杂念，我即水流，水流即我。”

平心静气后，管岳川洗了手正襟坐于琴几前，此刻先生的状态是“坐忘”。谁是神仙？有超尘体验的人就是神仙。管岳川继承了九嶷派代表人物的衣钵，乐段规整，指法严谨，乐句、乐逗划分清晰，吟、猱节奏有特定规律。他左手取音极为准确，绰注音较短，简练洁净。一位严谨尊重古谱的琴人，古谱中若无绰注音，他绝不任意妄加，所谓“丝毫不妄动”。

琴音清晰，无纤毫尘俗柔媚之气。

从没有滚拂的小《流水》，到后来的“七十二滚拂”大《流水》，滚拂活生生地把《流水》一分为二了。

太古之音在天地间低吟，风清月明。

杜抗生想起古时有一个琴人，尽管他的学生琴音低沉悠远，他还是嫌音太亮、声太大，他要求学生把指甲剪短用肉弹，学生接受不了，他生气地说：“你图声大，何不去敲鼓？”

管先生的双手搁置在古琴的徽位上，曲末流水之声复起，缓缓收势，整首乐曲一气呵成，听之如同受到了流水的洗涤一般，不禁令人久久沉浸于“洋洋乎，诚古调之希声者乎”的思绪中。

一曲《流水》弹毕，似乎此时说任何话都是多余。

杜玉明被感动了，首先打破了安静。琴的孤高雅洁，不但通俗浮滑之士无法同声相应，而且无形之中拒斥了一般俗人听者，他第一次感觉到了琴中有兴味。

“管先生，我郑重地把我儿子交给你了。”

管岳川说：“跟我学琴很慢，你想考学，我可以推荐一个人教你。凡学琴者须先学刚指，后学柔指，柔中有刚，百炼钢化为绕指柔，乃成真刚真柔。如先学柔指，后学刚指，则其名为刚其实非刚，盖终生堕于柔弱、柔媚、柔靡而不自知矣。”

杜抗生说：“我就想和先生学琴。”

管岳川说：“你要学，我可以教你。但是有个条件，从今天开始，你三个月不要弹琴。把原来的全忘掉，这三个月里，每星期到我这里来两次，看我弹琴，听我教琴，听三个月以后，我给你上课。但是，别忘记了你即将考学。考学是人生第一等大事。所以，我要推荐你去找一位叫溥雪润的琴人，他住在城里，现无实职，时间宽裕，学起来也方便。”

管岳川继续说：“考学当然是第一，等你上学后，忘记你所学，我再来教你，你心怀古曲，将来一定有出息。”

父子俩拿着管岳川的推荐信告辞出门，不敢消停一路奔往辟才胡同去找溥雪润。

走在大街上，步行令时间变得缓慢，杜抗生有一种难过，甚至想安分守己地坐在管岳川面前不动，像一只寄居蟹心安理得地依附在大师身旁。忽而又想起了卫央，亲爱的卫央，我所追求的一切也许就是为了能在你面前弹一曲《流水》，落花流水中的你可好？可好？

九

溥雪润是一位前清遗老，矮矮的个子，稀疏的白发，几缕白须，使得他在人群中与旁人区分出来的不是他的样貌，亮点在他老人家脚下：别人都是穿鞋踩在北京四合院常见的泥土地上，溥雪润脚下的布鞋，垫着一方小小的羊毛地毯！

因为拜访溥先生的人多，父子俩就在四合院外等着。断断续续听来人说溥雪润是道光皇帝的曾孙，父亲是贝勒，他袭封贝子，生于光绪年间。

清末的皇族，除了少数在政坛上显赫之外，其余基本上是游手好闲，吃喝玩乐是正职。

溥雪润是溥字辈，琴棋书画样样精通，四合院中来找他的人大部分是来求画的。坊间关于他的传言很多，主要是说他性格极其豪爽，再一说是他眼下住的四合院并不是他的王府而是他租住人家的房子，传言他跟朋友玩骰子，一晚上将王府大宅输得干净，第二天就搬到了此地。别看他输了王府大宅住进了租来的四合院，可依旧过着宽裕的生活。

正说话间，看到他的夫人、用人、车夫突然排队在门口恭送先生上车，依旧是贵族的排场。溥雪润出门看见等候着的杜玉明父子，上前说："我看了管岳川的信，今天就算收了你来学琴，明天上午你早一点携琴前来就是。"

看着一行人排场而去，想不明白他靠什么来养家糊口。父子俩出了院子，正好碰见一个熟人，说起刚才的事情，结果熟人是万事通。他说："雪润目前在大学教美术领着一份薪水，另一收入来自北京为数众多的画店扇庄书画订单。你留意一下先前《湖社月刊》上面刊登的润例，雪润的扇面，每叶要二十元，这比普通画家要贵一倍了。皇城根下的北京人最流行的，是前清皇族的书画。"

杜玉明似乎想起来什么。

杜玉明说："他的画干净，跟他的性格有关系，和他的长相实在是无关啊。我看过他的画，几乎不用浓墨，淡淡的，水灵灵的，画兰花，画菊花，一叶一枝，绝不含糊。好像他也画山水，甚至能画工细的马，看他的这些画，只觉着画里面纯粹是一种高贵凛然、不可侵犯的态度。至于人间烟火，那是这些王孙漠不关心的。"

熟人说："是啊，这些养尊处优的皇族从来不关心家里的收入，他只需要有人磨墨抻纸，就能养活一家和九个孩子。他们家几乎每天都有人来求字画。”

告别熟人，父子二人走往前门，去一家琴行买了古琴。杜抗生试着问有没有古一点的琴出售，琴行店员很不屑地看着他，甚至话都没有回复。

总算拥有了一张心爱的琴，一路上杜抗生就一个姿势抱着不放。路过元宵店杜抗生迟疑了一下，恍若回到了古代，这家酒肆里可否遇见一个知己？

那一对双胞胎依旧吊挂着脚坐在长条凳子上，他们看见杜抗生走过来，傻笑着。他们永远是皱着眉傻笑着。春天被一种生机盎然的傻笑笼罩着，很容易让人陷入亢奋和幻灭交替的困境中。

杜抗生停下脚步看着这一切，他在胡同里挥霍了大把时间，跟着痞孩子们冲锋陷阵。再也不能这样了，他闭上眼睛，把形体的疲惫和内心的焦苦放到一个没有烦躁的阳光地带。怀中的琴让他脱胎换骨，感觉五体在生长，心肺在扩张，情感在解冻，连同此刻的胡同里的晚夕，都褪去了尘世给它的粗俗，突然接近了音律。

别了，胡同。

父子俩回到家，杜玉明急于翻找什么，看着杜抗生沐手准备试琴，他告诉儿子：“溥雪润的古琴技艺，师从黄勉之的弟子贾阔峰，属广陵一脉。不过，从琴风上来说是广陵派，但也可说是金陵派。黄勉之是正宗的广陵派，他早年到北京打出‘金陵琴社’的旗号传授琴艺，极一时之盛，形成事实上在北京的‘金陵派’。黄勉之去世后，由徒弟贾阔峰继承‘金陵琴社’的门户，并将琴艺传给溥雪润。我认为‘金陵琴社’应该只是以家乡命名的一个招牌，其琴风还是广陵派的。以前爸爸不希望你学习古旧的东西，时代进步，这些都是被淘汰的行业。今天听了管岳川老先生的《流水》，我有所悟，天地方圆里，让我听到了一个悠然自得的节律，真是上天为人类留下的音乐。你专心练，说不定从此你就是广陵派的传人了。”

杜抗生觉得父亲一下转变了，不敢相信，疑惑着，看着父亲傻笑。

杜玉明假装没有看见，低头捡起地上的一张纸片，抬头时正好看见了门口即将照射进来的余晖，真好，四月花儿就要在夕照中次第开放了。

辟才胡同，原来叫劈柴胡同，是买柴火人的集聚地，1905年科举制度被废除，教育家臧佑宸在此创办了京师私立第一两等小学堂，劈柴胡同由此改为辟才胡同。臧佑宸出生在天津，长大后一直在北京经商，居住在劈柴胡同。清政府提倡私人办学后，他便积极筹备办学事宜。劈柴，辟才，谐音矣，开辟人才即是辟才。臧佑宸谱写的校歌，现在还有人传唱：“辟才，辟才，辟才胡同中。苍苍，菁菁，槐柳兼柏松，是何处？私立第一两等。开辟人才，开辟人才，胡同著其名。”

辟才胡同溥雪润的四合院里有一棵石榴树，石榴树干麻花辫似的扭曲着向上生长。屋顶上有鸽子落满了瓦坡，不惧人，偶尔落在院子里走两步，除非有人故意惊吓它们。溥先生家的六格格长得好看，对俊美男子比较痴迷，不喜欢见生人，见有人来家，走路快快的，不时回头看，甚至小跑步，窈窈窕窕，看上去是一道风景。

第一天报到，溥先生先要杜抗生和他出门遛鸟。遛鸟是他一天生活的开始。他们沿着后海遛一圈，路遇一个遛鸟人。

对方说：“溥先生，遛画眉呢？”

溥雪润说：“遛脚力。”

等那人过去，溥雪润唱了一句昆曲：“原来姹紫嫣红开遍，似这般都付与断井颓垣。”

溥雪润活在自己的内心世界，生活俯仰之间，已为陈迹。因此他是在怀念自己的从前。

溥雪润侧着脸对杜抗生说："人要有点高雅的癖好。我喜欢有癖好的人，个性就是由一些癖好来张扬的。你喜欢古琴好，一定要留在古琴界，专心研究琴艺，你向我保证不要再图其他生计，我就认真教你。"

杜抗生认真听，溥先生的话和自己的内心是吻合的，一个人对美的持抱一定不要轻易松手。

他点头答应下，眼神很诚恳地看着溥雪润。

一趟遛鸟下来大约就半晌午了，来时母亲用饭盒给杜抗生带了午饭，他在厨房避开人吃饭，然后等溥雪润午休起了再练琴。

第一天，溥先生只给杜抗生讲琴，先是由琴曲题解，按谱一声一字不改，保持原曲的完整性的讲解。接着头头是道地讲解指法：勾、抹、剔、挑、绰、注、吟、猱、撞、逗、唤、淌等，在不同的曲目中，各有不同用法。溥先生要求杜抗生在学琴时神静气肃，舒臂运腕，指节坚凝，呼吸直通指下。缓猱细吟，长句连音，会到无声处，使人气息相通，人琴俱忘，才能心声合一。

溥雪润捋着胡须说："琴学赖谱以传，专恃谱又不足以尽琴之妙。不经师授，亦废书也，故琴学重谱尤重师传。"

时光流逝，不觉夕阳西下，已是黄昏时分，溥先生留杜抗生用晚餐，老师留餐学生哪敢违抗，便也随遇而安。晚饭时六格格看见有生人在，躲得远远的，一双大眼睛不时回头张望。

溥先生对杜抗生说："过来吧，认识一下，虽是学徒，进了门就是一家人了，何况是管先生介绍的。"

六格格扭着腰身跺了一下脚，推开院子里的人抬脚就跑。

溥先生笑着说："我女儿害羞了。"

杜抗生的脸颊不觉也羞出了两朵红云，或许是黄昏的缘故，脸颊上的红云只有自己心里知道，六格格让杜抗生想起了卫央。

晚饭罢了，杜抗生告辞回家，走到大门口，看见黑暗处有一个影子晃了一下，他没有多想什么，那个影子捂着一块手绢快速跑过来放到他手里说："小老头儿，送给你。"然后跑开了——是六格格。

杜抗生走到马路上，在路灯下打开手绢，看到是一张折叠的《普庵咒》的琴谱。借着路灯的光，他认真看完曲谱，发现琴曲《普庵咒》节奏平稳，谱中使用了较多的撮音，借助音乐形成了古刹闻禅、庄严肃穆的气氛。虽然曲式上不同于一般琴曲，有些类似于丝竹曲中曲牌联结的形式，但是曲谱的结构上最突出的特点是，除首段的引起之外，每段的后半段都出现了完全相同的曲调，听起来回环反复连绵不绝。

杜抗生想起《醒心琴谱》中有一句话说："其音节清静平和，自然安稳，为静虑涤心之妙曲。"

"小老头儿……"

自己老了吗？难道自己变成了一个小老头儿？他哑然失笑。回忆刚才的情景，他觉得六格格一点都不痴傻，心里敞亮着呢。看着夜幕下的长安街，觉得生活真是好，于是大步流星往家走。一路上叹惜着，假如琴不留在老师家就好了，不然他可连夜学这个琴谱。

回到家，父亲问学琴可好。

杜抗生说："爸爸，我找回自己了。"

母亲笑着，虽然咂摸不出这句话的意思来，但她知道儿子走上正道了。

十

在溥雪润院子里学琴，真是开眼界啊，三教九流人物来来往往。六格格因为杜抗生学琴，似乎一段时间都处于迷幻状态。此刻，她穿着一身绿色长裙，绿色长裙像一个绿蘑菇从六格格腰际突然吹起来，有点西洋范。六格格走在杜抗生面前，声音又细又长，说话很嗲，似乎把真实的自己藏了起来，展现在杜抗生面前的是另一个未知的被情感调动起来的六格格。

在随后的日子里，溥家人都觉得六格格又犯病了。六格格早些年犯病是因为一个来学画的书生，她如痴如醉般地喜欢上了人家，人家不动心，因为人家已经娶妻生子。六格格守着人家一会儿笑，一会儿哭，仿佛天下的事都压到了她身上，就需要这个人来救她。学画人回家了，她就在王府门前张望，溥雪润喊人把六格格架回来，她哭得几乎要气绝。生活在故事之外的人，是不会懂得故事中人的感受的。

现在，想七想八的六格格就喜欢和杜抗生一起。杜抗生还不知道六格格在犯病，有些时候也迎着六格格走过去。也许是一种悲悯，或者就想知道六格格到底怎么了。

杜抗生上前问了她："六格格，你在做什么？"

"看落花飘风的晚夕。"

"六格格，你在念诗吗？"

"无常无望无告！我要和他同归于尽。"

"六格格，你糊涂了吗？"

"我想和你亲嘴！"

吓得杜抗生再不敢多话，想起了人生的一分为二，梦幻者是现实和梦幻之间的无从选择，虽然无法预知，但不敢再主动搭讪。

六格格顺着墙脚摸着，把一只手伸得老长老长，就想爬上去似的。另一只手摸索着前进。

“侬晓得……等等我？”

一句上海话，这句话是跟杜抗生学的。

六格格似乎每天都换衣服，脸上擦了粉，一双桃花眼，充满着含蓄隐晦的期待。杜抗生由原来的好奇羞怯，变成了恐慌，练琴时都有一些张皇失措。黑瓦灰墙的四合院，石榴花开得很艳，六格格倚着木头门扉，完好的门头上，隐约可见吉祥图案。六格格拽着栓孔的铁门扣，小声喊着：“小老头儿。”

此时在屋内画画的溥雪润正起笔画一幅兰花，寻思着宣纸上的构图，最后的落墨是一块顽石还是一块赏石。几笔画下来，发现有几片叶子笔气显得弱了，摇着头看了半天，抬头看窗外，正好目睹了六格格的妖娆，弹琴人弹得逼仄拘谨，他觉得有些事情要发生了。

溥雪润心里疼痛了一下，走出门，六格格奶声奶气地自言自语着，他对六格格喊了一嗓子：“回自己的房间去。”

六格格颠儿颠儿地走开了。

天气慢慢热了，原本穿着的夹衣换了布衫，六格格拿了溥雪润制作的扇子在嘴巴的下方轻轻摇动着，看着杜抗生练琴，不时撩拨一下头发，或者拿出粉盒涂一点薄粉。她似乎因为杜抗生的到来总是笑个不停，像过节一样。

溥雪润觉得杜抗生对六格格来说是一种灾难，不想让他继续学下去，不想让女儿体验情感失控后的疯狂和混乱，再继续下去六格格就要把内心深处最宝贵的真实祭献给爱情了。

溥雪润说："我把能教你的都教你了，以后的事全凭你的造化，你该离开我了。"

杜抗生觉得似乎自己也应该离开了，他受不了六格格的变化，他不可能成为六格格的什么人，因为他心里装着卫央。

杜抗生找了一个时间去百货大楼给溥雪润买了一支钢笔，对老师的感谢不知该用什么方式表达，而社会上正流行互相赠送钢笔。

溥雪润拿着杜抗生买来的钢笔，穿着长衫的他居然不知道该往哪里插，看了半天笑着说："有知识的人左胸前的上衣口袋都插着钢笔。是不是钢笔插得越多，知识水平就越高？我对有知识的人不喜欢，他们卖弄他们那点书本中得来的学问，看他们不讲究的样子，插一排钢笔也土。我认为他们都是修钢笔的人。不过你这支笔我还是要收下，我是一个荣华和苍凉都经历过的老人，但都属于过往。时过境迁，物是人非，我很坦然了，我也不屑于身外之物的沉浮。我不在乎什么了，我只在乎我活着的架势。说这些你不懂。我是真想把六格格嫁给你，但是，不能啊，人不能太自私，更不能害人。你去考学吧，艺术学校的美人多，找一个你喜欢的。"

杜抗生说："溥先生，您笑话了。"

溥雪润说："哈呀，今夜我一定要搞一个雅集庆祝你学艺出师。"

黄昏刚刚降临，来到溥雪润府邸的是京剧名家盖叫天，他带着他的小儿子：小盖叫天。接着来的是溥先生结交的众多朋友。在四合院的厅堂里，杜抗生弹奏了盖叫天最喜欢听的《梅花三弄》《平沙落雁》《流水》，还有《梧叶舞秋风》等曲，小盖叫天则在一旁舞剑相伴。

"剑胆琴心哪，哈哈……"溥先生情不自禁地拍案叫绝。

艺术是相通的。盖叫天表演了一段京剧老生唱段。溥雪润在盖叫天表演时给杜抗生点拨了几个字，戏剧的表演讲究“精、气、神”。“精”，就是精神，心中要有所指，知道演的是谁，有什么性格特征，有一个完整的意念情景。“气”就是运“气”，唱、念、做、打之间，根据心中的意境来用“气”驾驭这些表演技巧，表达其“神”情。

溥雪润说：“水是生命之源，气则生命之本。琴道乃声音之道，与性命通。若以心命指，以指驱弦，弦随指使，指自心施，人琴合一，身心相通，岂能不动人？你如能把京剧传统表演艺术的精髓融会贯通于自身的琴艺中，精气内含，舒臂运腕，指节坚凝，‘气’与‘声’合并而出，抑扬顿挫，气韵传神，众妙皆归矣。你将来就是‘金陵琴社’第十一代传人。”

成长中的六格格娇憨地立在开放着雏菊的方桌前，身后一幅书法卷轴，像一尊古代仕女，她明媚一笑，动人极了。

这些，杜抗生都不敢正眼看。

雅集结束后，夜已经很深了。盖叫天要用车子捎他回家，杜抗生也没有拒绝。和溥先生道别后，还寻着想和六格格道别呢，却发现人群中并没有六格格。很遗憾地抱着琴上了盖老的车子，关车门时朝后窗户看了一眼，看见六格格站在大门口挣脱人群疯了一样追着车跑，有用人追上来抱住了她的腰。

车后扬起了尘，暗夜下什么都看不见了。

回家的路上，盖叫天说：“小同学，看你弹琴很好，可愿意和我一起去上海演戏？每场戏前，你弹琴，我儿子舞剑，来一场‘剑胆琴心’，你也可以有不错的收入。”

杜抗生太想去上海了，那里有卫央，更重要的是有古琴“春雷”，他就想用“春雷”弹一曲《流水》给卫央听，知己的回报一定要送《流水》。

于是杜抗生抢着说：“我当然愿意了。如果先生不嫌弃我是学徒，不怕小辈给您添乱，先生说啥时间走，我便收拾行囊跟着先生走。”

盖叫天说：“等一段时间。我会派人联系你，你回去和家里大人说好，免得他们担心，就说是盖叫天带走了人。”

杜抗生回去和父母商量，有一股藏不住的迫不及待的神情。父亲听说是跟着盖叫天去上海当然很乐意，也希望儿子跟着名角去学习一下为人处世，在艺术上也见见世面。

杜玉明是熟悉盖叫天的。他说，盖老幽居在上海淮海路后面的兴安路上，每年夏秋两季他都前往上海演戏。

得到了父亲的允许，杜抗生让母亲简单收拾一下行李，开始期待盖叫天来接他。

这件事情一直等到第二年夏天，中间因为等的时间长，杜抗生跟着父亲去文物管理所上班，先做临时工，等有指标了好转正。

在前往上海的火车上，盖叫天给杜抗生讲京剧，也谈自己的学戏经历。盖老说，自己的祖籍在河北省高阳县西演村，父亲和土疙瘩打了一辈子交道，土地不养人啊，一年四季家中日子穷困潦倒，一年到头唯一的好饭就是吃“三黄”，黄高粱米、黄棒子面、黄豆芽，直到十来岁到了上海，才第一次吃到大米。

杜抗生好奇盖老的名字，为啥要叫盖叫天呢?

盖叫天爽朗地大笑着说：“本来，我的艺名儿叫‘小金豆子’，是天津隆庆和科班的老齐先生起的。他瞅我长得精神，挺有斗性，演的又是武戏，就给起了这个名字。那会儿我十三岁，人站在那儿，像个画眉鸟儿似的，挺精神的。可是唱文戏用这名儿便不怎么合适，到了杭州大伙儿给我合计着另起个艺名，研究来研究去，有说叫‘小菊仙’，我不喜欢。那会儿谭鑫培叫‘小叫天’，我说我就叫‘小小叫天’吧，我的意思是借着他的名儿，弄点大米吃。不料在座有一个人瞧不起我，在一旁冷笑说：‘哼，你也配叫这名儿！’这一下把我说火了。北方汉子年少气盛，和他当场顶起嘴来。为什么我不能用这名字？天下事，一眼就能把人看死吗？不光是继承前辈的艺术，我还要自成一家呢。就这样，我意气用事地用上了‘盖叫天’这三个字。”

盖老眉飞色舞的讲解逗得杜抗生和小盖叫天一路上大笑不止。

杜抗生背着行李抱着古琴终于站在了上海的土地上。

下了火车，他仰着脸让阳光照射在脸上，心里激动地喊：上海，我回来了！

几年不见，上海的变化还是很大的。

盖叫天每天清晨练功，下午五时去黄浦江边的天外天酒楼用下午茶，吃七分饱，然后进戏园子准备演戏。夜里散场，回家才正式用晚饭。

每天清晨，杜抗生跟着小盖叫天去黄浦江边遛完鸟回来吃早餐，接下来小盖叫天练功，杜抗生弹琴，下午三时许，盖老午睡起来，在正厅八仙桌旁静坐，长长的条案上陈列着栩栩如生、神态各异的十八罗汉塑像。两壁挂着巨大的四条幅，阴晴风雨墨竹图。

静坐时，盖老总会喊杜抗生来弹琴。他最喜欢听的是《梧叶舞秋风》。一曲弹罢，盖老喊杜抗生过来和自己一起坐到八仙桌前，从琴曲中抽出数段静动疾徐起伏、节奏不同的乐段，在连接处稍作改动。又喊了儿子小盖叫天配合舞剑。这样子练习了几天，就要准备试演了。

演出设在天蟾舞台，天蟾舞台在上海市闹市中心，福州路701号，云南中路转角，西藏路人民广场东首。天蟾舞台是以演京剧为主的大型剧场，数十年来以邀请南北名角来此演出为特色，形成了独具一格的剧场风格。凡属中国京剧界一流演员几乎无不被请到天蟾舞台献艺。如逢“大会串”，更是名角云集，异彩纷呈。不少著名演员就是在这里成长起来的，许多京剧迷也因为进了天蟾大门而爱上了京剧艺术。社会上有“京角不进天蟾不成名”之说。

听说有古琴助演，一些文人雅士纷纷购票前来捧场。

杜抗生想到了卫央。如若她来，会不会小瞧我？她会知道这是一次追忆似水年华的心灵之约吗？淡淡的留恋和悠悠的怅惋裹挟了杜抗生的这次演出。

第一次登台，杜抗生穿了盖叫天为他定做的灰色长衫，长身玉立的他坐在琴台前，眼前一片灯光，一切都是寂静的。他抬起手慢慢放在琴徽上，他相信生命中有一种神秘的召唤，她会来，她一定会来。

十几分钟的演奏很快就结束了。观众席上并没有人为他喝彩，话筒质量不好，古琴的声音又很小，根本就不适合在舞台上演出。显然观众更期待的是盖老的《武松打虎》。大幕合上时，锣鼓响起来，他觉得自己很狼狈，带着感伤的味道。他明天一定要和盖老说，他不再登台了，他想在疏疏的林、柔细的草上，沐着月光弹琴。他希望卫央不知道，卫央没有来。

偌大的上海，卫央怎么会来呢？何况她此刻一个人带着两个孩子，一个是儿子，一个是小叔子。而此时的赵家已经衰败了，生灭流转的人生风景，她不到三十岁就经历了。

十一

热，是夏天的专利。

俗常而又细密的时刻从一片窗棂或者一条并不十分喧闹的大街上出现，杜抗生看见卫央走过来。当卫央出现在他的视野中时，偶然的难过使他怦然心动，他不知道是否有过从前，从前是否和现在衔接在一起。他委托同学打听卫央的情况，约了她在南京路上见面。

他期待的见面是忐忑不安的。

烫了一头卷发的卫央，穿着小翻领蓝色小花的“布拉吉”走过来。这种样式的衣服是从苏联传入中国的，苏联女英雄卓娅穿着飘逸的“布拉吉”就义时，“布拉吉”成为一种革命和进步的象征，也因此成为20世纪50年代末期和60年代早期最流行的女性服装之一。

杜抗生喜欢梳长辫子穿旗袍的卫央。那种婉约自信的笑容是他从心里渴望的。

卫央看见站在黄浦江边等她的杜抗生笑了笑，甚至伸出手很客气地握了一下。

这让杜抗生猝不及防。

从前，相遇的情景在他的脑海里重复无数遍，从弹琵琶到弹古琴的卫央，从一种动作一种表情过渡到另一种动作另一种表情，思念在他的心里刻下了一道道不为人知的痕迹，等待的奇迹居然是以这种方式出现的。握手是距离产生的开始，他多想静静看着对方，但是，握手阻挡了他的情感。他突然很懊悔在南京路上约会。

江风是热的。两个人在阴影中慢慢走，没有一个人先打破此时的沉默，似乎沉默又融化了握手的距离。

卫央首先打破了沉默。

“你还好吗，抗生?”

杜抗生说：“还好，你呢?”

卫央说：“我父亲去世了，‘春雷’回到了我的身边，但是它被摔断了。”

杜抗生惊讶地问："为什么要对不语的物件产生仇恨？"

卫央说："说来话长，我们边走边说吧。我和月娴同一年生孩子，月娴生完孩子就疯了。赵城时的父亲是一个商人，你是知道的。商人看重的是利益，得了琴又得了月娴，因琴又和卫家联姻，你看，多么好的如意算盘。月娴有心爱的人，是一个修乐器的匠人。赵城时的父亲娶了月娴，她说可以做赵家的老妈子，但是不嫁人。女人哪有不嫁人的道理？她知道赵城时凭一张古琴娶了民乐大师家的女儿，她就疯了。没有人可以进入她的世界。她不喜欢自己的孩子。她喜欢撕纸、撕布，撕一切能够发出声音的东西，钱在她手里被一张张撕碎。和她一起住久了，会发现她的眼睛是空洞的，里面装着遥远。我有一段时间试着和她说话，她很敌视我。慢慢地，她有了懦弱的渴望，偶尔也会找到我，拽着我的手，指着远处看，远处什么也没有。但她很快就忘记了身边的我而投入到另一件无意义的事情中去。你知道的，月娴是赵城时的父亲娶的第四房妻子。新社会怎么能容许他妻妾成群？在月娴没有疯之前，赵家就发生了内讧，几房太太闹得家里鸡犬不宁。月娴总是笑着坐在窗户前数豆子，这几乎是她在家中的基本姿势。一种难以言表的心情使两个不同辈分的孩子不停地打闹，也许他们才是我生存在那个家里的光亮。"

此刻，站在时间洪流中的卫央仿佛正在经历着一些早已忘却的过程。重复会让她再一次经历痛苦。杜抗生的手握得紧紧的，他觉得他和卫央的心是在一起的。

"三年前，我父亲去世了，我抱回了'春雷'。亲人中最疼我的父亲走了，我到现在都不相信，一直认为他还好好地活在这个世界上。一个视琴如命的人，走得即时，也是好命。他是一个骨子里极为浪漫的人，活着时喜欢在小小的书房里待着长久地弹琴。书房里有一种沉闷的气息，是我不能习惯的气息。就在书房里，父亲在我不知道的时刻去世了，母亲以为他弹琴累了，睡着了，结果父亲再没有醒来。我抱着‘春雷’回到我家，就像抱着我亲爱的父亲。”

南京路上熙熙攘攘的人走过，他们是陌生的，对马路牙子上走路的人，没有人会多看一眼。一只鸟儿一晃而过地飞向高处，仰头望着鸟儿飞过天空的卫央，脸颊上有眼泪落了下来，她心里的积郁不能化解。杜抗生掏出口袋里的手绢递给她，卫央接过手绢捂在脸上。

“父亲去世后，赵城时对我的态度就变了。他用满脸的威严对我发号施令，声音变得强硬。我经常见他急匆匆地上下班，像是忙着什么重要事情。这时候的赵家已经败落了，好像是一天内的事情，没有什么迹象。他和他父亲在家中号啕大哭了一场，父子俩说了什么不知道，好像还吵了嘴。第二天，我们就换到一个小房子里。赵城时说了一句有意思的话：‘赚钱一串，神鬼一半。你们这些钱窟窿，赚多少才能填满?’面对他的诘问，我能说什么呢？月娴的孩子离不开我，我们一家人实质上并没有分离。但是，赵城时变了，他爱上了另一个女人，父子犯着同样的病。我不知道感情给人带来的痛苦是什么。各种忙乱充塞了时间，在忙乱中总是能够忘记不快。但是，为了离婚，赵城时借用了一句流言蜚语。社会上有传言说我和他父亲生了一个孩子，又和他生了一个孩子。他说，两个孩子的存在让他无法转换自己的身份。”

杜抗生张大了嘴，这是他听到的人世间最恶毒的流言。

卫央哑然失笑，说：“听到这句话时，我没有一点痛苦，我只是觉得好笑。两个孩子和我牙牙学语、对话，他们还不知道人活着会有那么多的忧患和苦恼，就让我陪伴他们吧。我从前的生活和人间是不一样的，人间也许就是我在赵家生活的样子。我都奇怪，那么多的日子，我是怎么过来的？看到天空中灿烂的星星是那样喧哗，但是它们比人间更懂得彼此守着默契。人间的树木鬼影一样，但是，我不怕。我喜欢月娴的孩子，他聪明贴心，你没有体验过一个孩子吮着乳头两眼望着你时的可爱，他是无罪的。赵城时埋怨他父亲，认为继续留在上海会影响他的前途，他的父亲穷困潦倒地回了江西老家。平常日子里除了两个孩子，就我和月娴，因为月娴的孩子哭着不跟着他父亲回江西，想留下来。夜很安静，我和月娴在星空下就着月光喝酒。有一次，月娴醉了，醉了的月娴是那么忧伤，无望而心酸。我没有想到一个疯子会因为酒那么安静。我拿出'春雷'，在月夜下，在盛满了时光的小屋里，我弹琴，想唤醒她的记忆。她像一个孩子，任何一种安静都没有月娴的安静让我高兴。我为她弹了一曲《流水》。天知人事焉？天不知人事焉？那时我感到了天地万物生出无数张口，大幅地翕张，那一条流水冲出千年的泥土、墙壁和坟墓，从各个角落纷沓而至，流水不腐，我还需要什么？我决定和赵城时离婚。"

杜抗生说："卫央，你知道吗？我来上海就是想用'春雷'弹一曲《流水》给你听。我弃琵琶而学古琴，我母亲说，每个人都有自己的命，物也一样。我会常常想起你，想起'春雷'，我们都有各自的命，对吗？"

卫央继续说："是。我相信有命。'春雷'也有命，但是'春雷'的命会比我们长。1962年4月20日，这是一个我永远不会忘记的日子。那是赵城时最后一次回家。那天晚上，月娴突然很清醒地对他开玩笑说，我是你妈。你很难想象她的表情。我的意思是，很久以来，我常常痛恨自己所处的状态，每每想要改变，都会被许多前思后想所蹉跎，直到要求改变的念头完全熄灭。比如我得养活两个孩子，还有月娴，我得去工作，想到我得带着流言去工作、受到他人的无端猜测，我不可以像祥林嫂一样，所以我的犹豫总让我停止往前走。我的命是一生挑战自己。挑战的结果是连我自己都惧于面对自己的羞耻。赵城时伸手打了月娴一个耳光，两个在地上玩耍的孩子吓坏了，接着‘哇’一声大哭。我跪下求他，或者是求我自己的名誉。我想让他收回离婚理由，不需要理由，我会离婚。我没有想到的是，赵城时是来送离婚证的。那张离婚证可能让我在以后的岁月里背负更大的恐惧，但是，那是我的命。月娴，我和赵城时忽略了月娴，她仰着脸，眼神时而散乱时而凝滞地望着某个地方，但是只有我知道她要行动了。她抄起桌子上的‘春雷’照着赵城时打下去，赵城时举起地上的凳子，那张琴落在凳子上，它断了。要多大的力气才能让一张琴断掉？我搂着两个孩子，把所有开腔的念头都压了下去。我后悔我跪下去求一个人。”

杜抗生无言以对。街上五颜六色的遮阳伞，鱼贯而行的人群，他还没有来得及经历这些人性的恶。他下意识地拉住了卫央的手，脑海里想起了赵城时那双黑手，那双手为什么会那么脏。

杜抗生说：“跟我回北京，带着两个孩子，还有月娴，躲开这里的熟人。”

卫央抽出手说：“我不会，我不会带着包袱跟你走，你还年轻。”

杜抗生惊讶地说：“我是小老头儿。卫央，你一定要想想，换一个环境你就会重新找回从前的你。”

卫央说：“谢谢你，抗生。对面的楼里有我一个熟悉的人，我正好去拿一样东西，你等我几分钟，我拿了东西来我们好说别的事。”

杜抗生觉得卫央在逃避他的话题，他必须把他的思念说给她听，让她知道，无论人世间发生什么大事，都没有跟着杜抗生走这件事大。

杜抗生说：“卫央，亲爱的卫央，我们这一生一定要在一起，无论发生什么事情，我都在此等你回来商量离开上海的事。”

卫央侧过身，走过马路，然后回头嫣然一笑。有一群人走过，杜抗生张望着卫央的背影，一直到看不见。他站在原地坚定地想，无论以后发生什么事情，他和卫央都是一家人了。他要重新拾起琵琶教学，或许当下赚钱才是他必须考虑的事，两个孩子，一样的年龄，一个喊他叔叔，一个却要喊他哥哥。都好，也是命。不怨恨生活，不埋怨命，更不怕与风雨搏斗淋成落汤鸡，只要和心爱的人一起，所有都不是问题。

卫央没有回来，夜如期而至。

明丽宽阔的苍穹之下，杜抗生在南京路上徘徊着，他不信等不来卫央。

又一个白天将要过去了，杜抗生蹲下去，他期盼的奇迹没有到来。他突然觉得自己失去了方向，到底是为什么？卫央，我对你的承诺是一生的承诺，无论发生什么你都不应该躲开我。

杜抗生像一个影子，人一下憔悴了许多，在街角走，天上有月光，月光很白。路灯昏暗，有人从他身边走过，回头看他，绿色的灌木丛在他眼前耸立着。他找了一家小酒馆大吃一顿并喝得烂醉，摇摇晃晃地回到盖叫天住处。他走了一天一夜，做梦一样，甚至怀疑就是在做梦。

他的样子可把盖老吓坏了。看他醉成这样，盖老让厨子给他熬了姜汤和雪梨汁解酒。问他为什么喝成这样，他说不为什么，只说见了同学。

杜抗生说："盖老，我不想再登台弹奏古琴了，我厌腻了表演，就让我做一个自由自在的观众吧。"

盖叫天笑了，摸着杜抗生的头说："娃娃，把心安稳地放在肚子里，啥事都好说。你这一失踪我还得回去跟你父亲交代呢，现在好了，恰巧接了任务，收拾行李，我们明天就离开上海回北京。"

离开上海意味着再找卫央的心思就搁浅了。

坐上火车的那一刻，远眺窗外，昨日远了吗？等待的那个人可是杜抗生？为什么那梦想不可靠近？一靠近，一触摸，就变成了另一番情景，杜抗生感到生活是一种虚幻。

上海的晚夕，只剩一抹残阳了，云朵的缝隙里还能够看见一片橙光。惶惑而过的村庄，随着风动而显得凌乱，渐渐地，凹凸的大地昏暗下来，突然之间，黑夜到来。

卫央从此就消失在了时间的褶皱里。杜抗生写信给卫央的同学打听过卫央的情况，回信中说起卫央都颇有微词。

那个年代有个贬损女人的词语，叫：破鞋。

杜抗生觉得许多事都是一个谜，一个很难猜的谜。以为自己就在谜的中心，而又并非中心。左转右转，总是在现实中，哪怕躲在梦中，也还是在现实中。

现实中的杜抗生一辈子没有结婚。

赵城时十年后又回到卫央身边，卫央原谅了他的过往，全都是为了后代。

月娴比卫央先走十年，走在春天。

卫央比赵城时先走十年。走时留下遗嘱：找到杜抗生，把“春雷”送给他。

杜抗生修琴修了三年，修好琴为了弹出“春雷”原来的音色，又弹奏了七年。十年后杜抗生在卫央的坟墓前用“春雷”弹奏了一曲《流水》。

德吉梅朵

一

德吉梅朵14岁时，阿爸死了。

是一个大雪纷飞的冬天，在琼结县措杰村临马路的一幢石头房子里，阿爸仁青措躺在靠近火炉的睡床上，弟弟次仁罗布往火塘里添加一些杨木树枝和牛粪，青烟缭绕着，如同煨桑。阿妈达瓦卓玛站着，手足无措，一只手轻抚着衣袍，一只手拭着脸颊的泪水，没有声音，似乎此时的任何声音都可能带走自己的丈夫。

这个要丢下全家远走的人，在最后的时刻没有多余的话。

德吉梅朵是一个瘦小的女孩，像一只出生不久的羔羊，还没有长成。曾经的每天黄昏，阿爸仁青措穿着一身灰色的藏袍看着放学回来的德吉梅朵笑，一口白牙。阿爸说："我们家的女学生回来了。"

三年前，仁青措得了胃病，家里就没有笑声了。流泪成为家常，全家人都希望仁青措好起来，有15亩地等着种青稞，有6头牛、5只羊要养，家里的日常开销大，需要有人外出打工，两个孩子需要读书，仁青措不能不劳动。

胃病一天比一天重，见不得一点风寒，吃不下饭，一米八几个头的汉子瘦到八十来斤，夏天天气炎热时裸出瘦骨嶙峋的身子，像一匹被抽干力气的老马。弟弟次仁罗布把青稞一粒粒地摆放在阿爸的肋骨间，阿妈达瓦卓玛一双眼睛盯着次仁罗布，走过来狠狠打了一下儿子。仁青措把儿子搂在怀里，用手捂着儿子的眼睛，仁青措看着达瓦卓玛掉下了两行眼泪。

过了秋天，进入冬季，仁青措躺在床上就没有起来，他一生的力气都耗尽了，肠胃里装不下青稞，开始高烧不退，一支小小的温度计，家里人实在是不知道它的用途，只是常常由阿妈达瓦卓玛放入仁青措的嘴里，然后很仔细地透着光看。德吉梅朵觉得阿妈像是发现它有什么奥秘似的——当然不会有什么奥秘藏在其中。

阿爸不认识字，阿妈不认识字，温度计是医生让带回家的，说是量体温的，但是，阿爸和阿妈很快就忘记了医生的叮嘱和使用忠告。

德吉梅朵在阿妈不注意时拿着温度计透着光照，明亮的细玻璃管里汞柱似乎凝然不动，她试着在火塘前烤了一下，它的汞柱突然就升起来，然后她学着阿妈达瓦卓玛的样子使劲甩了几下，里面的汞柱有些降落。弟弟看见了想抢过去看，被德吉梅朵拒绝了。

达瓦卓玛每天都往丈夫仁青措的嘴里塞温度计，似乎塞进去丈夫的病就减轻了，似乎一支温度计可以让身体羸弱的丈夫强壮起来。每天都在昏睡的仁青措任由达瓦卓玛重复这一动作，达瓦卓玛透着光看，然后使劲甩几下，把温度计放在仁青措的枕头旁边。

这一动作的结束是因为温度计碎了。

次仁罗布有一天偷拿了温度计，学着姐姐德吉梅朵的样子伸进火塘里烧，“砰”一声，温度计碎了，汞柱很快落入火塘燃起一股火苗并消失。这吓了次仁罗布一跳，他下意识地看了一下四周，没有看见姐姐德吉梅朵，也没有看见阿妈达瓦卓玛，他飞快捡起玻璃碴往马路对面跑，扔到了碎石中。温度计碎了的那一瞬间，次仁罗布吓坏了，他认为自己的行为可能让阿爸的病情加重。

仁青措在一年中最冷的季节走了。他一生吃进肚子里的青稞在最后那一刻消化成了两行泪水，含着泪水的眼睛看着女儿德吉梅朵，他知道自己的病给家里留下了债务，女儿不能上学了，这么小的人要背负一家的债务活着，他还有什么颜面说话？这是一个十分喜欢识字的女儿，她才14岁。

仁青措闭上了眼睛，达瓦卓玛试图伸手擦干净仁青措的眼角，却发现，那地方一点都不潮湿。假如不是温度计丢失，仁青措也许还会活着，高烧把仁青措的眼泪烧干了。达瓦卓玛盯着德吉梅朵大声喊：“是你弄丢了温度计！”

德吉梅朵没有接话，假如温度计不丢，阿爸就不死了吗？阿爸死了，阿爸死在最冷的季节。

藏历新年类似汉族的春节。这一年藏历新年是从阳历十二月二十九日开始的。仁青措的离开让一家人怀疑，日子是否真要这样在没有仁青措中一天一天过下去？

临近藏历新年时，家家户户都忙于准备年货。为了欢度藏历新年，一般从藏历十二月初就开始准备切玛，炸卡赛，添置新衣，购买糖果、点心了。一年中，或许这一段时日是最最忙碌的。因为仁青措的离去，达瓦卓玛过藏历新年的心情全无，有时候望着空空的火塘旁边的床长叹一声。德吉梅朵走过去拉着阿妈的手，阿妈又长叹一声，坐在火塘前，总得要过藏历新年吧。

在藏历新年的晚上，还不到下午五点，达瓦卓玛就在厨房里忙开了。家里的老人都走了，以前总是阿妈和阿爸忙着一些传统的事，阿爸仁青措忙完后会悠闲地喝甜茶，现在，黑发人也走了。

达瓦卓玛看着女儿德吉梅朵说：“今天晚上，各家各户都要吃古突，虽然你们的阿爸走了，但是吃古突的习惯不能改，这是一件十分重要的事情。”

开始做古突了，达瓦卓玛端来一个盛着牛肉、水果糖、麻辣羊肉干和红糖之类东西的盘子，然后扯一块面来回捏。达瓦卓玛看着女儿说：“记住了，做古突要故意包一些东西，测测家人在新的一年里的运气。过去做古突啊，往里包瓷片、辣椒、牛粪等。现在生活好了，这些都改了，瓷片换成水果糖，辣椒改为麻辣羊肉干，牛粪换为红糖。”

达瓦卓玛为了让孩子开心，故意在面团里包了石子、辣椒、羊毛、木炭、硬币。这些东西代表“心肠硬”“刀子嘴”“心肠软”“黑心肠”“发大财”。

德吉梅朵配合阿妈达瓦卓玛，麻利地做了30个古突，做好后和年夜饭一起端到桌上。一家三口开始吃古突，达瓦卓玛看着姐弟俩说：“吃到什么要吐出来，吃到水果糖说明好吃懒做，吃到麻辣羊肉干说明嘴如刀子，吃到牛肉说明想着祖先，吃到红糖说明经常会有好运气。”

“吃到石子和辣椒呢？”次仁罗布问。

达瓦卓玛说：“那就是‘心肠硬’‘刀子嘴’。吃着了要及时吐出来。”次仁罗布把嘴里咬了一半的古突扔进姐姐碗里，德吉梅朵夹起来往嘴里送时发现是包着石子和辣椒的古突。

次仁罗布说：“德吉梅朵吃着了石子和辣椒，她是‘心肠硬’，她是‘刀子嘴’。”

德吉梅朵迅速吐出来，达瓦卓玛说：“吐出来就好了，吐出来就不是‘心肠硬’，就不是‘刀子嘴’了。”

德吉梅朵说：“一个古突真能决定一个人的命运吗？”

达瓦卓玛说：“能。”

德吉梅朵望着正堂藏柜上装着竹素琪玛的木斗，那里装着酥油拌成的糌粑、炒麦粒、人参果等食品，上面插上青稞穗和酥油花彩板，还放着琪玛、卡赛、青稞酒、羊头、水果、茶叶、酥油、盐巴等。

达瓦卓玛说："德吉梅朵，你走神了。"

德吉梅朵说："阿妈，我不能上学了吗？"

达瓦卓玛说："你阿爸走了。"

德吉梅朵说："阿爸走了就不能上学了吗？"

达瓦卓玛说："你阿爸不回来了，你上学有什么用处？"

德吉梅朵说："阿妈，我想识字。"

达瓦卓玛生气了，说："你刚才吃了包了石子和辣椒的古突。"

德吉梅朵不说话了，笑了起来，一家三口人在欢声笑语中吃完九道古突。达瓦卓玛举着火把，放起鞭炮，呼喊着"孩子们都出来"！三个人走到十字路口，望着远处的雪山，祈望给来年带来好运。

二

德吉梅朵果然不上学了。

过了藏历新年，有人来介绍德吉梅朵去琼结县当保姆，说是照顾一个一岁的孩子，一个月500元。

达瓦卓玛收拾好德吉梅朵的日常用品，没有多余的话，叫人领了德吉梅朵走了。

走到马路上的时候，寒流袭来，让人从脚直冷上来，她打了一个哆嗦。她想起了阿爸仁青措，想起了阿爸的大手抚摸她的头发，仿佛有一股温暖流贯全身，便联想起阿爸在世时劳作的场景，联想起阿爸的许多教诲、许多慈爱，心头涌起一阵热潮，一直涌到双眼！她突然觉得眼前的世界变得模糊，随即又变得格外清晰。纷繁的思绪沉静下来，飘忽的思念得以依托，她回过头看着阿妈达瓦卓玛说：“我要让阿妈和弟弟过上神仙一样的好日子。”

那个领她走的人用摩托车带着她往琼结县走，她还没有去过琼结县，她想过高中要到琼结县读，没有想到命运让她提早到了琼结县。

德吉梅朵当保姆的家庭是汉族家庭，男主人叫张红生，女主人叫熊小英，那个一岁的孩童就是他们的儿子大宝，他们一家三口住在楼房里。这样的家庭对德吉梅朵来说是陌生的，她还没有住过楼房，而且是有厕所的楼房。

德吉梅朵看着女主人怀里的孩子，那么小的孩子看着她笑，她也笑，笑得眼泪都快要出来了。德吉梅朵感觉回到了从前，和弟弟次仁罗布的从前，一只奔跑的羚羊和一只成长中的小鹿又见面了。

女主人熊小英让德吉梅朵做的第一件事是洗澡，洗去她成长路上的泥尘。这也是德吉梅朵第一次面对一个陌生女人脱衣裳，她十分羞涩，太阳晒暖的水从水龙头里“哗哗”地流出来，落在肌肤上，她紧张得很。换洗了衣裳，熊小英一一告诉了儿子大宝的尿布、奶粉、玩具，大宝在德吉梅朵的怀里用红红的嘴巴吸吮她的手背，她的手背上有冻伤的伤口，有些痒，她又开始笑，大宝也笑。

熊小英惊讶地说：“不可以这样，不能让大宝舔你的手背，那上面布满了细菌。”

德吉梅朵忧伤了一会儿，还是假装愉快地答应了，轻轻把大宝放下，大宝开始哭，她又抱起，像从小抱着弟弟次仁罗布一样，在客厅里抱着大宝走来走去。她看到男主人站在窗户前看什么，很专心的样子，她也走到窗户前，看见院子里有一个三岁左右的小孩手里拿着苞谷饼子吃，一只红公鸡大摇大摆地靠近他，用它硬硬的喙啄他手里的饼子。从高处往下看，公鸡似乎比小孩还高，小孩子吓得哭了。突然出现了一个男人抱起孩子，冲着那只红公鸡跺脚，那只公鸡吓得展开翅膀像兔子一样跑掉了。孩子和大人一起哈哈大笑，德吉梅朵的眼睛被云朵罩住，潮湿了。看人家，有阿爸多好。

张红生看着公鸡跑起来，莫名的兴奋，回头冲着妻子神秘一笑，然后迅速走进了一个房间。

汉族人的家里，有一些不一样的东西，德吉梅朵不只稀罕人家房子的装饰，每一次上厕所都觉得屁股怎么可以坐在这么白净的东西上。尤其是冲水时，她甚至有再撒尿的欲望。

德吉梅朵觉得自己到了一个神仙居住的地方，整个人都变得莫名的紧张，常常小心地去张望什么，疑惑一些东西到底是用来做什么的。

有一天早上，她突然发现了床单上有一抹刺目的鲜红，准备尖叫时又吓得捂住了嘴。她悲伤地明白，那些无知傻笑的日子已经走了。等大宝的阿爸阿妈上班了，她小心地去卫生间洗干净，一边洗一边哭，哭了很久却发现床单上还是留下了斑斑驳驳的印子。

熊小英下班回来后，德吉梅朵喊她到自己的房间，然后僵硬地站在那里用手指着床单告诉她："我流血了，它没有和我请假就来了。"

熊小英笑着说："这是少女的初潮，德吉梅朵，它不会和你请假，你要长成大姑娘了。"

德吉梅朵有明亮的眼睛，健康的笑容，成长就这样开始了。

一个月过去，德吉梅朵拿到了500元。她蘸着唾沫数钱，一遍又一遍，20元一张，数起来也还是很吃力。钱真是一件好东西啊，阿爸看病欠下的债务可以还一部分。钱在她的手里响，鸟叫一样，钱是有声音的。她抬起手，准确地把钱放在耳朵边“咔咔咔咔”响，是整齐的节奏。心开始紧张痉挛，会想起童年掘草根的刺痛感，还有青稞穗。阳光发出淡淡的暖橘色，她闷闷地向大宝沉下头颅，贴着大宝的额头，像贴着羊羔子一样，觉得大宝是她的福气。

大宝笑，德吉梅朵也笑，笑凝住了眼中的泪水。

张红生在琼结县文化局上班，喜欢饭后闲余时间用毛笔画画。毛笔杆儿尾部是骨质，有红丝绳，笔帽是黄铜的，打开后是羊毫。那笔尖上还残留着没有洗净的墨迹。张红生画公鸡，扯着嗓子打鸣的那种，踮着脚尖，使劲儿的。

等上班的人走了，家里就只有德吉梅朵一人。看着公鸡画，德吉梅朵总会想到第一天来时从窗户望见的那只大红公鸡。站在张红生画好并挂在墙上的公鸡画前看，这张画嵌入了她的记忆，立于画前，她觉得有一股尘土要吸附在她的头发上。她想起田里的青稞、油菜、豌豆、土豆花，阿爸无休止地劳动。劳动间歇，阿爸坐在日夜流动的雅江边，唱一首古老的歌谣。这首民歌是措杰村人在打青稞穗时所吟唱的。

从小一起生活，长大爱如大蒜；
倘若父母‘剥皮’，我俩无法分手。

德吉梅朵开始小声唱，一边唱一边翻书，她是一个小女孩，开始漂泊，为了阿妈、为了弟弟、为了家。她甚至在窗口看见了一只山鹰，一只盘旋的自由的山鹰，那山鹰是飞在风中的，风沿着山势而上，风把山鹰托得高高的，那是山鹰自由的高度。

她看见桌子上放着一摞书，是汉语书，简单的字能挑出几个，具体意思实在是不明白，长长的句子到底写了什么？她轻轻翻看它们，大宝睡着，此时一切都是永恒的静止，时间凝住她的眼睛，她迫切地想认识它们，书本的声音和数钱的声音，那音质震动耳鼓，愈来愈快，她想认识世界上所有的一切。钱让她自由幻想，如山鹰一样，如公鸡一样，如窗外的风和云朵一样。

熊小英下班回家后听见动静，循着翻书声看见安静凝神的德吉梅朵，她知道这个藏族女孩想认识字了。

德吉梅朵看见女主人时不由自主地红了脸，她羞涩时很好看。尤其是笑时，白白的牙齿，眯着眼，像是做错了什么事情，两朵绯红挂在脸颊。

熊小英抚摸着她的头发，看着窗外说："想学汉语了是吧？"

德吉梅朵羞涩地点了点头。

熊小英说："我用藏语给你讲一个藏族故事，然后翻译成汉语，用故事学汉语学起来更快。"

"从前有一个兔阿妈和它的儿子们相依为命，它们经常受到老虎、豹子、熊的袭击，为了避免兔儿子们出现生命危险，它们从山上逃到山下，到处找安全的地方生活。在山下，它们看见了村庄，走进村庄后首先看见了一口井。它们走得太累了，就坐到井沿边歇息一下。这时从井旁边一棵高大的老树上掉下一片树叶，大大的叶子被风吹落到井中，发出'恰'的声音，恰巧被走神的兔子们捕捉到了。它们往井里一看，结果呢，从井里呈现出自己的影子，因为它们不知道那是什么动物，吓得撅起屁股就往回跑。"

德吉梅朵急迫地问："然后呢？"

熊小英故意说："明天再'然后'吧。"

德吉梅朵很羞涩地说："我不该问'然后'，可是我太想知道'然后'了呀。"

熊小英笑了："这说明你是听进去了，好吧好吧，我们就开始讲'然后'。老虎、豹子和熊又一次来侵犯兔子母子时，兔阿妈说：'你们就是敢欺负我们，我们现在可是不害怕你们了。'老虎大笑着说：'哈哈哈，没有我蹄子大的小东西居然敢对抗我。'狮子说：'我现在肚子饿得咕噜咕噜叫呢。'熊吭哧着说：'你们敢说这样的话吗？'兔阿妈说：'我们发现了一个比你们都厉害的动物，它说话轻声细语，就在村庄里，和我们同一个长相呢，它太厉害，一般是不动手的。'老虎、豹子和熊不相信，要求兔子带它们去村庄看，结果……"熊小英故意不说了。

德吉梅朵问："是啊，结果呢？难道是它们看见了自己？"

熊小英说："聪明的德吉梅朵，它们果然看见了自己，它们冲着井里的'恰'发火，指手画脚，它们气得七窍出血，它们发誓要跳到井里去抓住'恰'，当一个一个被自己气着去拥抱自己的倒影时，兔子阿妈看到'恰'吃了它们，从此兔子们的日子就太平了。"

没等熊小英用藏语讲完这个故事，大宝睡醒了，发出"咿咿呀呀"的说话声，似乎他也听明白她们在说什么了。德吉梅朵跑到隔壁逗着大宝，不时用汉语讲兔阿妈的故事，断断续续的，讲着讲着自己也笑了。似乎知道意思，话却说不出来。德吉梅朵想，我要从一个藏族初中生变成汉族小学生，从头开始学起，汉语太丰富了。

阿妈达瓦卓玛在发工资的第二天来取钱，带来了糍粑、酥油茶。达瓦卓玛第一次走进有工作的人的家，憨笑着不敢进门，害怕自己藏袍上沾了牛粪、羊粪，弄脏了干净的屋子。达瓦卓玛看见德吉梅朵穿着汉族人的衣服，那一身衣服太扎眼了。两条分叉的腿没有规矩地站着，达瓦卓玛不敢多说什么，毕竟是在汉族人家里干活，但她骨子里不喜欢德吉梅朵穿汉族人的服装，汉族人的服装只有汉族人穿了才好看。

熊小英要达瓦卓玛进来，她执意不进门，把拿来的东西放在门口，接过德吉梅朵递过来的钱，用橡皮筋圈成筒的钱很暖手，握在手心，达瓦卓玛笑着告辞往楼下走。

消瘦的达瓦卓玛，身后拖着两条长长的辫子，辫子上结着红绿丝线，仔细看会发现头发上沾着灰蒙蒙的沙尘，身上散发出酥油茶的味道，或者是奶渣的味道，下楼的达瓦卓玛发出“腾腾腾”的脚步声。

熊小英对站着目送的德吉梅朵说：“你阿妈的腰和腿都不好，走路脚重。”

德吉梅朵说：“是，是，阿妈有大骨节病，不能种田，不种田没有青稞，阿妈喜欢喝酒，只有喝了青稞酒，阿妈才会高兴地笑。”

德吉梅朵羞涩地低下了头，泪水跌落在地板上。一个15岁的孩子，到了唱歌的年龄。熊小英想起了藏族人的歌声，音域宽广，高可遏云，低胜燕鸣，在歌声中成长的一代一代藏族人，当女人们仰起紫红色的脸颊，当小伙子甩开膀子，藏靴、氆氇长袍、单耳金丝灌边礼帽，舞蹈起来，所有的苦难都化成快乐，他们无所畏惧。

熊小英看着德吉梅朵轻声唱：“富人骑着马匹，穷人骑着驴子；琼结吉如大叔，给狗套上鞍子。”

听到“给狗套上鞍子”，德吉梅朵露出白白的牙齿笑出了声。

德吉梅朵的脸涨得通红，熊小英的歌声从墙壁和一些探不到的角落传出来，这一种家庭气氛让德吉梅朵新奇，像瞥见了人世间珍贵的一角。

三

春末，灰黄的大地上流淌着斑斓的色彩，弥漫着牛粪、羊粪味儿的春寒中传播着夏的气息。高原上从春跨到夏，泥土便在火辣辣的阳光里一股一股地从地下冲向碧蓝的天空。

夏是繁茂的季节，农田里的青色植物为高原带来多彩的景致。夏也是漫长的季节，青色越多，景致越多，每一个景致都蒸腾着藏族人咸咸的汗水。

德吉梅朵已经在熊小英家干了两年多。她回了一趟措杰村，看到阿妈和弟弟，她把钱递给阿妈时，阿妈的笑让她开心。

仲夏的农活多，达瓦卓玛顾不上和德吉梅朵说话，知道是德吉梅朵回来过周末，要她在家里做午饭。

中午，阿妈还没有从田里回来，她先是看到放学回来的弟弟次仁罗布，10岁的弟弟个子在往高处长，黑黑的脸膛，一双眼睛内外分明，看到姐姐在就想看姐姐买了什么回来。德吉梅朵一边指给次仁罗布看从熊小英家带来的糖果、图画书，一边用教育的口吻和次仁罗布说："你要好好读书，学会汉语和英语，如果不学会这两种语言就没有知识，知识让人聪明，社会是聪明人的社会。就在刚才我回家的路上，在客车上我依稀看见有一家餐馆写着招收服务员，明码标价的，会汉语的工资要高过不会汉语的呢。"

次仁罗布拿着糖果跑到外面，他最讨厌认识字了，最大的乐趣是种田，把力气撒野在田里多好，和阿爸一样。

德吉梅朵知道次仁罗布无法像阿爸那样，阿爸没有读过书，弟弟是马上要读初中的人了。德吉梅朵不安分地转移了自己的目光，渴望走进年仅10岁的弟弟的心里，辨识一下他心里对未来日子的希望和好奇孰轻孰重。

德吉梅朵看见蹦蹦跳跳的次仁罗布走在阳光下，居然没有看带回来的图画书，他是一个不喜欢读书的人。这个漠视过程进入了德吉梅朵的记忆，从弟弟的这个漠视开始，德吉梅朵想：就算没有机会上学了，自己也要好好和汉族人学汉语。

太阳当空，达瓦卓玛赶着四头牛从地里回来，肩上的锄头高高翘起来，锄头挑着太阳，太阳将激情似火的热射进地心。

德吉梅朵走过去接过阿妈的锄头，阿妈脸上流着汗水，湿湿的汗水挂在阿妈的发梢。没有阿爸的日子里，阿妈是屋子里最主要的劳动者，可是阿妈有大骨节病，有头痛的病，靠喝青稞酒解烦闷的阿妈心里一定有比病痛更难过的事。

德吉梅朵是黄昏时离开家去往县城的，石头墙呈现着黄昏的色调，一抹夕阳照着路边的花草，风轻摇着德吉梅朵的裙子。黄昏似乎就该是怀旧的、宿命般的色调，她再一次想起阿爸，阿爸喝酥油茶时，总是偷偷将一块酥油抹到她的嘴角，她用手抹下来，抹完后将手指一个个舔干净。她回头看了一下空空的屋子，阿爸已经隐入了岁月深处，不留痕迹。

返程时，坐在客车上的德吉梅朵想着阿爸，浓浓大大的眉眼没有被皱纹嵌入阿爸脸上时的样子，阿爸挑着担子奔跑在田间的道路上和坡堤上，阿爸咬着腮帮，汗水淋漓混沌地在阿爸脸上、身上奔流。不应该想阿爸病痛时的样子，要想阿爸甩开膀子劳动时的样子。

客车驶过一家饭店门口时正好有人下车，德吉梅朵也提前下车了，她想在大街上走走，时间还早。路过阳光拉萨饭店门口时，她突然又看到了招收懂汉语服务员的招牌。这下她彻底看清楚了，会汉语的一个月

1500元——比当保姆多出了1000元。

德吉梅朵走进饭店找见店老板说："我会汉语，能够和任何人把汉语说流利了。"

饭店老板才仁巴桑说："好吧好吧，会说汉语的藏族姑娘我欢迎你。"

德吉梅朵用飞快的速度跑向熊小英家，飞奔上楼，敲开门，开门的是张红生。他看着上气不接下气的德吉梅朵惊讶地说："什么事情让你如此慌张？"

熊小英抱着大宝，看着德吉梅朵问："出什么事情了吗？"

德吉梅朵说："出大事情了。"

张红生问："出什么大事情了？"

德吉梅朵说："我要离开你们家了，因为我看上了另外一份工作，这份工作我更喜欢。"

熊小英和张红生对视了一下，要德吉梅朵坐下来说。

张红生问："你找到了比这里更好的工作对吗？"

德吉梅朵说："我太兴奋了，我找到了比在这里赚更多钱的工作。"

熊小英的心踏实了一点，一个17岁女孩要走向社会了。她一旦决定，那一定是要开始行动了。你看她兴奋的脸上，像被一层从未有过的美丽笼罩着，带着生动的梦想，这个女孩身上会发生什么不同寻常的事情呢？既然是更好的工作，那是一个什么样的工作呢？

张红生望着窗外，四周的山，全都一色的苍劲和雄健，近来他开始画山水了，暮色下静默的冈底斯山给人感觉非常奇特，树以叶为形，天以云为形，生活本无常，到无中去生有，这就是生活。

熊小英有些不高兴，说走就走，不给人一点缓冲，看着德吉梅朵不知道说什么好，就希望张红生说句话，或者挽留一下，等找到带大宝的新保姆再走也算是一个交代。

冈底斯山的轮廓凝住了张红生的视野和思维，他的爷爷从河北来西藏，留在山南，是不是也被这大野无声震撼了？留下来，背井离乡，说走就走，没有流连，生命重塑了“故乡”这一概念，“故乡”有了新的内涵。张红生由山而想得更远，当年祖先来西藏是被什么诱惑了？是被远古的呼唤吗？祖先走来时，身后没有任何路标，脚窝踩出即被风沙淹没，不再回盼留望，走进高原就不想离开，为什么从来就没有想过画这高原上的山水呢？

听得身后重重传来一声喊：“张红生，明天你不用上班了，在家看大宝！”

张红生想转过身说话，似乎已经来不及了，他听见熊小英问德吉梅朵：“这么小的年纪，心里就没有牵挂吗？”

德吉梅朵说：“姨姨在和我说话吗？我去的地方比这里多1000元，等于我一个人做了三个保姆的活，你知道我家里多么需要钱吗？阿爸看病借了许多钱，钱对我的家庭来说就是幸福。”

熊小英问：“你到底找到了一份什么样的工作？什么样的工作让你如此心动？”

德吉梅朵说：“饭店服务员呀。”

熊小英惊讶得长吁了一声。

张红生觉得说任何话都是多余，不能说自己家好、饭店不好，更不能说自己家里可以教育她学会知识，难道生活不是知识吗？

熊小英问：“难道你现在就要离开吗？”

德吉梅朵说：“就是啊，我现在回来是来告辞的。”

熊小英一时无言，说是回去过星期天，结果是回去重新找了工作。而且没有一点征兆，说走就走，什么工作也不能不提前说就走啊。

张红生穿好衣服站在房门前，然后打开门，这个在自己家生活了两年多的藏族女孩，或许他根本就不了解她。她的性格中有急迫的东西，她说走，谁都没有权利拦。

德吉梅朵从熊小英怀里抱过大宝，3岁的孩子叫着姐姐。

大宝不知姐姐已经“抛弃”他，流着哈喇子伸出手喊：“姐姐!”

德吉梅朵突然抽搐了一下，整个脸皱起来，丑丑的样子，这也是她心酸的样子，泪水串珠一样掉下来，她抱起大宝贴在自己脸上，然后迅速放下大宝，不再说什么，从敞开的门走出去。

坐上车，德吉梅朵一脸兴奋，从打开的车窗看远处的天空、皓月，四野被映照得格外幽深，像被一层从未有过的美笼罩着。生活，不同寻常的生活，对一个刚涉世的女孩子来说只能往前走。张红生送她前往新的工作地点，一路上张红生不知道该表达什么。车行一段路后他很认真地回过头看着副驾驶座上的德吉梅朵说：“你的选择没有错，只要是成长就没有错。要错就错在人的本性和成长的痛苦。我不会说你不懂事，只是遇到了你自己必须决定的事，你想冲出大人们包围的茧，这是迟早的事情，以后我们不会呵护你了。本来我有许多想在你身上实现的奇迹，没有想到仅仅学会了流利的汉语对话的你就想飞了。但是，你要记下我的手机号码，发生任何过不去的事情都可以打我的电话。高原上生活的你太纯真了。”

德吉梅朵惊讶地转过头，她的脑子里一时还装不下这么多东西，她很兴奋自己找到了新的工作，赚钱，没有多余目的，想远了脑瓜子疼，就是赚钱。

她笑着指着前方说：“我记着呢，等我赚钱了买下手机记手机里，现在我记在脑子里了。”

猛一抬头看见了“阳光拉萨”，德吉梅朵说：“停车停车，喏，就这里。”

张红生靠边停下车，打开车门，目送德吉梅朵走进去。这女孩几乎是飞奔过去的，甚至没有回头，她是兴奋的。

天色已经暗下来了，张红生看到山的轮廓，脑子里想着四周的山，每个人都是一个在世修行的人。脑海中出现了美好的画面，他想着回去一定要画出来。

手机铃声打断了张红生的遐思，接起电话，是熊小英打来的。电话那头的熊小英一肚子气：“我们应该押她一个月工资，那样也许不至于跑得这么快。她让我们措手不及，明天怎么办？大宝是不是要送到幼儿园？你怎么会走这么长时间不回来？”

张红生说：“我这就回呀。”

放下电话，张红生掉头往回走，琼结已经看不到悬起多层屋角的宫殿了，但青瓦达孜宫的断墙残垣仍然高高矗立在城东的高山上。

路过“阳光拉萨”，张红生特意停下来，想走进去看看，结果第一眼看到了面前的招牌，上面赫然写着：招收服务员，基础月薪1000元，会说汉语的比不会说汉语的月薪多500元。

这对德吉梅朵来说是一种荣耀。她是一个看重收入的女孩。难怪她如此急迫。进出吃饭的人形形色色，为了前途，每个人都四处奔走，招租房子、糊口、脚底起泡，或许这里才是德吉梅朵的人生开始。

四

德吉梅朵成长中的第一次爱情来了。

天空的云朵白莲花似的，毒辣的阳光从来没能晒得败它，肆虐的风沙也掀不翻、扑不灭它。

白莲花似的云朵，蓬勃、兴盛，它是生命的颜色和光彩的梦想。

桑多带着几个兄弟走进“阳光拉萨”时是下午一点。他们的身影挡住了门前的阳光。桑多的兄弟高喊：“我们要吃饭，来一个包间。”

德吉梅朵迎上来说：“203包间，来客人了。”

有服务员走过来带着他们往楼上走。不一会儿，服务员跑下来和德吉梅朵说：“他们是一群不讲道理的人，刁难我，我无法满足他们的要求。”

德吉梅朵没有多说话，直接往二楼的203包间走。看见进来的德吉梅朵，桑多说：“我还是那句话，县长吃啥我吃啥。”

桑多身边的女人花枝招展地笑。

德吉梅朵笑了，这是一个有钱不知道怎么花的西藏人，她毫不客气地指着菜谱点了一桌菜。

桑多问：“你点的菜都是县长吃过的吗？”

德吉梅朵说：“都是县长吃过的。”

桑多说：“那就好，我就想和县长一样，县长吃啥我吃啥。”

德吉梅朵想：自己哪里见过县长？县长吃什么自己也不知道啊。既然要和县长一个标准，那就点贵的菜呗。

一桌子人吃肉喝酒，个个儿红着眼睛大着舌头，桑多更是挥着手说：“谁也不许走，再吃一遍。”

桑多旁边坐着一个藏族女孩，她的氆氇服那么美，宽松的衣服包裹着她丰满的身躯，脸上红光照人。在酒精的作用下，她明艳动人、活力四射。她叫阿夏，桑多用迷离又欣赏的目光看着她，阿夏受到鼓励，站起来，开始唱歌：

我们不是康巴，但要欢唱康歌。
幸福就在羊卓，羊卓草种齐全；
草种是否齐全，请看嘎林草原。

如果不是地方小，他们就会一起跳果谐（圆圈舞）。

德吉梅朵站在一边艳羡着，回过头看其他服务员，她们也傻傻站着，每个人都裹一团灰扑扑的颜色，不起眼地扎在那里，望着歌声穿透墙壁的远方，在这一群富裕人明媚富丽的映衬下，她们显得寒酸。

突然酒桌上有人指着服务员中的一个说："喊你倒酒呢，你傻站着不动，一看就是低保户。"

这句话一下刺进了德吉梅朵的心里。

在这种背景下，她看见、听见了羞辱，低保户和明丽的衣服像植在一个人身体上的皮，培养了德吉梅朵的性情，叛逆与容忍，自负与自卑，奔放与拘谨，激情与忧郁，这些彼此相悖的血液天然地混合在体内，开始涌动。

她拦下那个被喊作"低保户"的女孩走过去倒酒，然后站在一边用汉语唱：

富人骑着马匹，穷人骑着驴子；
琼结吉如大叔，给狗套上鞍子。

德吉梅朵眼睛里射出的不是目光，而是一种不屑。她说："如果你们的肠胃还能装下一桌酒菜，那么我通知厨师不要下班，让你们都把嘴唇吃成豁子。县长可不是你们这样，县长彬彬有礼，从不占用我们的休息时间。"

阿夏想发作，被桑多拦住了。

桑多对德吉梅朵说：“你生气时很美。”

这句话把德吉梅朵吓了一跳，此时她觉得美是一件“可耻”的事情，如果别人说她美就说明她不是一个好服务员，整天知道和客人搔首弄姿，像桑多旁边不时拿出小镜子往脸上涂粉的女人一样。

德吉梅朵的这句话让一群人离开了。离开时，阿夏用恶毒的眼神盯着德吉梅朵，走到门口时还扭回头又盯了她一眼，阿夏骄傲的样子让德吉梅朵难过，她开始明白“美”是重要的，美丽的氆氇服装能让美变得重要起来，但是美丽的氆氇服装不能罩住一个灵魂上的丑陋。在他们的心里没有平等，没有呵护，他们的行为冻疮一样烂在了她心里。

桑多走后又来过几次，身边的女孩不断变换，有人说他把自己的路虎车改装得更霸气了，他认为有钱人就一定要和县长看齐。

桑多是琼结县有钱人家的儿子，喜欢被众星捧月，有仗义的一面，但也有虚荣的一面。他的朋友和他的女人一样在变换，桑多始终是这个群体中的太阳，不管换了多少人，来到这个群体，必得维护桑多，这是桑多这个群体中的大是大非，稍有轻慢，别怪桑多对你不客气。桑多在“阳光拉萨”吃了一年多饭，德吉梅朵见识了他身边形形色色的人，能长久留下来的人不多。有时候意见不合，吃饭中就分裂成了两个阵营，吵几句已经解决不了问题，发展到了打架的地步。

有一天德吉梅朵看到横卧在大街上的桑多，烂醉如泥，通红的脸，脸上还有凝结了的血痕。德吉梅朵走过去叫醒他，跌跌撞撞搀扶着他走到饭店。德吉梅朵帮助他清洗了脸，倒了酥油甜茶，等他慢慢回过神来。这是一个太年轻、没有太多阅历的青年，他根本不知道征服一切要付出什么，而那种征服又是多么不可挽回啊。

桑多睁开眼就不停地要酒，他喊着：“我有钱，我要喝和县长一样的酒!”

然后桑多又喊：“让我醒过来干什么呢?”

可桑多毕竟是醒过来了。

等桑多更清醒的时候，他看着德吉梅朵说：“做我的女人吧。离开这个地方。”

德吉梅朵的脸白莲花似的，太阳没能晒得败她，肆虐的风沙也吹不裂她，她长成大姑娘了。对桑多的感情德吉梅朵一时想不明白，这是一种非常说不清楚的感情，并时时感到一种莫名其妙的惶恐。当她试图自己要问明白这是为什么时，自己又完全解释不清楚，也许是桑多长得高高大大的样子吸引了她。

爱情是什么？也许是两颗心的偶然相遇，共同怀一腔同情和惊喜，虽然有酸涩和磨难，但凡是种子总是要发芽。成熟像一把浸透了水变得柔软的蘑菇，每一个细胞都在张开。言行、表情、个性，爱情点燃了德吉梅朵的自信，她走在大街上，买了手机，第一个电话就打给了桑多，可似乎她已经忘记了此前。忘记就忘记吧。

桑多最大的好处是有钱，钱是好东西，钱让桑多的友情一拨一拨换人，只有烂醉如泥时才会想起德吉梅朵。

德吉梅朵请了一天假，她和桑多去雍布拉康玩，这座寺庙在离泽当镇中心11公里的扎西次日山上。“雍布”意为“母鹿”，因扎西次日山形似母鹿而得名，“拉康”意为“神殿”，民间也叫“母鹿后腿上的宫殿”。

他们走上去时云朵遮挡了太阳，走上寺庙的台阶，攀爬到最高处时，强劲的风从高空袭下来，掀起他们的藏袍和长发，有风铃发出撞击声。瞬间，一场大雨顷刻袭来，云朵里有闪电，雨点从四面八方扑击他们，他们俩相拥着，风来吧，雨来吧！

德吉梅朵微微颤动，她躲在桑多怀中，脸埋在藏袍中，什么也看不见，唯有厚重的雨幕敲打着她的后背，两人同时生出了一种孤独无援的安静，没有人说话，风雨声那么急切，把开腔的念头压了下去。

也只有十几分钟时间，很快，这番风狂雨骤就过去了，天空明朗，他们看到更高处的风马旗，更远处的山脚下，山与山重叠着，山路崎岖、山气浓重。一些牵马的牧民，他们是专门送那些不想走路而想骑马往雍布拉康旅行的人。这些马，风来雨往，平均寿命19年，其实它们在第15年时就登不动山了。它们这一生走了多少路，朝拜了多少次雍布拉康，它们的命运在来世会改写吗？

往山下走，看到马被淋得通体尽湿，它们打着响鼻，马头上挂着红花，黑黑的牵马人吆喝着马，有人上马、照相，牵马人牵着马往高处走。

杂草的种子趁机跟着饱满爆芽，在石块的缝隙里成长起来。德吉梅朵好像是跟不上趟的出操队员，走走停停。桑多走过来扛起她，“咯咯咯咯”的笑声扬起来，所有的人看他们。看吧，来看吧，他们是自然的一个景象，如同草叶上晶莹的露珠，你们就看一眼吧。

山间小道都是草草开就，不时有嶙峋石块浮出路面，行走时非时时盯着路面，以免柔软的脚趾被无辜踢到。他们发现山间行走的人越来越稀少，环顾四周都是草木遮蔽山体的绿色，有身披五彩的山鸡张皇失措地往远方飞，顷刻又淹没在草丛中，有啁啾声，不是一只是一双。有潺湲的声响，有沙沙的声响，是鸟和水、草木的交错所致。汉语说万籁无声，稍一细听则无处不出声响。让德吉梅朵感到，自然是如此丰富充沛，它们在各自的空间内，按自己的方式存在着：草木往上长，雪水往下流，藤蔓横着攀爬。

走到车跟前，两个人坐进去时无来由地互相望着，哈哈大笑，外面如此广大的空间，为什么不尽量舒展自己的身体呢？山风、山雨、山气、山色则满目都是，他们有足够的自由，足以让他们伸长手臂，爱情的视野里没有疆界，除非不是发自内心。脱下被雨水淋湿的衣裳，迎面而来，彼此呼入对方的气息，在没有周转的空间内，泥土涩涩的味道、流水清冽的味道，酥油茶、奶香，草木将更加青翠发亮，流水要更加激越畅快。心爱的人啊，我们的血液里流着互相交融时对风雨的敏感。

五

桑多换女人了。

“阳光拉萨”的服务员小姐妹次珍告诉德吉梅朵时，她先是下意识地笑了一下，她的笑有点羞涩，更多的是掩饰不住的聪颖与灵智。

德吉梅朵已经怀孕两个月了，如果不是没来例假她都没有往那方面想。

桑多，性格极端。活跃时不拘小节，性格外向，口无遮拦，置身再大的场面不惊不怵，面对再大的人物无拘无束，有钱撑腰，不理解他的都可以成为朋友。但在另一面，他又有着异乎寻常的寂寞和孤独，伴随着驱之不去的孤独感，他对女人有一种不能抑制的追求与渴望。

肚子里的孩子怎么办？德吉梅朵决定去找桑多。

想找到桑多是很容易的事，他喜欢到人多的地方去，这个时节他会去哪里呢？他一定会去K歌的地方，是去那种花钱贵的地方。

德吉梅朵走在城市的道路上，她再一次和城市的人群亲密地打了回交道。她走到“偶遇”酒吧门前时，发现了桑多的改装车“霸道”。她匆匆走进去，每一道门都是打开的路径，突然觉得这种行为很荒唐，反身回到门前的台阶上，颓然地坐在路边，想理清楚眼前的事情。

这是无法理清楚的事情。

心情迷乱，德吉梅朵还是起身往里走，有服务员拦住她，她说找桑多。谁不认识桑多？大名鼎鼎的桑多。

德吉梅朵推开204号门，没有人会关注进来的是什么人，只有进来的人关注到里面的人群中有桑多。高大的身影拥着一个女人，这是一个衣着暴露而姿势挑衅的女人，拿着话筒唱《青藏高原》，她的嗓子好得出奇，在最后的高音处，口哨声和掌声一起响起。

酒精的作用下，桑多抱住女人亲了又亲。

狼毒花的根，桑多是一个有毒的男人。

德吉梅朵走上去，推开桑多怀中的女人。黑，真是最简单的颜色，似乎可以遮蔽一切，包括肮脏。快乐走得太快了，如云朵被风刮走。

女人问："这个捻线陀螺一样的女人，是谁？"

桑多不假思索地说："村子里的低保户。"

德吉梅朵眼睛大大地盯着桑多，这是一句惊天动地的话，她被这句话缠住了，就像布网的蜘蛛一样。

桑多居然没有羞耻，依旧拉着那个女人，女人招摇着一头秀发，嫣然百媚的风致，暗红的唇，笑起来如风吹金箔。

德吉梅朵第一次发现笑能把人的心灼伤。

德吉梅朵问："桑多，你的脑子坏了，心也坏了吗？"

醉酒的桑多说："你这个瘟疫一样的女人。"

德吉梅朵说："桑多，因为和你的纠缠，我肚子里怀了你的孩子。"

桑多说："把那个小东西处理掉吧，我不想当一个孩子的爹。"

四下里的人笑，笑桑多这句话有哲理，接着他们起哄说：“我们不想当孩子的爹。”

德吉梅朵摔了门跑出来，她的胃极度不舒服，头也跟着胀痛。在藏族人的经卷里，那是不能饶恕的罪过啊！阿妈说过，世上的人都是老天爷赐予的神物，罪过呀，天大的罪过呀！

外面到处是喧闹，到处是人声、歌声，德吉梅朵的眼泪棉线一样地落在地上，没有力量。

跌跌撞撞地走回“阳光拉萨”，因为爱情她已经不好好上班了，老板几次提醒她，她也不管。因为之前有桑多，因为有爱。现在她什么也没有了，多么没有道理。她脸色苍白地坐在饭店椅子上，像一个蜜蜡做的女人。

都是热热闹闹的声音，喝过酒吃过饭，还没有过滤掉的热闹在行走中继续，只有德吉梅朵是安静的。

饭店老板要她回去休息，她也不多说什么，饭也不吃就离开了。

回到住处躺下，很痛苦也很疲惫，可就是睡不着，但愿电话不响，但愿没有人知道自己生病。她现在抗拒一切，包括食物，就像抗拒那曾经无处不在的虚假的爱情。她不爱谁，也不相信谁，此时，她连自己也不爱。

桑多本来就是这个样子，是自己不由自主地爱上了一个混蛋。

德吉梅朵把外面的袍子脱下来，暗红色的内衣，一样不要，这些全部是用桑多的钱买下的。她裸着自己，皮肤有一种针尖戳过般的刺痛，找出自己的旧衣裳换上，有点眩晕，想抓住什么，可是能抓住她看到的影子吗？

拉窗帘时，兀然看到一弯明月，仿佛她痛苦无望的爱情，在这个世界上，你和这个人好，又不能完整说出理由，单纯是不成熟，可什么是成熟，谁能告诉她？

可是为什么心里还想着有电话打进来？又在期待着什么？

德吉梅朵妊娠反应大得厉害，已经到了无法上班的地步。阿妈达瓦卓玛来“阳光拉萨”看她，难过地说：“你遇见了魔鬼，回家吧，女儿。”

魔鬼的孩子也是神赐予的神物，是天爷爷的宝贝，堕胎是天爷爷不可饶恕的，会让堕胎者几世受罪。德吉梅朵跟着阿妈回家。依旧穿着旧衣裳，那些或许有过爱情的衣裳已经没有意义了，她把它们毫不留情地送了人。

穿过琼结县城的街道，阳光和人群，昼夜轮回，四季流转，从前是什么样子已经没有意义了。

弟弟次仁罗布长高了，不喜欢读书，整天逃课或者躲在同学家看电视。德吉梅朵的回家让阿妈更操劳，对日常投入的精力更多。德吉梅朵的妊娠反应越来越重，有时候想到是一个梦，一缕一缕的阳光会化开这个梦，会被山上的风吹散这个梦，睡一觉也许就回到了从前。桑多就像一个过去的坏习惯长在了她的脑子里，努力不去想，可是努力的事情又总是不能忘记。

有几次她想给桑多打电话，可准备打时又觉得自己没有出息。

阿妈已经为这个家损耗了太多精力，对弟弟的牵肠挂肚导致身体抵抗力下降，偶尔的头疼变成频繁的头疼，疼起来需要扶着墙站立。

撑过六个月，德吉梅朵稳定了，妊娠反应似乎小了，也能正常吃饭，有些时候还可以下地劳作。

气候已经是冬天，在屋子里某个被阳光照射到的地方，德吉梅朵闻到了一股奶香，她默默坐着感觉肚子里的胎动，她试图找到那只小脚丫，和捉迷藏的小猫似的，很长时间又没有任何动静了。门前的阳光金子似的，拉长了她的影子，那个影子无限扩大，她忽地看见了阿爸，阿爸还是当年的那个样子，站在那里笑。那股奶香奇异而美好，难道是自己的身体散发出来的奶香吗？

阿爸笑着离开，她看到风吹过草原，摇动草地深处所有站立的茂茂草和滩上爬着的荒草。阳光把风揉成金黄色，把空气切成碎片，然后雪片似的从天上飘落。总觉得阿爸在慈祥地注视着她，给她从来没有过的力量。

阿妈从外面走回来，晚霞的光辉像巨大的梦境铺天盖地而来，阿妈笑着说："领到低保的钱了，这样生娃就有保障了。"

一沓钱放在坐床上，很扎眼。

德吉梅朵问："阿妈，你说什么？"

阿妈说："低保啊，从你没有工作那天起到现在，你也可以拿国家的低保了。"

德吉梅朵问："阿妈说，我在拿国家的低保，对吗？"

阿妈说："对啊，你没有工作了，我们家没有人有能力为这个家进钱。"

德吉梅朵感到从未有过的落寞和孤单。她盼着孩子赶快出生，她想到桑多用鄙视的眼光盯着她说"低保户"。那一句刺耳的话像一只离群的羊羔，灵魂在旷野里迎风呼叫，往日思念桑多的念头突然就冻结住了。

那一夜德吉梅朵惊醒过来，她发现自己的手放在胸口上，她似乎完全清醒着，似乎又无法动弹，静静地呼吸着这种能让她产生幻觉的气息，这种气息是那样的坚挺有力。她挣扎着，睁开眼睛望着上空，眼睛在朝阳升起时深沉得像一潭湖水，波光粼粼，美丽得令人心碎。

阿妈用劲喊她，说她在做噩梦，阿妈像呵护一头牛犊一样看着她，正在用手轻轻抚摸着她的头发。阿妈的抚摸感动了她，她突然又想到，自己要不要在孩子出生前找到孩子的阿爸呢？

矛盾的德吉梅朵。她在孕期受到了伤害，没有一点计策。

达瓦卓玛说："只要你不怕他像魔鬼一样再伤害你。"

阿妈的回答让她身体颤抖起来。似乎又成为一种斗志，她要去找他，不能让孩子一出生就没有阿爸，更不能让孩子出生后就吃低保。

德吉梅朵带着她荒唐的想法坐车前往琼结县城。

天气似乎比想象的要暖和，有些时候不知道桑多的动向了。她下车后先是站在街边看了一会儿人群，城市对她有一种诱惑，如果不是肚子里的孩子，她的月工资还会涨。身上裹着厚厚的棉衣，临出门时还被阿妈套上了一条围巾，一辆车走过带起的风扬起一股肃杀。拿出电话拨通桑多的手机，一直是忙音，再打，依旧是忙音。此时的桑多会在哪里？K歌厅或是酒吧？

电话突然响了，不是桑多，是拨错的电话，电话里的人认定这里应该有一个他要找的人，一遍一遍地问，最后核对电话号码，结果相差了一位数，然后那边又很突然地挂了。

德吉梅朵往桑多常去的酒吧方向走，果然在酒吧门口看见了桑多的改装车。心跳加速，手脚都出汗了。她走上前抬起脚照着桑多车的轮胎踢了两脚，心里的气无法出，她的委屈不是一般的。

哪知桑多的车报警声响了，有保安走过来指着德吉梅朵说："你赶快走开，这里不是你这样大着肚子的人来的地方。"

德吉梅朵说："我找这辆车的主人，我肚子里的孩子也是他的孩子。"

保安进去找人时，德吉梅朵觉得就让这辆车喊你吧。她不停地用力踹车轮子，好大的车轮子。她的眼泪出来了，汗水出来了，车的警报声引来几个围观者。

桑多出来了，他身边永远站着一个妖娆的女人。保安上去制止德吉梅朵，桑多很平静地笑着，这个没有穿高跟鞋的矮个子女人，大肚子像圆鼓一样，整个人看上去像一只母鹅。

桑多发怒了："你这个瘟疫一样的女人让我丢尽脸面，你这个疯女人!"

那张红脸在日照下，显得嘴唇很怪异，德吉梅朵还惊奇地发现，桑多整个面颊的上半部布满了雀斑，密密麻麻，以致从稍远处只看得见深红一片。他的眼睛只剩眼黑，眼白发红，几乎和脸是一个颜色。

桑多一发怒，他的狐朋狗友便知道下一步该怎么做。有几个人走过来，就要走近了，德吉梅朵突然心酸了起来，事实证明她来找桑多是错误的，这个聪明面孔笨肚肠的人，这个绣花枕头一包草的人。

德吉梅朵惊魂不定地望着桑多身边的女人，陌生的脸庞，无奈而且尴尬。她曾经站在她的位置上，那也曾是德吉梅朵的栖身之地，说不清怎么回事，自己便爱上这样一个人，像一条披着人皮的毒蛇奔窜在逐渐枯死的青草间。

德吉梅朵尖叫了一声，冲着那个女人喊："你难道没有看见你的下场吗?"她又瞪着桑多喊："桑多，我肚子里怀着一个低保户，你这个魔鬼，来吧!"

女人眉眼生动，突然纵情笑着搂着桑多撒了一下娇，桑多甩开她。这是一个不生气就难过的人，是被钱财捧红的野味，是热闹的充饥物，这是一个不能坐下来说话的人。

桑多说："有钱人的后人永远不是低保户，马蹄溅起的黏泥已经贴近我的嘴巴了，你不想我赶走你，就不要在这里羞辱我的脸面。"

德吉梅朵说："你配有脸面？脸面已经糊了你的脑袋，你自作聪明的下场便是暴尸荒野。"

桑多大喝一声："让这个不知天高地厚的歹毒女人去死吧!"

德吉梅朵想：来吧，看看你桑多怎么对付一个女人！好和坏、对和错、有理和无理，所有的脏水和孩子，你连孩子一起干掉吧，你会有报应的！

放弃明天就是结束今天，结束结伴而来的痛和苦，来吧，德吉梅朵豁出去了。

霎时间，一个人影横插在了一群人中间，那个人大喝一声，然后拽起德吉梅朵的袖子，在所有人不明白发生了什么事情时，她们已经走出很远。

是阿妈达瓦卓玛。阿妈怕德吉梅朵受罪，一直跟着走，她祈求死去的亲人来保护德吉梅朵，不要让人间盛开苦难和忧愁。

达瓦卓玛一边拽着德吉梅朵跑，一边气喘吁吁地说："魔鬼在诱惑你，他用肚子里的孩子诱惑你，那个诱惑早已成为一个坏结果。为什么要鸡蛋碰石头呢？你和他的纠缠已经结束，这是我们家的后代，不是魔鬼的后代。"

母女俩跑往人多的地方，离开恶狼的办法就是快速逃离。

六

德吉梅朵和阿妈拉着手走，从琼结县城往措杰村走。

街道上很安静，就像在长长的一年平常的日子以后，迎来即将到来的藏历新年一样，突然松懈了，什么也不想了。

谁家的酥油茶和着最后的夕阳一起缭绕过来，街道边上有人推车子卖橘子，她突然想吃橘子了。一个小女孩牵着阿妈的手等阿妈买橘子，女孩穿着粉红色牛仔裤和长筒皮靴，女孩的眼睛很大，像火一样燃烧着。德吉梅朵下意识摸了摸自己的肚子，等那母女俩走远了，女孩后脑勺上还烙着德吉梅朵的眼睛。

太阳刚刚落山，晚霞的余晖将冬日那苍茫群山涂抹得色彩斑斓，纵横的河道沟渠闪耀着暧昧的暖色，红色的晚风轻拂在脸上。

两斤橘子走着吃着，很快就没有了。

走着走着，突然就觉得身体有点失重，有点气喘吁吁，有阿妈的汗味笼罩着她。显然，德吉梅朵并没有意识到自己的头重脚轻。

天慢慢暗下来，远处稀稀拉拉散开的村庄，有零星灯光闪耀。每路过一户人家，都是大同小异的气息，肚子开始叫，偶尔碰见一两个藏族人，一两群牛羊，全都是黑乎乎一片。

月亮升起来了，德吉梅朵抬头看了一眼月亮升起的地方，突然又觉得后腰处像坠了一块石头，重得屁股都无法抬起来。慢慢地，那块石头又移到了她肚子上，像马蜂蜇了似的酸软。

德吉梅朵说："阿妈，我饿得腿脚没有力气，像踩在棉花上，我快要跪下了。"

阿妈说："坚持一下，月亮替我们照着路呢。"

不知道为什么，德吉梅朵的心情突然陷入了孤独中，肚子中的酸软变成了疼痛，疼痛越来越剧烈，她实在是太疼了，停下脚步，看着走在前面的阿妈，她站着，不知道马上要发生什么事情，月亮冷冽的清光湿漉漉地包围着她，有什么东西越来越沉重地压迫着她。

达瓦卓玛发现德吉梅朵没有跟上来，回转身发现没有人。

达瓦卓玛大声喊："德吉梅朵，女儿！德吉梅朵，女儿！"

德吉梅朵倒在地上，她透不过气来，心里头慌乱得差点儿想大喊救命。

德吉梅朵说："阿妈，我的肚子疼死了。"

达瓦卓玛循着声音走过来，看着倒在地上的德吉梅朵，经验告诉她，德吉梅朵要生产了。

荒郊野外，达瓦卓玛的诵经声响起，传递着令人压抑的气氛，偶有几声狗吠，听不见人声。月亮虽然不圆，但冷冽的清光在这空旷的乡野里显得格外明亮，地上白花花的，好似蒙了霜，伸手摸摸身边的小草，感觉特别凉。达瓦卓玛哭了，身边没有强劲的身影，她感觉到了惧怕。

达瓦卓玛觉得自己必须去找人，可达瓦卓玛又不能丢下德吉梅朵。

两难中，达瓦卓玛说："女儿，打桑多电话吧，阿妈求他，只有他可以来救你，此时，我们没有一点办法。"

德吉梅朵掏出手机打桑多电话，依旧是忙音，再打，电话有人接起，是桑多，电话里的桑多大声说："你是一个不吉利的女人，你这个低保户。"

德吉梅朵说："我要生了，我要生了，你来救救我。"

电话早已挂断。夜死了，没有一星半点气息。

达瓦卓玛手足无措，德吉梅朵忍着疼地哭着，翻着手机里的号码，她脑海里突然掠过张红生的手机号码，这个手机号码原本是要记在手机里的，因为什么事情一直没有记。她输入号码打通手机，期待着，接起的是一个男人。

德吉梅朵说："是张红生，大宝阿爸吗？"

手机里问："请问你是哪位？"

德吉梅朵说："我是德吉梅朵，我要生孩子了，在回措杰村的路上，您来救救我。"

张红生在电话那边迟疑了一下，他迟疑是因为没有听明白对方在说什么。

德吉梅朵急切地说："我要生孩子了，我的孩子没有阿爸，我被男人伤害了。"

张红生脑子"嗡"一声，有几年没有联系这藏族姑娘了，快，德吉梅朵需要帮助。熊小英已经穿好衣裳，两个人迅速下楼开车往措杰村走。

在路边看到德吉梅朵母女俩时，羊水已破裂，熊小英的心里一阵子疼痛，她闻到了空气中的血腥味道。他俩迅速搀扶她们上车，疼痛让德吉梅朵不断呻吟，车上的每个人都对她肚子里的小生命充满了担忧。

德吉梅朵入院后不久很快就生下了女儿，这个早产的女儿，两只黑黑的眼睛，降临到人间时，她没有哭声，大拇指含在嘴里，看到母女平安，张红生夫妇松了一口气。

达瓦卓玛在孩子屁股上狠打了一下，"哇——"德吉梅朵女儿的哭声嘹亮。哭声惊世骇俗，使得张红生和熊小英如同产床上的那位母亲，幸福得产房都微微战栗。这实在是破天荒的事情啊，这个藏族女孩到底经历了什么？

太阳升起时逼退了清晨的寒风，女儿来到她身边，一夜之间，德吉梅朵成熟了许多，她的悲哀已不放在脸上，微笑中有几分刚强。累了一夜的张红生和熊小英想着一个人在家的大宝，有点不放心，急急告别，临出门时说："有事打电话。"

达瓦卓玛送他们出来，熊小英说："回去吧达瓦卓玛，好好照顾你女儿。"

达瓦卓玛茫然无措地挥挥手。

在德吉梅朵的激动中，窗外飞过去一朵云，这样，孩子的名字就出现了——卓嘎，达瓦卓玛说："我的卓嘎。"

这是一个多么非同一般的奇迹啊。卓嘎，粉嫩粉嫩的，躺在阿妈身边。卓嘎的到来成为达瓦卓玛家的佳音，也成为德吉梅朵开口时的第一句话。

德吉梅朵出院那天，熊小英带来奶粉、肉松和大宝小时候用的各种玩具，她有点喜欢这个女孩，出于身体原因她已经不能再生育了，如果大宝有个妹妹就好了。德吉梅朵希望熊小英给卓嘎起个汉族名字，熊小英脑子都没有动就说："叫熊二丫。"熊二丫已经是熊小英疼爱的宝贝了，万千故事在后头紧跟着。

一百天的卓嘎已经脱掉了人之初的混沌，对周围事物的感知有了某种自觉的意识，喜欢笑，对四周做出相应反应的是笑容。有时候德吉梅朵拍拍手，她就笑；舅舅次仁罗布拍拍手，她也笑，笑得十分自如、喜悦和甜蜜。

德吉梅朵的手机里全部是卓嘎的笑脸，她的鼻子，她的眉眼，简直就找不到缺陷。

卓嘎双手双脚并用，慢慢地能坐了，会爬了。

远处的雪山静伫着，缄口不语。夕阳涂抹在走过的牛群身上、脸上，德吉梅朵抱着卓嘎骑在牛背上。鲜花盛开的季节，卓嘎已经开始牙牙学语，德吉梅朵听不懂她的话，但德吉梅朵本能地领悟到她的话是一种呼唤。

次仁罗布休学了，他不喜欢读书。

德吉梅朵和他谈了一次话。不读书的人只能种地，地里很难长出钱。钱不能生钱，只有读书可以改变命运。

次仁罗布说："钱可以生出钱，不读书照样可以活着。"

德吉梅朵拿出20元钱递给次仁罗布说："我看你怎么生钱。"

次仁罗布拿着钱跑出家门，他要和同龄人去打麻将，要证明钱是可以生钱的。20元钱很快就没有了，次仁罗布两手空空，心也空洞了。

过日子很为钱恼火，丢失的钱永远不会回来了。

德吉梅朵说：“钱走了就走了，不知去向，它虽然走了，但是绝不会消失。它在泥土里，在修建的楼房里，在牦牛的脊背上，在喜欢读书的人的理想里。钱不会消失，因为它是钱，钱什么时候都不会死，我们不能把钱看轻了。”

卓嘎长到八个月时，措杰村开始建蔬菜大棚，需要工人。德吉梅朵报了名，这是男人干的活计，一个女人报名垒墙，虽然说起来稀罕，但也不足为奇。一个月干足25天可以赚6000元。

德吉梅朵选择坚持和勇气，她的心中有一分清醒和希望，只有劳动可以改变命运。

阿妈达瓦卓玛觉得德吉梅朵体质弱，一天干不了预期的活计，恐怕一个月拿不到那么多钱，不希望女儿把身体累坏了，毕竟来日方长。

德吉梅朵对劳动的执着是九头牛也拉不回来的。

七

蔬菜大棚建在措杰村东北角上，建棚的老板是汉族人，他娶了一个年轻女人做老婆。在山南建筑行业的山头中不算大老板，电话不离手的何老板常常用电话来听别人对他发号施令，那个别人是他的妻子。

措杰村的蔬菜大棚有一定规模，干活人中间女孩子少，为了不显得自己扎眼，德吉梅朵穿着弟弟的衣裳，密密麻麻的人中，如果不仔细分辨还发现不了德吉梅朵。工地上虽然也有女孩子来干活，可她们总是站得远远的，就像督战一样，每天上工时都不少她们，少了她们太煞风景。

很奇怪的事情，没有人觉得德吉梅朵是女人，别人吃饭了，她还在干活，甚至想要干很多很多活，连吃饭的时间都不舍得停歇，就为了干完自己的活早一点回家看卓嘎。有时候饿得心跳加速，背转人吐一口酸水，说是去野地里上厕所，其实是跑回家看女儿、找吃食。

在措杰村建蔬菜大棚的不仅仅有措杰村人，还有其他县的工人。一个叫次仁德杰的小伙子看上了德吉梅朵。这一代藏族男女再不可能像他们的父辈那样保守，文明随着物质，必然在一代一代的进化中得到提升。

恋爱毕竟应该是一件含蓄而秘密的事情。次仁德杰喜欢在夜幕的庇护下，因为那样会使他感到温暖而安全。德吉梅朵则在夜幕时分需要回家带孩子。次仁德杰目送德吉梅朵的背影，有时候在后边轻声喊一下："嗨，你怎么就这样走了？"

德吉梅朵羞涩地笑一下，她的离开对次仁德杰显得残酷了点。

恋爱毕竟是一件含蓄而秘密的事，需要远离人群，远离住处找一个说话的地方，德吉梅朵匆匆忙忙的离开让他无从下手。

德吉梅朵说："我有一个女儿，刚刚一岁，我的女儿卓嘎还离不开阿妈。"

次仁德杰跟在德吉梅朵身后问："我能为你女儿做些什么事情？我给她买一个玩具吧？"

德吉梅朵说："卓嘎还小，还不知道玩具好玩。"

次仁德杰说："可是我最想做的事情是成为卓嘎的阿爸。"

德吉梅朵再一次羞涩地笑了："你像狮子的嘴巴一样，太夸张了。"

次仁德杰说："我说的是我心里想的话。"

德吉梅朵说："我还不想恋爱，我对男人不信任。"

次仁德杰说："男人是不一样的，有好男人，我就是。"

德吉梅朵说："我就要到家了，我要见我的卓嘎。"

两个人就这样你一句我一句，有意无意地说着话。一个看似在诉衷肠，爱意无限的样子；一个心里有事，也没有很决绝地拒绝对方。

山南这个地方昼夜温差很大，寒凉对于此时情境下的男女根本没有意义。

夜凉了，次仁德杰想握住德吉梅朵的手，几次伸手让自己挨得近一些，越近就越能感觉到对方，越感觉到对方就越有一种心动不能自抑。

听见卓嘎的哭声了，德吉梅朵快速跑了几步，一下子距离就拉开了，等次仁德杰也跑了几步时，德吉梅朵已经跑回了自家的院子，女儿牵着她的心呢。

黑暗中，次仁德杰徘徊在马路上，天空有星星有月亮，有夜鸟飞过，他想德吉梅朵劳动时的背影，这个女人朴素得让人喜欢。

德吉梅朵干活实在是累了，一回家搂着女儿，一边让女儿吃奶一边端着碗吃饭，狼吞虎咽的样子让达瓦卓玛看着直发笑。饭毕搂着女儿卓嘎在尿味乳香中倒头就睡。

第二天一早，依旧昏然沉睡的她被电话吵醒了，是次仁德杰喊她上工地。

放下电话，德吉梅朵想：我又被一个魔鬼惦记上了。

蔬菜大棚有可能很快就完工了，那么接下来该做什么，去哪里找工作呢？此时她还想不到爱情，偶尔也多看次仁德杰几眼，和桑多比较，次仁德杰长得不够高大，人显得憨厚一些。现在德吉梅朵必须放弃已有的一些好坏参半的东西，比如说，遗忘伤害、痛苦与曾经厌倦了的思念而需要一些新的东西，而那些新的东西同样也与好坏、长短、对错结伴而来，当这些东西来到她身边时，很容易缓解她此时的孤独，可是无可奈何的日子还很长啊，会不会再出现伤害呢？

德吉梅朵想：我现在还不能要爱情，爱情还不符合我的想象，短暂的疼爱会过去，我不过是一个过平常卑微日子的人，任何人的温情脉脉都是假象，我的平凡得令人激动的好日子就是陪伴着阿妈、弟弟和卓嘎，卓嘎的出现已经是一个意外了。我要把此前的日子收拾起来装进一个纸盒子，再系上时间和遗忘的绿色丝带，将它放置在心头，时时提醒自己，一切还不是时候，自己还有目标没实现，不能被当下的没有结果的东西打乱了日常。

再见次仁德杰时，德吉梅朵就不理他了。

次仁德杰觉得德吉梅朵是一个诱惑，她以微笑和美好引领他向那个方向望去，他无法控制自己要向那个方向走去，他觉得自己的未来是和她连接在一起的，世界一定会像自己想象的那样豁然开朗的。

措杰村有两三个孩子在追逐耍逗，他们的笑声与小鸟的婉转啼鸣一起在树丛中回旋。没有拖拉机的声音，也没有大人在一旁不断地监视和呵斥，发现阳光下有两只鸟在打闹，起起落落、上上下下、前前后后地追逐。

次仁德杰站在旁边看他们，鸟叫声像是私语，能够想象那些小生命同自己一样开心得发疯，只是苦于听不懂它们的语言。此时他穿过街道就为了去见德吉梅朵，他要向她表白，不再躲躲闪闪，虽然她不理自己了，那也没有关系，爱情是追来的，功夫一定要舍得下。

措杰村的蔬菜大棚盖起来了，只剩一点收尾工作，干重劳力的人已经找不到下力气的地方了，就等结算工钱了。

德吉梅朵在青稞地里拔草，站起来看偌大的青稞地仿佛没有尽头一般。弟弟在远处，埋在青稞中，这个不读书的年轻人终于把自己安顿在了青稞地里。读书才能改变自己的命运啊，她一定要卓嘎将来读书，读大学，做一个有本事的人。

汗水打湿了她的头发，喘着粗重的气息，她又开始想卓嘎的样子了，一岁多的孩子已经开始叫阿妈了。

青稞地里静悄悄的，阒无一人，像所有的中午时分，路上连自己的影子都没有。一行行的青稞，还有远处的油菜花，像诗歌一样。她不知道诗歌是什么样子，但是，此刻她便已经知道诗是什么样子了，心里诗一样敏感的东西，一下就感觉到了过日子的滋润和欣悦。

德吉梅朵唱着歌，起起伏伏，青稞地就活泼了。

次仁德杰站在远处听，想慢慢走近吓她一跳，对德吉梅朵不理他的事情已经忘到脑后了。

“嗨，德吉梅朵！”

德吉梅朵吓了一跳，她迅速站起身应答了一声，看到是次仁德杰，她一下就扭转了身。

次仁德杰说：“你知道我有多么喜欢你吗，德吉梅朵？”

德吉梅朵说：“你快走开，我讨厌你。”

次仁德杰说：“我说的是认真的，我就喜欢你，答应和我好吧。”

德吉梅朵突然想到最近刚学到的一个汉语词：不尽如人意。

“我当下的生活不尽如人意，我的将来也不尽如人意，所以我不喜欢你。”

次仁德杰说：“我们的将来到来时一定不尽如人意，我们把将来变作现在，将来还是在远方，我会等待那个不尽如人意，牛奶会有的，面包也会有的，我们就一起不尽如人意吧。”

德吉梅朵瞪大了眼睛听着，然后喊了一声：“次仁罗布，次仁罗布，你赶快过来赶走这个坏蛋，你赶快来呀！”

听到呼喊的次仁罗布从青稞地跑过来站在次仁德杰对面，长成小伙子的次仁罗布长得高出了次仁德杰半个头，身子骨虽然看上去单薄，但是脸上显示出了愤怒。他准备打架了，只要对方敢动手。第一次打架，他要把力气全部用在两只拳头上，他可不是一个孩子了，他要保护这个家里的所有女人。

次仁德杰后退了一步，他可不想和这个未来的小舅子打架。

“我自己会离开，总有一天我们会成为一家人，等着走着看着吧。”

次仁罗布眼睛血红，他被姐姐喊过来是为了收拾这个男人，并用力量来纠正这个男人的过错，怎么能轻易就放走了这个男人。他往前多走了几步拦住次仁德杰，太阳的光涂抹在两个青年男人身上。

德吉梅朵窒息了，她被这种场面震慑了，吓得说不出话，眼前的景象凝固成一幅全息照片，一幅被阳光和风塑成的即将开战的照片，进入了德吉梅朵的脑海里。

四周一片安静，无法预知的暴风骤雨就要来临了，没有说话声，只有粗重的呼吸声，次仁德杰也捏起了拳头。

德吉梅朵一阵眩晕，脑子里突然出现一队羊羔的幻影，形成一些温暖的白色亮点，亮点穿过看不清楚的远方停滞下来。这种柔和的停滞给了她无限欢乐，她突然喊道：“停下来！任何一个人先出手都不应该，我们要礼貌。”

出乎意料的是，两个男人并没有放松自己的身体，包括他们的脖子和眼睛。

德吉梅朵跑过去，她突然认识到自己做了一件坏事，把自己的好恶强加给了次仁罗布，不能再任由事情发展下去了，发展下去没有任何意义，她冒出这个想法时，她就想把事情说破，说明白了。

“次仁德杰，我不喜欢你，我有心上人，我不想把话说破，更不想我的生活多出一双盯着我的眼睛，我想着你的眼睛趴在我的双肩，飘在我的头顶，长在我的后背，这让我不快乐。你走吧。次仁罗布，放他走，我们不是仇人。”

次仁罗布听完姐姐的话依旧没有让步，次仁德杰横跨一步走了，太阳照着他的后背，他想：德吉梅朵是属于我的，她总有一天要接受我，我有足够的爱来追她。

八

午觉醒来，外面突然起风了。德吉梅朵抱着女儿坐在窗户前，窗玻璃被风吹得“咔咔”作响，因为看见了什么卓嘎笑起来，原来是一只猫在地上玩阿妈的线团子。

满身阳光的卓嘎喊着：“阿妈，阿妈！”

卓嘎把所有看见的喜欢的事物都喊作阿妈。

措杰村的扎西顿措来德吉梅朵家，想问一下德吉梅朵愿意不愿意出去干活，比如去砖厂，不是琼结县，是另外的地方——扎囊县。按工计活，干好了一个月可以拿到6000元，而且可以长久干下去。

德吉梅朵当然喜欢了，她眼下最喜欢的就是钱，谁会对钱惧怕和讨厌呢？这几天她正为出门干活忧愁呢。现在听了扎西顿措的话，她立马就答应了，说自己愿意去，阿妈在家照看卓嘎，弟弟也长大了，可以和阿妈一起种地，外出做工赚钱的事就交给自己吧。

扎西顿措说：“那就好了，明天我们就出发吧，恰巧这个砖厂有和汉族老板打交道的事情，老板还想要一个懂汉语的人，我看你就正好。”

送走扎西顿措，德吉梅朵想，自己是生活在高原上的人，会说汉语，会和汉族人打交道，因为会说汉语赚钱还比别人多，心里一阵子窃喜。起身放下卓嘎，开始收拾明天要带走的东西。

扎囊离琼结虽不远，但也是山岭重叠，山路崎岖，不过也有赖于这高原，世代生活于此的高原人家，生活秩序没有多大改变。这种代代相传的生活，温馨而又平静。

山野是相当广袤的，但是可耕种的田并不多，还要依山势划割，许多机械很难进入，所以，牛、犁、镰刀、锄依旧是惯用的工具。这样，风来雨往，有时就牵挂人心，德吉梅朵担心自己去扎囊后，天久不雨而地旱，又担心山风逆吹会扫落饱满的青稞。

阿妈达瓦卓玛放牛回来知道德吉梅朵要出去工作了，心里有说不出的喜悦和担心。她安慰德吉梅朵说："放心走吧，卓嘎有我，地里的活计有次仁罗布。现在家家户户都有电视了，可以从天气预报中得知风雨信息。"

德吉梅朵说："可是天气预报还是关心不到我们村子一带。"

达瓦卓玛笑着说："哪里可能那么细微到村，就靠自己的体验吧。你阿爸活着时把上辈人的习惯化为经验，阿妈没有读过书，但是对你阿爸牵挂风雨的事情都记得很清楚。除了这些，还会和邻居互换劳动，你就放心走吧，扎囊离家也没有多远。"

晚上，德吉梅朵和弟弟次仁罗布说话，主要是安顿她走了后家中的事情，她不希望弟弟每天看电视，要多替阿妈做一些事情。

德吉梅朵说："我们种了15亩地，这可不是一个小数目。弟弟你虽然不读书了，但是身体还没有长成，你才16岁，你要帮助阿妈干活，但也不要累坏了自己。土地归属自然，除了劳动付出之外，还是要靠天吃饭。不在于今年和去年下气力有多少差别，而在于天气好，天气好也不是太阳好，总得有雨有风有雪。每一场雨有每一场雨的作用，每一阵风有每一阵风的意义，阿爸活着时知道凭风向可以决定收割南边或北边的青稞。收割青稞时雨多了也是大麻烦，少了不足，多了为害。”

次仁罗布还没有想那么多，对季节到来心里没有底，觉得姐姐有些唠叨就不想听，把电视的声音开得很响。

德吉梅朵喊道：“你难道不知道阿妈有头疼的毛病吗？你不可以这样。”

次仁罗布压低声音说：“我的血脉里流着阿爸对土地的敏感，现在我虽然什么也不知道，但不是姐姐的道理让我明白的，是一天一天往下走的日子告诉我的。我没有远大的理想，农田里那点事儿，我可以从明天开始学，你就放心去打工赚钱吧。”

德吉梅朵突然觉得次仁罗布长大了。

夜暗下来时，卓嘎睡了，德吉梅朵想出去走走，沿着马路走，明月当空，地上一片银白。走在山间小道上，任何一条道都是草草开就，不时有碎石块凸出路面，行走时得时时盯着路面，以免柔软的鞋无辜被踢破。环顾四周，都是草木遮蔽的绿色，人显得渺小起来。不知什么东西在草丛中掠过，有啁啾声响起，停下来稍一细听则无处不出声响，让她感觉到自然是如此丰富充沛。看不见，听不见，就如自己一样。

德吉梅朵在月光下转了一个圈，她不想那么多了，每个人的视线都没有疆界，从明天开始她要慢慢抵达远方，如果老年时能去拉萨最好，赚钱，赚更多钱，去拉萨，去北京，去世界上她想去的地方，不让一些人小看她，那么就从明天做起吧。这样想着，德吉梅朵又笑了一下，觉得周围的事物看出了她的心事似的，就小声说：“你们不要笑我，我想一想还不行吗？你们不要挡了我的念想，你们是知道我秘密的，但是，实现起来会很难，难也不怕，风雨抽打过我的心，我经历过了，我不怕难。”

德吉梅朵不想去否定自己，日子是朝着快乐的方向发展的。

扎囊的砖厂在县城外，四周无村，所有的工人就只能住在厂子里。老板叫索朗旺堆，个子不是很高，人看上去很厚道。第一天，他向新招收的工人们讲话，讲了厂子里的规章制度。讲话结束后又说，听说有人懂汉语，懂汉语的举手。

德吉梅朵举手，也有几个零零落落的人举手。

索朗旺堆举着一本书问：“哪位能朗读下这本书?”

因为距离的原因，德吉梅朵看不清楚是一本什么样的书。

索朗旺堆说：“是《走过西藏》。”

这下没有其他人再举手了，只有德吉梅朵。她走过去接过书，认真翻阅了一下，然后选择一页打开，读出声来。

索朗旺堆很欣赏地看着德吉梅朵，他让德吉梅朵停止阅读。他说：“你从现在开始跟着我搞销售吧。”

德吉梅朵问：“请问索朗旺堆老板，销售工资和工人的工资是怎么算的?”

索朗旺堆说：“工人在一线，干的活多工资多；搞销售相对要轻松，当然没有工人的工资高。”

德吉梅朵说：“原谅我，索朗旺堆老板，我喜欢到工地去，我现在需要赚钱。”

索朗旺堆挥手叫大家散去。德吉梅朵也散去，许多刻板印象在这个姑娘身上似乎不起作用：一个喜欢钱的女人很虚荣，但喜欢钱的德吉梅朵并不虚荣。

女人们一起住在砖厂宿舍，空心砖砌就的床铺，门是一扇红黄相间的木板门，板门外面装着蓝色铁门环。她们一天都在工棚里做砖，只有夜里才回到宿舍。卓嘎不吃奶水了，德吉梅朵的胸前湿漉漉的，是奶水溢出导致的。

几个月活计干下来，她突然觉得和这个世界有一种距离，连话都少了，埋头干活，抬头看天。来时还带着一本书看，其实干了一天活，夜晚倒头躺下时连说话的力气都没有了，哪里能够睁开眼睛。

工棚和宿舍中间有一道栅栏门，天亮后吃饭，然后许多人向栅栏门走去。栅栏门前站着穿蓝制服的检查员，所有的腿在向前迈进，她突然很喜欢这扇栅栏门，无论她的心境平静，抑或躁动，一旦走进这扇栅栏门，她就觉得通过劳动赚钱有多么幸福。

又几个月下来，德吉梅朵开始想卓嘎、阿妈，还有弟弟。每天的生活就两个场景，此前的生活经历好长一段时间都是门里门外：门里的家，门外的世界。现在的门里门外是门里想怎么多赚钱，门外依旧是养足力气多赚钱。

半年回一次家，德吉梅朵不舍得多请假，回家一趟只停留三天。卓嘎已经不认识她了，她哭着说："卓嘎，我是阿妈。"

卓嘎躲开她，有几次试探着用小手去抚摸她的藏袍，很快就缩回来了，蹦蹦跳跳躲到一边去悄悄窥探。

看到地上有许多玩具，德吉梅朵以为是弟弟和阿妈买的。伸手捡起来递给卓嘎，让她近前来拿。卓嘎说："叔叔，买。"

德吉梅朵看着阿妈达瓦卓玛。

达瓦卓玛说："是一个年轻人，他半月来看一次卓嘎，每次来都买玩具，问他叫什么他也不说，每次送来东西问一下你的情况就走了。"

德吉梅朵想，一定是桑多醒悟了，他一定是碰了钉子，或者是被马蹄子踢了脑袋，他终于明白了。

德吉梅朵把半年的工资交给阿妈，阿妈又递给德吉梅朵几个零花钱，德吉梅朵带了换洗的衣服很不舍地离开了措杰村。

到了县城转乘前往扎囊县的车，因为晚到了，车已经发动，她远远地招手追赶着车希望车停下来：如果今天赶不回去，明天就要误工，一天工资就没有了。

车在远处停下了，还鸣着喇叭，但是，她在追赶奔跑的途中摔倒了，一切发生得太迅猛。德吉梅朵迅速站起来时，觉得额头有点儿潮湿，她用手捂着追赶到车前扒着车门上去时，车上有人惊叫了一声："血!"此时她才发现有一股黏黏糊糊的东西顺着额头流下来糊住了她的眼睛，她把手放下来看，全是血，用右手抹了抹脖子，手心立即殷红，抬头看着车上的人，怕吓着他们，赶紧从包裹里拽出一件上衣擦干净，笑着解释说："一点皮，被石头疼爱了一下，就擦破一点点皮。"

有人问她还有哪些地方疼。

她摇着脑袋表示再没有地方疼痛了。

但是，她感觉被捂住的伤口处有一股温热又冒出来，能够明显感觉手心又潮湿了，而且不能被她手掌覆盖的暖流顺着发根、额头，缓缓向后脑勺以及耳朵方向流下来，她明显感觉耳朵的耳郭部分已被血填充了。一会儿工夫，耳郭里的暖流便溢出去，向耳外后脑部流去，有头发遮挡着，就让它流吧。

德吉梅朵使劲回忆到底自己碰撞到了什么地方，是什么绊倒了自己，可什么也想不起来了。慢慢地，她觉得血不流了，也不觉得疼，迷迷糊糊地睡着了。

醒来时，发现车到了终点站扎囊县，下车后她还得走将近一个小时才能到砖厂。走吧，此时谁也帮助不了你，就是破了点皮，有什么好怕的。

走到砖厂已经是夕阳西下。

夜里睡下去她才知道了疼痛，坐起来闭上眼睛，一切安静了。她突然想起了阿爸，没有衰老的阿爸有一天会回来吗？她会拉着阿爸的胳膊，看他满不在乎的微笑吗？夜里居然梦见了阿爸，阿爸依旧是活着时的样子，他对德吉梅朵招招手，悄然微笑地飘过，慢慢地隐入了墨色的高空，她惊恐地喊："阿爸，你不能就这样走了，我们都想念你！"阿爸摇摇头，不停地往高处走，很快什么都看不见了，阿爸再也不回来了，和逝去的亲人比，自己这点疼算什么啊。她醒来时，发现所有人都睡得很深。

脑袋钻心地疼，她突然想到了死亡，如果再睡过去是不是就是死亡来临了？她再一次看见阿爸，阿爸梦幻似的突然就消失了，她不想打扰工友，小心穿衣走到外面，脑子嗡嗡响，刀割似的疼，她担心自己会疼死。受不了，她把整个脑袋放在外面的水龙头下，让冰冷的水冲走疼痛，不能死呀，一定不能死呀！

德吉梅朵醒来时，发现一切都是白的，阳光是白的，夜晚是白的，错综迷乱的记忆是白的，当发现自己躺在医院里时，白色像一个口袋把她的一切装进去，包括身体。

穿白色大褂的护士说："你差点死掉，假如不是用冷水冲洗你自己。你被送进医院时高烧40摄氏度，伤口感染加脑膜炎，你差点死掉。"

德吉梅朵说："是谁送我来了医院？"

护士说："是你的工友一早发现你倒在水龙头下，是你的老板送你来的，你为了赚钱不要命了吗？高烧都不知道吗？"

德吉梅朵说："脑子疼得让我忘记了火炉子似的高烧，快点让我好起来吧，那样我好去工地做工赚钱。"

护士摇摇头说："钱把你的心买走了。"

索朗旺堆第五天过来把德吉梅朵带走。一路上索朗旺堆都没有说话。

快到砖厂时，德吉梅朵很忐忑地打破了沉默，说："索朗旺堆老板，住医院的钱你接下来从我的工资里扣吧。"

索朗旺堆看了她一眼，脸上的表情是难堪而痛苦的。

"你太不怕死了，不怕死再加上爱钱，就是德吉梅朵。"

德吉梅朵羞涩地笑了："索朗旺堆老板，难道你开砖厂不是爱钱？"

索朗旺堆说："爱钱也不能不要命啊。看你爱钱的样子，这几天的工资就不扣除了。"

德吉梅朵惊讶地瞪大眼睛："难道你真相信钱长进我的心眼里了？难道你真认为钱已经成为我的疾病了？索朗旺堆老板，你该知道藏族人的青稞从来不出售，出售的永远都是自己的力气，力气可以赚钱。"

索朗旺堆哈哈笑着，猛一踩油门，车飞奔起来，他知道，所有善良人的心灵都是相通的，就算是雪山高高在上，也没有融不掉的积怨，更没有接不住的绳索。

九

有一天，砖厂来了一个小朋友，是个小女孩，大大的眼睛，卷卷的头发，怀里抱着一条白色的泰迪。泰迪毛茸茸的，通身纯白，雪团似的。她站在砖厂栅栏门前，看着进进出出的工人，不畏惧，甚至放下狗，狗对进进出出的人狂吠，女人吓得尖叫着躲开。女孩"咯咯咯咯"地笑着。女孩叫达娃，是砖厂老板索朗旺堆的女儿。

狗很尽职，知道它自己的使命，只要达娃挪一步，它保管不离左右，跟前跟后。这几天，达娃成了砖厂工人心中定格的风景，那么可爱，特别当夕阳西斜的时候，人和狗的影子都被夸张地拉长，小狗的欢叫和小孩的笑声混合在一起，点缀得砖厂忙碌紧张的日子充满了生机。砖厂的人没有不认识达娃的，德吉梅朵尤其喜欢达娃，看见达娃就想起了卓嘎，常常走近达娃抱一抱。

达娃说："你好。"

德吉梅朵说："你好。"

达娃会说汉语，从小就学了三种语言：藏语、汉语、英语。

德吉梅朵突然就哭了，也许是因为卓嘎，也许是因为别的什么，抹着眼泪准备走了，院子外传来了马达的轰鸣声，接着，一阵"噔噔"的脚步声从砖厂院子外传进院子内。上货的来了。栅栏门大开，走进来的都是年轻人，他们穿着工装，工装上沾着灰土，脸晒得黑里透红，眼睛晶亮晶亮的，眼睛大多看着地上的达娃和她怀里的狗。

其中有一个人朝这边看了一眼，很熟悉的一个人，他拿着一个玩具走近达娃，好像达娃和他很熟悉，主动求抱。德吉梅朵想起了次仁德杰，这个人是次仁德杰。

她快速离开，午夜的明月从对面的山上浮起来，像奶锅那样大。哦不，是比奶锅还要大，红彤彤的，有些像傍晚时那舔着了地平线的落日。

她急急地跑起来，急急地，好像月亮要轧着她的脚后跟似的。

她想，我躲过这个人了。

曾经无数个夜晚，放下手中的书关掉灯，把自己放置于黑暗中，对眼前发生的一切苦思冥想，未来会是什么样子的呢？爱情会是什么样子的呢？一切来不及想，瞌睡就来了。赚钱吧，她很满足自己的生活，赚了钱以后再考虑自己的生活也不迟。因为工作，她们家的低保比例已经降低了，曾经可以不工作而享受社会福利，自己要对社会负点责任，也需要赚点钱，赚了钱不当低保户。想起桑多的眼神，桑多的眼神让她充满难言的惆怅。怅然中，面对无边无际的天空，天空可以任由小鸟展翅，可是没有谁告诉小鸟应该怎样构筑巢穴、寻找水源、觅取食物，对于没有归宿的人和鸟来说，自由是一种奢侈的装饰，人和鸟一样都得背负责任。

德吉梅朵回到砖厂宿舍，拉砖车已经开走，进入空荡荡的院子，进入已经黑灯了的房间，和衣躺下，突然觉得自己躲避的东西很无聊，假如今天晚上次仁德杰认出了她，她想，我一定要和他喝青稞酒。

躺下去，片刻后就昏然入睡了。

也许是第二天早上，或者是第三天早上，索朗旺堆从工棚里喊德吉梅朵，他希望德吉梅朵跟着他跑销售。现在在山南搞建筑的汉族人太多了，有些话说长了很麻烦，他一时不能够理解意思，要停顿很久才能慢慢明白。

德吉梅朵说："那要给我一线工人一样的钱，否则我的汉语就太不值钱了。"

索朗旺堆问："假如我给你更多的钱呢？"

德吉梅朵说："索朗旺堆老板，虽然我喜欢钱，但是多余的东西拿了总是要烫手。"

索朗旺堆说："我喊你出来是因为我有个弟弟，他还没有女朋友，我想介绍你们认识。我的弟弟和你一样，也是一个固执的人，固执的人总是听不进别人的建议。不过也许你们很有缘分呢？"

德吉梅朵羞涩地说："也许我们没有缘分呢，两座山头上的树，永远不能闻着风的味道寻找。"

索朗旺堆说："牛羊走向圈就是缘分，你在山头上问候一声、看一眼就是缘分，我们在天空和大地之间就是缘分。你还是砖厂的工人，难道我们没有缘分?”

德吉梅朵说：“索朗旺堆老板，那就见见，看看我和他的缘分吧。”

砖厂的工人在周末举行了一次聚会，年轻人抬出仓库里的一只老木鼓，异常陈旧的鼓，木帮、鼓皮泛出黑色，击出的鼓点有点破声破气，但是，也有苍凉悲壮感。大家围着木鼓敲出的鼓点开始跳果谐，大家唱着：

这里走向圣地拉萨的人们，要学会检验那黄金是什么；
如果不会检验黄金是什么，怕黄金与汉地黄铜分不清。
这里走向圣地拉萨的人们，要学会检验松耳石是什么；
如果不会检验松耳石是什么，怕松耳石与聪石混淆不清。
这里走向圣地拉萨的人们，要学会检验那海螺是什么；
如果不会检验海螺是什么，怕海螺与象牙之间分不清。

一个人牵着一个人的手跳舞，那个牵德吉梅朵手的人紧紧牵着，手掌心都出汗了。德吉梅朵在回头的瞬间发现那个人是次仁德杰。

他冲着她笑，这是一个多情的人，高高低低的月光在他跳跃的头发间闪烁，把目光送到天空去，把思绪牵回每一次踏步的脚下，他的眉目传着情、倾吐着爱，曾经的拒绝都土崩瓦解了。即使刚才还有一些烦乱的心情，也会如秋水般平静下来。披着月光跳舞的民族，月下有许许多多的故事都很美很美。

次仁德杰牵着德吉梅朵的手离开跳果谐的人群，走向远处的青稞地，月下风光的美妙和心境的愉悦，怎么看德吉梅朵都是一个羞涩的少女。

月光照着扎囊，映着山势，绵延着的群山，蓝莹莹的湖水，有微风吹来，飘动着青草和野花交融的异香。月亮很大，也很低，近乎透明的轮廓清晰而线条分明。

次仁德杰突然跪下来说："美丽的姑娘，嫁给我，做我的妻子吧。"

德吉梅朵羞涩地笑了，一股微妙的暖流从胸口流过，她有了初恋的羞涩和愿望，此前是欲，是虚荣，是被一个外貌迷惑的错误。

月色辉映着对方的轮廓，也迷蒙着对方的脸庞，这是多么美妙的情境啊。

我们恋爱吧！

次仁德杰告诉德吉梅朵，他是索朗旺堆的弟弟，但是，他不会因为索朗旺堆办了砖厂，就做索朗旺堆砖厂的寄生虫。为了得到德吉梅朵的爱，他策划了砖厂的招工，知道德吉梅朵会说汉语，希望索朗旺堆不要让德吉梅朵太受苦，一直到现在。次仁德杰说："索朗旺堆要介绍给你的男朋友就是我。"

砖厂的歌声还在继续：

从这里去东方背山上观看，遇见明媚月亮和温暖太阳。
这明月是照亮雪域的需要，这太阳是温暖四季的需要。
从这里去东方背山上观看，遇见白色公牛和黑色母牛。
那公牛是雪域耕地的需要，那母牛是雪域挤奶的需要。
从这里去东方背山上观看，遇见格萨尔王和森江珠牡。

听着歌声，踩着细碎的月光，次仁德杰和德吉梅朵走在布满碎石的小路上，他们轻言细语，怕惊扰了草丛中的虫子。此时砖厂里已经人少声寂，脚下的干草沙沙作响，月光、花木、雪水，似专门为他们走过而铺设。

德吉梅朵指指高处的月亮说：“汉族人说，那是月老。”

次仁德杰已经不会犯“不尽如人意”那样的错误了。他说：“这是一个尽如人意的夜晚。”

太阳哺育了生命，月亮培育了爱情。

十

又是一个冬天，就要过藏历新年了。措杰村村民小组迎来了一对新人。他们走进村委办公室，第一句话是：

“我们是来退出低保的。”

被阳光猛烈照射之后，眼前出现了一种短暂而温柔的黑色眩晕，让村委会里接待他们的次仁索拉有些走神。他有点不明白他们俩在说什么，这是两张被黑红的太阳狠狠亲吻过的脸，他们应该明白，国家的钱是可以“白拿”的。

他们俩互相对视了一下，德吉梅朵的笑就显得羞涩了，在热烈的阳光下眯起眼睛，她说：“这是我们家开会决定了的事情。”

次仁德杰伸出手臂，有力地和次仁索拉握了一下手。

这件事次仁索拉是无法做主的，他要去喊村干部们来决定。

次仁索拉的离开让四周安静下来，风在门外跳舞，一只狗就地滚了一下，很舒服地滚进树荫下，又滚了一下，滚到了太阳底下。可能是困意和香气一起袭来了，它展开长长的身体闭上了眼睛。

门口第一个人走进来，又有第二个、第三个、第四个人走进来。

他们觉得德吉梅朵的举动很不成熟。这个他们看着长大的女孩子，有明亮的眼睛、健康的笑容。这个疯玩疯跑疯笑的女孩，真是不知道她脑子里在想什么。

德吉梅朵站在四人对面，这是很严肃的事，她说："我要退出低保。我阿妈和弟弟都已经决定了。"

"为什么？国家每年发给你们家的有一万元入账呢，你要好好想想。"

"你还没有长大呢。你阿妈知道，那是一头牛的价值。"

德吉梅朵说："我听见城市里有人喊：'别理她，低保户！'他们的表情不是装出来的，有嘲笑在里面，当然不是说我，恰巧我听见了。"

"听见了又能如何？你们家还有你女儿卓嘎呢。"

德吉梅朵指着次仁德杰说："我女儿有她的阿爸。"

次仁德杰抬起眼睛来，暖暖地笑。

德吉梅朵羞涩地笑了，长发披下来，就好像闪光的水流温柔地流淌。她没有办法解释她的行为，在她的心里，充满了莫名的不安与懵懂的罪恶，但是，她无法停止。

"我们得去你家里调查，这不是你可以决定的。"

德吉梅朵说："当然可以。"

"仅仅是因为'低保户'对你来说是一件丢人的事情？"

德吉梅朵说："有。也不完全对。"

"那是因为什么？"

德吉梅朵说："是电视。"

德吉梅朵继续说："在电视上，我看到了比我更困难的人群，我省出来的钱总归可以给一个家庭资助。我们现在不需要太多的钱，钱已经够了。"

"钱还有够的时候？小姑娘，吃低保的人像树叶一样伸着手等，你真是一个有高尚品德的人，要知道拿回家里的东西是没有送出去的理由。”

德吉梅朵说：“您这句话像‘低保户’一样打击了我，胳膊伸长了总是要长皱纹，挖太多的草，草原的肌肤就要受损。是酥油就要化，我是一个有手脚的人，还有一颗活着的心。”

次仁德杰看着德吉梅朵。时光静止，只有空气在流动，一切美好而纯净。

德吉梅朵说：“射出的箭，说出的话。我们再没有话可以说了。”

屋子里的人知道，藏族人一旦发愿，十八头牛也拉不回来。

养子如虎

一

呼延展和父亲很少说话，因为父子个性不同，期盼和理想也不同，这种不同——呼延展很早就知道了。

一个是养父，一个是养子。

有几个年头，因为父子关系淡漠，呼延展姑姑还偷偷买了乌龟，选择半夜去邻近的小水潭放生，那些乌龟个头不小，抛入潭水时，“扑通”一声，溅起不少水花。姑姑认为那是潭里的水笑了，为自己的行为得意。

父子俩的关系还是不好。天旱时水潭里的水干了，有小鱼小虾的尸体，独没有乌龟的尸体。姑姑开始为父子俩的关系伤心落泪。

呼延展是姑姑的儿子。姑姑的弟弟打了半辈子光棍，姑姑把5岁的长子送给了自己的弟弟，人活一世怎么能没有自己的后代？姑姑一厢情愿地认为。

呼延展的故乡在内蒙古伊金霍洛旗，属呼和浩特、包头、鄂尔多斯“金三角”腹地。从地图上寻找，在鄂尔多斯高原东南部，毛乌素沙地东北边缘，东与准格尔旗相邻，西与杭锦旗接壤，南临乌审旗，北与鄂尔多斯市府所在地康巴什区隔河相望，地理上是亚洲中部干旱草原向荒漠草原过渡的半干旱、干旱地带。

水蚀沟壑和坡梁起伏的故乡，风沙肆虐。

纳林希里镇的其根沟是呼延展居住的村庄名字，村庄下设四个村民小组，呼延展家被划分到了二社。

养父呼得福出生在一个秋天，那时村子里的柿子树多，十月的柿子已经黄了，他的出生是家里的又一份收获，又是长子，父亲就给他起小名叫“得福子”“如意子”。可惜，一次乡村车祸让呼得福父母早早离开了人世，他有一个姐姐，姐姐没有办法帮呼得福成家立业，姐姐嫁人后，土屋子里的呼得福一个人活到35岁。

呼得福35岁还没有女人愿意跟他。姐姐怀着怜爱交混的复杂心情决定把最疼爱的长子送给弟弟。但是，姐姐不知道，从此，姐弟俩被各种各样的心理误区所阻隔，难以倾听彼此的真实想法，往来中的亲戚一下就变了味道。日常生活多了一种防备、猜疑。呼延展作为两家命运的巨大伏笔，一下就觉得生活像一口藏着月亮的水井，常常被梦和理想一类的抽象之物所累。

呼得福接收了姐姐的长子，并将其改名呼延展，从此和儿子一起很不适应地生活在土屋里。

那时的呼得福看上去很显岁月，方圆就近的女人没有一个看得上他，原因很简单：日子过得寒酸。呼延展的到来也算是呼家人在世上留下了一粒种子。

呼得福既当爹又当妈，总体来说两个角色转换得不太好，互相换位得烦了就不怎么管这个儿子。一天做一顿饭，多添一瓢水，一顿饭吃新鲜的，其余两顿都是吃剩下的。

呼延展成长得不是太顺，饥饿陪伴着，嘴唇因倔强而坚硬，他说不出什么温情的话。和邻居家的娃娃比较，热闹和呵护显少，总是觉得家里少了啥，也害怕自己被别人认为没有存在感。因此，他说话的嗓门大，众声喧哗中高调表态，笑声也响亮。清脆的童声响彻村庄的角角落落，并回荡在人们的睡梦里。其实当时的山村是很原始、很本真、很热闹的，他家在通往村庄的出口处，又在村庄的最显处，夜晚时分他家也是孩子们喜欢闹腾的热闹地方。

呼延展的大嗓门成了一种笑谈，有人甚至说他：“人穷志短，就喜欢穷咋呼。”

上初中时呼延展就很少说话了，细小的幸福也不能抵消日子里那些沉默的灾难，没有呵护，有些呵护看上去又很生硬。习惯做一枚无花果，在自己的世界里酝酿，没有花朵凋谢时抒情化的凄凉，像哑巴一样，承担着宿命的倦怠和安静，常以低频的声音和自己说话，别人听不到。和自己交流的时刻是愉快的，从早晨到黄昏，然后只剩下一条朦胧依稀的小路，树木渐渐隐没，土屋门前暗淡得没有了色彩和轮廓，只剩下移动着的东西能被看到，比如一只鸡，一条狗，还有他十分厌恶的喝酒吃肉猜拳的声音能被听到。

土屋对面的坡地上长满了各种树木，最多的还是柿子树，树木的春夏秋冬都会缀饰得五彩斑斓，很惹眼。

柿子成熟时，呼延展摘下柿子装进口袋，搭车进伊金霍洛旗卖柿子，有时候遇见好运气了也能卖几个零花钱。柿子是呼延展童年的果腹口粮，常常因为吃多了不排便。和别人家的同龄人比较，他就显得矮。

养父呼得福是懂手艺的人，那些年，别人家修房盖屋，套门窗的木工活计就由他来做。乡下人眼窝浅，他对呼延展的成长没有多少奢望，认为将来能种田糊口，能成家立业过成一家人就行了。

不期望，因此也就不大管这个养子。

冬天，大多的日子是被白雪包裹着，白天上学，夜晚回到土屋，黑灯瞎火，冷锅冷灶，点亮跳动的油灯，老鼠见着亮，也出来找温暖，虽然是友善的，但是想到有限的口粮被它们盗走，心里还是很难过。呼延展抓起炕上的扫炕扫把打过去，一会儿没有声音，一会儿那声儿就又响起来了。它们抢着灯光逗乐，在地上烧火准备的松柏枝、柴草、麻秆中上蹿下跳，不亦乐乎。

有几次呼延展想去找亲妈，他知道姑姑是亲妈。姑姑家在村东头，针线学得挺巧的，还给呼延展补过衣裳。见了姑姑心里有说不出的欢喜，张口想叫妈时，姑姑说："该走了，姑姑送你回你家。"

一句"回你家"拉开了距离。

呼得福给人干木匠活计，吃得好，偶尔也喝几口散酒，呼得福慢慢就有了酒瘾。夜里回到土屋时人腾云驾雾，觉得自己在飞。情感大概是耐不住幽寂的，天生野性。他喜欢热闹，人见了恭维两句，想着手头赚下的几个钱，钱确实魅惑情绪，于是去村里的小卖铺买了酒喊了人在土屋里开始喝。

放学回家的呼延展看着土屋内乱糟糟的猜拳喝酒人，心里不是滋味，就走到院子里看星星，想着，为什么姑姑一定要把我送给她的弟弟呢？当舅舅也许是好舅舅，当爸爸未必是好爸爸。寒冷的空气中，脑袋十二分清醒，脚步不知道迈向哪边。一只猫从土墙上爬过去，似乎是有一只蝙蝠在墙头上夜宿，月亮的光照着猫侧身抬起的爪子，他实在是消受不起这份难过，想来想去最难过的是土屋里没有姑姑这样的女人。

呼延展盼着养父也找一个女人来，有女人的屋子里不必伸手就可以吃到饭菜。5岁前的记忆明亮，姑姑的院子里，尤其是傍晚，情境和心境都不一样。越来越黑的夜，姑姑的笑声，如一朵灿烂而怒放的花儿，被夜的浩大的寂静烘托着，朵瓣清晰，让院子里的人沉浸在难以言明的欢喜里，生活是芬芳的。

他记得姑姑拉着他的手说：“舅舅没有娃，你去给舅舅当娃，舅舅是妈妈活在世上娘家唯一的亲人，你是我的儿子，你得替妈妈还债。从此你没有妈妈了，只有姑姑，你喊我一声姑姑。”

呼延展笑着喊：“妈妈，你是妈妈。”

姑姑打了一下他的头，不算重：“你喊一声姑姑，我听听好听不。”

呼延展喊：“姑姑。”

姑姑落泪了。眼珠子如筛子眼似的，泪水滴落下来，湿了衣襟。

门外院子里有两盆花，其中一盆花枝上长了苞，另一盆花枝上开放出花来，有红的、紫的，还有几朵是白色的，说是绣球花。折断后有一股臭味，和舅舅身上散发出来的味道一样。呼延展回头看着妈妈喊：“妈妈。”

这一回，姑姑狠狠打了他一个巴掌，很重，一阵剧痛，他心酸极了，开始哭，用眼的余光盯着外面的爸爸，院子里的爸爸不作声，嘲笑什么似的说了一句：“姓黄的儿子就要姓呼了。”

呼延展由妈妈拉着手去见舅舅。村子中央的土路上有车轮轧出的辙子，走起来磕磕绊绊，路两边还残留着马粪，看起来很黑，路边上有一只小动物已经死去，看得出是一只猫，灰麻色的皮毛，腹部的毛色有些灰白，猫已经死去几日了，有一股臭味发出来。呼延展盯着猫说：“像舅舅，臭。”

舅舅在土屋的院子里等待很久了。一张八仙桌，桌子上是父母的牌位，舅舅坐在椅子上，比平常日子打扮得干净，双手交叉在胸前，嘴角扯起笑纹，看见姐姐领着“儿子”进来了，紧着坐在椅子上。跟着进了院子的村干部是证人，他们站立一边。姑姑牵着呼延展走到八仙桌前面，要他跪下。呼延展跪下，磕头，算是认祖了。

姑姑说："喊爸爸。"

呼延展掉头想跑，身后两个后生拽住他，这阵势吓哭了他，他迫不得已地喊了一声："爸爸。"

满院子人喜笑颜开。呼延展也笑了，太好笑了。因为大家都笑。

这一笑从此改变了他的命运。

彼时彼境，院子里除了屋子里的猜拳声，有的就是一些借着月光发亮的小昆虫，最绝望的时候，他所能拥有的，是自己曲起腿来的安慰。姑姑总是出现在黑暗中，悄声说一些长辈对晚辈的教育，说话的声调也不高亢，眼神温和、微润，轻颤的眼睛盯着呼延展，眼睛里的拒绝和躲闪让呼延展很不舒服。

季节易逝，时间久了，呼延展又有点不太在乎了，也跟着土屋里的人吃肉猜拳，虽然不能喝酒，但是整个人很有意思，像喝酒人的兄弟一样，利索有劲地代替醉酒的养父猜拳。

醉眼蒙眬的呼得福觉得这个儿子这样下去会出问题。酒后的呼得福想慷慨陈词一番，结果显得少气无力，但还是说了："有划拳的工夫去学习去，人家的爸爸有本事，你的爸爸没有本事，人家的爸爸是亲爸爸，你的爸爸是你的舅舅，我给不了你啥东西，跟着我喝酒吃肉行，我死了就不行了。你得好好念书，念书改变命运是中华民族崛起的基本。你总得把我死了以后的生活过完吧？"

呼延展尝试着喝了一口酒，结果把自己像破罐子似的甩了出去，一下子喝了有三两酒。酒让他不省人事，10岁的娃娃昏沉沉地睡了7天。村子里有人告诉呼得福："你儿子酒精中毒了。"

7天后呼延展醒了，以为自己死了。看土屋还是土屋，明白自己还活着，黄土搭起的房子，加上一些稻草，一个火炉，一张桌子，一个土炕，这就是摆设。养父熬好了草药汤摆放在桌子上，看他醒来了，高兴地笑着说："我就知道光棍屋里的人命大。"

这时的天色大约已近黄昏，而黄昏是一天里最宁静的时刻，土屋里的光线也渐渐暗淡下去，沉郁的颜色使土屋里的气氛有些凝重。偶尔，老鼠跳出来试探一下动静，它们停顿一下偷偷换口气，并尽量地伸展自己的腿脚，流动着的空气中有一股酒的味道，这味道让老鼠兴奋，它们开始跳着呼朋唤友，呼得福学着猫叫吓唬老鼠："喵呜，喵呜。"

一切停止了。

养父的另一面让呼延展莫名其妙的欢喜。

二

呼延展小学毕业了，养父依旧出门去揽活。星期六呼延展去姑姑家，姑姑不在，姑父在屋子里坐着，姑父似乎是得过脑出血，头被医生开过洞，算是及时把压迫神经的血给抽了，捡回了一条命。姑父见了呼延展很高兴。没有聊几句话，姑父便拽住呼延展的手拉到一个立柜前，立柜的玻璃柜面上插着一张照片。姑父说："你看，这个是你。你那时叫黄晓波。"

照片上黄晓波被妈妈抱着，头上戴着黄帽子，一大家子身后是三间低矮的土屋。

姑父笑着说："你妈妈抱着你，那时你3岁。"

呼延展看着3岁的自己，感到很尴尬，心里怪怪的，有一种说不出的感觉。他认为自己从来没有被女人抱过，哪想这张照片上的自己被亲妈抱着。呼延展突然感觉到自己的身份很复杂，养父不想厘清，姑姑不想厘清，都有一个道理在里边，这种复杂的亲情关系恐怕自己也无法厘清了。

呼得福路过姐姐的门前看到了这一幕，他认为姐夫是故意使坏，故意在一个孩子面前挑拨离间。他有些生气，回家后就警告呼延展以后别去姑姑家了，说那姑父一肚子坏水。

呼延展心里被一种深深的悲伤所笼罩，掀不开的感伤愁绪弥漫着。看着一家人朝着两个相反的方向走，烦恼又无法排遣。

没有色彩的土屋内没有女人的影子，父子俩常常因一些小事而磕碰。呼延展端着海碗吃一碗机器面，吃相不好，汤汤水水溅到了衣襟上，呼得福一巴掌上去了，说："吃应该有吃相，看你，又浪费水又浪费布，将来会有什么出息！"

如此大的世界，如此小的人生。

那些阴雨和阳光的往日，姑姑永远不能再被叫作妈妈了。人生崎岖的循环及记忆，那些短暂的快乐，呼延展望着养父，没有太多的感触。他觉得力量不都站在他那边，默默想：等我长大了有你好果子吃。

父子俩在秋日亮晃晃的草原上走着，白色花，一簇簇点缀在盈然绿丛中。这些白色的花开罢，草原就进入霜雪的季节了，小草枯掉，叶子败光，朔风吹卷，大地寒瑟，第一场雪总是不够绵密。雪下过，大地上一片彻骨的寒冷和泥泞，呼延展长了冻疮的手脚5岁之后就没有进过暖意丛生的怀窝。霜雪过后，生过冻疮的部位开始奇痒，接着就开始肿胀、开裂，周而复始。

呼得福送呼延展离开纳林希里镇其根沟二社去伊金霍洛旗读高中。

暮色苍茫里，父子俩并肩走着。呼延展已经高过呼得福的肩膀，脑袋和呼得福一样平了。安顿好儿子，呼得福要离开伊金霍洛旗回纳林希里镇其根沟二社，临走前他请呼延展在一家小饭馆吃一顿饭，他自己喝了四两烧酒。伊金霍洛旗到底比纳林希里镇大多了，夜幕下的街道上偶尔有几处灯光，还有打着手电从街道上走过的年轻人。

走起路来有点头重脚轻的呼得福拍着儿子的头说：“走，送爸爸到大路上。”

秋风掠过头发、树梢、屋顶，呼呼作响。恍惚想起很久没有这样走路、说话了，心里有放不下的念头。偶尔有流星般的难过从心头流过，想说什么又似乎还有一种芥蒂存在，似乎父子俩在演戏，所有的话说过，侧过脸时眼睛里都闪着内容。走过老墙根儿，青砖道旁的黄花开着，静静摇曳。黄色显得饱满，光照下让人心动，让人忽然又高兴，又惆怅。带着腐朽气息的街道上，也许有养父的味道在里面。突然，呼延展开始留恋土屋子，土屋子的霉潮味道，养父的味道。从前，总想着离开土屋子，那样，心情就会畅快起来。此刻，感受到了摆脱从前日子的自由，不知道为什么，他又很怀念和养父在一起时的不自由。

吹过的风，透着一股凉气。

呼延展说：“爸爸，天凉了，记得多加衣裳。”

呼得福说：“你只管好好读书，读好书考上大学，气运一改变，你就摆脱了农门，就上了高速路。那时候你就四通八达了。爸爸想办法赚钱，让你闯江湖去。”

呼延展突然感觉养父呼得福老是过着夏天似的，冬天对他来说从来都不觉得寒冷，因为酒，酒带着天真的微笑等着他，酒如春阳温暖着他，冬天不见他穿棉袄，有酒精刺激的呼得福也不管呼延展穿不穿棉袄，认为男孩子冻一冻好，脑子容易清醒。

秋风虽然凉爽，空气中依旧有苍蝇在飞，呼得福跳着腾空抓苍蝇，左一下，右一下，完全忘记了身边的呼延展。呼延展停下不走了，想说什么话的欲望又没有了。

舞蹈着抓苍蝇的呼得福丢到身后一句话："等你考上大学了，我要买大缸大缸的酒，排在纳林希里镇其根沟二社的土路旁，任由过路人痛饮。"

呼得福舞蹈着，人就埋入了夜色中。

呼延展望着那个小黑点。突然，有一束手电光射回来，在空中画了两个圈，又射向前方，然后光柱又射回去，光柱跳跃着越来越远。

这就是自己的父亲。酒后的父亲似乎还可爱一些。

一段由数个长长短短的过程连接起来的日子走远了，细数自己有多少喜欢的时光在里面，有多少起起落落的复杂心情在里面。过程中，有时快乐到让人沉醉，有时孤独到无人分享，却都是生活。把过往的日子收藏起来吧，好好读书，争取考上大学。

黑夜中树的形状很美，如弯曲的手臂伸向天空，树梢是尖尖的，风扰乱树在天空的剪影，树叶沙沙作响，有小鸟起落。天空中有月亮升起，深蓝的天空慢慢变得墨黑。呼延展站在送别的路上看着空旷的远方想起了姑姑。

姑姑是可以和他敞开心扉说话的，每一句话都带着暖意，带着牵肠挂肚。但是姑姑的牵肠挂肚最后都要落在养父身上。

姑姑在暖阳里绣花，向晚的脸上浮泛着一些暖意，呼延展站在姑姑院子的门前看姑姑手中的线越来越短，呼延展喊一声："姑姑。"

姑姑抬头看是呼延展，总是一拍大腿，说："啊呀，来，快进来，娃子。"无论手上有多大的事都会起身到灶台前烧火做饭，她知道如果呼延展不是肚子饿了，是不会轻易来自己家的。

姑姑做的饭永远好吃，永远有一种香气缭绕在记忆中。呼延展在姑姑家不想走，坐在姑姑身边，溽热的天气里，连汗都不会出，不去想外面的暑气，屋子里的香胰子味道缭绕在空气里，真是叫人熨帖如意。姑姑一定要在他稍坐片刻后赶他走，姑姑心疼儿子，更心疼弟弟，手心手背都是肉。姑姑包裹呼延展的热情总是很短暂，如浓得化不开的洋洋春晖覆盖呼延展的情绪总是很短暂，呼延展在让人踏实安稳的屋子的驻留总是很短暂。姑姑把没有说出来的话，没有表达出来的疼爱，全都融进一顿饭里了。

很快，寒假就到了。寒假里藏着年，过年就要长一岁了。知识让呼延展从更宽容的角度来理解苦难，理解那些忧伤到无声的心灵。从过年那一天起，呼延展决定不做任何过激之举。

但是，这个年过得很不愉快。

放寒假时呼延展离开伊金霍洛旗回家，先是去姑姑家吃一顿好饭，磨叽半天才回自己家的土屋。

大老远看见土屋大门口围着邻居，好像发生了啥事情，快速走近，原来是一个女人倚着大门要债。女人话锋犀利，道理讲到最后开始破口大骂，邻居们来看稀罕，养父坐在门墩上，不时地摊开大手说："欠下了，现在还不了，你再骂也是这样的结果。"

呼延展问欠下多少。

女人竖起三根指头，呼延展问："300元？"

女人很不屑地说："300元算钱吗？是3000元，小子！"

3000元不是小数目，咋欠下的？呼延展问呼得福。

呼得福说："你专心念书，不关你的事情，欠下了总归是要还的，我现在是没有钱，可我会有钱的，我不害怕，这也不丢人。火台上有剩饭，去吃你的饭。人家来要钱不能不叫人家要，咱没有钱，就应该挨人家骂。"

女人越发得势了，指着呼延展说："小光棍，你家老光棍当初拿我的钱娶老婆，就因为怕你受委屈，不娶老婆了，结果钱也不还了。3000元，你记着，父债子还。"

呼延展从邻居们嘈杂的议论声中理出眉目来，但是想不通为什么要娶这样一个女人——土屋里是缺少一个女人，但是，不缺这样的女人。

邻居们悄声议论："当初如果娶上这个女人还不掀翻了呼得福的土屋。"

"这女人带着两个男娃，一起来呼家，哪有呼延展的好活。"

"女人不要脸，过嘴欠下的债也敢来要。"

"人家说呼得福睡了她呢，咯咯咯咯咯。"

呼延展心里盘算了一遍，明白是养父想娶眼前这个女人，借了女人3000元向女人的父母提亲，钱被女人父母收下了，亲事也定下了。不知道什么原因，呼得福放弃了。女人记得3000元钱是从自己手里拿走的，拿走的钱不仅仅是口头承诺，是已经成为事实。女人来要钱也不能说没有理由，但也可以没有理由，女人的钱给了她自己的父亲，钱还在她家里人手中。

呼延展说："这钱记在我头上，我还。"

女人斜睨着呼延展，她小瞧这个娃，屁大点的读书人敢口头承诺还钱，那得啥年月。

"记在你头上哇，那好呀，啥时还？不能超过明年，你还钱得连本带利，少说也得还3500元。"

呼得福"呼"一下站起来，是想说什么，又什么也没有说，"腾腾"往院子中央走了两步，又"腾腾"走近女人。女人"呼"一下钻进了门里，胸脯挺得高高的，仰起脸盯着呼得福，等呼得福再走近一步她就要发作了。

呼得福理短似的绕过女人，拉着呼延展的手说："不关你的事情，你是学生娃，只管念书考大学。"

女人突然"嘎嘎嘎"笑了，说："还有命读大学？哪有大学生生在这样的穷土屋。"

呼得福不搭话，拉着呼延展回到土屋，关上门。

外面的声音慢慢就散了。空空的屋子里，桌子上、窗台上、脚地上蒙着的都是灰，屋子里寒酸的样子想掩饰都掩饰不了。

呼延展穿过村子，碰见一个下煤窑的长辈，长辈叫韩贵余，此前也是光棍一条，现在鸟枪换炮了，娶妻生子，大冬天穿西装走在纳林希里镇其根沟二社的村街上。他见人发烟，一边发烟一边掏出一张湿巾纸跷起脚擦皮鞋上的土灰。大冬天，黑亮的皮鞋穿在脚上，湿纸一擦一层霜就蒙上，再一擦霜就厚了。

为什么自己不去下煤窑？呼延展想：如果可以赚很多钱，现在也是选择一条路的开始呀。

沉闷而阴郁的午后，太阳像一把寒光凛凛的匕首，太阳在该消失的西天角上停留，一朵厚云拦住它，它很不服气地斜逼出来，横亘在纳林希里镇其根沟二社的上空。这时已是迟暮时分，办年货的人络绎不绝地走过。张家买啥啦，李家买啥啦，过年的精气神儿，从人们一圈一圈绽开的笑脸上荡漾开，跑来跑去的娃娃们脸上居然泛起了无数的小汗粒。

呼延展走向对面山坡上的树林里，他能感觉到自己的脸通红通红的，是被冷风冻得通红，想着女人在门口要钱的场景，从5岁长到17岁，自己好像没有被人好生尊重过。

空气凝滞，一个不可知的未来在什么地方？他已经好多年不大声说话了，那些有爸爸妈妈的同学一旦出现在他面前想邀请他做一件事，他都是视而不见的，但是，他的骨子里很害怕孤独并顽强地对抗着孤独。这个孤独般涨潮的年里，他突然想逃离，想回到学校。可是学校已经放假了，回去怎么办？没有同学，没有老师，空荡荡的学校里依旧有回忆相随。

呼得福割肉过年。买了红纸要呼延展写对子，对子的内容大都是福满门。福在哪里？苦难比欢乐给人的东西更多，这话在呼延展身上验证了。苦难是人生的底蕴，他把这个底蕴晕染得很厚。这个年和往常的年一样，丰富了他对世界的认知，蓝天下演绎着没有结尾的故事，他把自己遮挡得越发严严实实。

正月十五过罢，学校就要开学了，还得回到学校，他年龄不满18岁，没有地方要他这个年纪的工人。那个女人又来过一次，在刚刚擦黑的黄昏。她站在土屋门口，呼得福叫她进来，呼延展不让。女人宣称不还钱不走人，眼珠子翻白倚着门，一股冷风嗖嗖往土屋钻。破天荒的，呼得福要呼延展去姑姑家躲躲，呼延展不走，他已经是这个家的一员了，虽不能独立撑持，但是遇见麻烦来了，他得在场。这一回是冷战，就等着女人自己没趣。在呼得福讳莫如深的感情世界里，气是永远顺不起来的。

月亮升高了，女人被冻得浑身打哆嗦，不得已掉转身骂着脏话离开了。

这一回合似乎是胜利了。看着静悄悄的院子，呼得福想喝酒庆贺一下。

呼延展觉得养父是一堆扶不上墙的烂泥，有点太伤他的自尊了。贫穷带来的羞耻，连带对养父的情绪搅和成一锅难以下咽的感情杂烩，于一个青春年少的人来讲，唯一的办法是离家出走。

呼得福也不拦他，任由他走，因为呼得福知道他是拦不住这个儿子的。

呼延展深夜离开土屋去往学校，冰冷的世界，什么时候内心的阳光才能把过去日子里受到的委屈一点一点地驱赶走呢？呼延展想把梗阻于胸的种种不适尽量向一个人倾吐，这个人一定是姑姑。姑姑总是把这种生活现状用一种积极向上的人生态度来对待，总是站在自家兄弟的立场上，似乎对父母的愧疚全部转换成呵护这个弟弟了。

因为是凌晨，外面黑乎乎的，周围的房子有的窗户上有了些昏黄的光，窗户两边的门上一团团红色，看不清写了什么内容的对子给人一团温暖，可那是别人家的温暖啊。今天是正月十六，空气中弥漫着鞭炮燃烧后的焦味，十五的高潮已过去，有打麻将的声传出来，谩骂声，甩牌声，埋怨声，所有的声音都是人间的声音啊。腊月天没有化了的雪在夜幕下很干净，他踩上去，咯吱咯吱响，空气真好，洗净了他身上的汗酸臭。

走到姑姑家的院子门前，睡眠中的门窗是黑的。此时的静夜，独自面对清白的月光，四野的雪花，假如命运在5岁时没有任何改变，在这个屋子里会发生什么样的故事？呼延展此时的心里特别不是滋味。他觉得身后的村子粗糙、愚昧、肮脏、落后，刚平复了的心情就突然风波袭来，动荡的生活颠簸得他几乎要爆炸了。假如说用孤单来形容此时的他，真是再贴切不过了。

通往学校的道路上，呼延展突然发现自己一点喜悦也没有，一点期盼也没有。他对活着产生了根本性的怀疑，甚至质疑人活着的意义、传宗接代的意义，许多问题在心里绞缠着，闹腾着，找不到头绪，看不清走向。这个寒假自己做了什么？自己像土坝上干枯的叶子，没有活力，没有水分，周围没有拦挡，只有风带着走，可是走到哪里才是头啊？

他大步流星地走着，甚至觉得只有走才不会被生活抛到身后。

呼延展发现身后有人也在大步流星地走，微风里有一股酸臭味儿，静夜里还有人在赶路，他回了一下头，风声划过耳际，他看到了呼得福，呼得福肩膀上扛着一个蛇皮口袋，在黎明前咧着嘴笑。呼得福说："爸爸给你拿了干粮和厚衣裳，你招呼不打走得急，不出正月天，冰天冻地的。往前走就到大路上了，就有班车了，爸爸送你上了班车就往回走，不耽搁你时间。"

正月天，呼延展感觉到了春意袭来，却是在黎明的黑暗中。

三

高中第二年，呼延展18岁了，正是情窦初开的年龄，在自己的想象里，他如痴如醉地与刚分配到学校上语文课的女教师张小俏开始了初恋。

那个如抽穗的麦子般蓬勃生动又美丽的语文老师，无论如何也不会想到她在呼延展的高中生涯的梦境中反反复复出现。

好多和呼延展一起读高中的村子里的孩子不读书了，各自寻找命运的去向，呼延展也心动了，这样读下去会花很多钱，或者说真正的花钱时刻还没有开始呢。人生的挫败感好像生锈的金属一样层层累积，到达顶点制造出硬的心，时时刻刻想出逃，抛弃身后的一切。

村子里在煤矿工作的韩贵余捎话来问呼延展愿不愿意去煤矿。如果愿意，煤矿现在招工，某月某天在旗里集合往神木方向走。这是决定人生命运的时刻，从某种角度来说，其实是一种逃跑。

呼延展很心虚，去或不去两面的理由斗争了好久，读书也不用心了，成绩急剧下滑。但是决定离开学校的那一刻，学校于他而言便不再有任何意义了。

张老师从操场上走过，这是呼延展幻想中初恋女友的模样，是可以用微妙的语言形容的名字。张小俏，近在眼前，远在天边。过早经历了人间磨难的呼延展很难过地打消了初恋的念头。在他曲折的人生道路尽头，张小俏不会陪伴自己，她走的是笔直的道路，草原上的鲜花等待着她走近，她美丽、自信、善良，可善良不是爱。她就是一个贼，偷走他感情的贼。她对呼延展的诱惑是永恒的，可呼延展一定不能被诱惑缠住了脚。

呼延展决定离开学校走向社会，赚钱，改变命运。虽然舍不得学校，但是，他现在必须放弃读书，必须砍掉这个年龄任何滋生出的情感枝蔓。

呼延展迎着张老师走过来，面对值得崇拜和学习的老师，他不敢看那张脸，多么白净的一张脸啊。平时，呼延展就是那种有点拘谨的学生，笑容也是收敛的，而此时，他的说话声音更是如同攥紧的拳头不愿意展开。

张老师知道他有话说，主动问："呼延展，你有话要说吗？"

呼延展说："张老师，我不读书了，要参加工作了。"

张老师惊讶得张大了嘴，说："怎么会不读书呢？你学习一直很好，不读书可惜了。是你家长不让读书了还是你自己不想读书了呢？"

呼延展说："我自己不想读书了。"

张老师说："你先不要急于做决定，明天你想好了再来见我，不读书很容易，再读书就难了。你爸妈同意吗？"

呼延展躲避着，说："同意，老师。"

说谎，有生以来第一次说谎。

那是难以决定的一夜，月亮还没有升起来，同学们都去上晚自习了，呼延展看着天空中闪烁的星星，人世间的欢乐为什么总是在别处呢？即使触手可及，也往往和自己无关。

张老师来宿舍找他，坐在床前的他多么不像一个男子汉。张老师白净的脸上，笑容像月光一样明媚。

张老师说："我们出去走走好吗？"

走在校园的林荫小道上，张老师问："你一定要辍学吗？"

呼延展说："一定。"

夜色中月亮出来了，他敏锐地捕捉到了张老师的惋惜。爱不应该有惋惜，长辈才有。他一厢情愿地喜欢张老师，现在，他必须坚持他的决定，不念书了。

有男老师喊张老师："张小俏，我找你呢。"

"就来。"张老师拍拍呼延展的肩膀说，"你回家后再想想，还想读书的话，学校欢迎你。"

看着张老师急急远去的背影，他失望、沮丧、懊恼，他甚至觉得，缘分就该是这么浅吗？

第二天回到家，从难过中拔不出来的身子病了一场。

养父熬了几服汤药叫他喝，他很慎重也很认真地对养父说："我不想念书了，这样念下去不知道会有什么结果，还不如去煤矿，只要舍得下力气，钱就不愁赚。"

呼得福说："爸爸是想让你读书，你要是一定不想读书了，爸爸也没有办法。咱们家祖坟上压根就没有考大学这样的风水树，不读就不读吧，读了大学离开土屋，你哪里还能回来？爸爸舍不得你走远，也许是爸爸不对。你自己决定吧。"

呼延展对土屋的记忆，从童年到少年，只有土屋里的气息，养父的某个眼神，还有饥饿感。在土屋中他甚至没有接受过一次长辈的抚摸，他渴望被父亲和母亲抚摸，渴望土屋里的笑声，渴望太多正常人家拥有的东西，从眼前掠过的是与四季并无多大关联，与颤动不定的阳光也没有多大关联的孤独和寂寞。

此刻，他迫切想逃离，想去煤矿。

2002年夏天，呼延展由村子里的煤矿工人韩贵余带领，前往榆林榆家梁煤矿下井。

出门时养父送他到大路上，等班车的空余时间，养父说："注意井下的突发事件，多长几个心眼，想着还有土屋呢。"然后没有话了。

呼得福底气虚得不敢说还有自己。

班车荡着一股尘开过来，呼延展上了车，透过玻璃窗户瞧见养父往班车上张望，车门合上了，他也合上了自己的眼。

心里说不清楚是什么滋味，他不想看见养父，甚至讨厌他，心里五味杂陈。

往榆林方向的山路一拐接着一拐，他将脸扭向窗外，窗外的景色于他而言没有多大意义。现在就要和自己的从前告别了，说不上高兴还是难过。

韩贵余说起呼延展的养父，笑话呼得福一辈子不干正事，人活得含糊、懒惰，一人吃饱全家不饥，到底不是亲生的，不懂得疼人。

呼延展第一次用"那人"称养父，对自己以往的生活充满了语言上的抱怨。

呼延展说："那人，就那样了。"

在车厢内嘈杂的环境中，呼延展希望韩贵余没有听明白他的话。他低下头看自己的背包，拉开拉链，看见有塑料袋子腾出一股热气，仔细看，是煮熟的鸡蛋。在嘈杂声中和簌簌作响的塑料袋面前，他停顿了片刻，默不作声，想哭。

呼延展拿出鸡蛋剥好递给韩贵余一个，遮掩什么似的说："趁热乎吃。”

两个人吃鸡蛋，鸡蛋味道弥漫了车厢。有人喊：“谁在吃鸡蛋？臭死了。”

韩贵余掏出手帕擦擦手，看都不看说话的人，长脖子往前伸了伸，说：“我十分厌恶说鸡蛋臭的人，能每天吃一颗鸡蛋的人恐怕也不多吧？放屁臭不臭？拉屎臭不臭？脚气臭不臭？自身的臭闻不到，再瞅瞅自己的长相，叫鞭子抽了似的，一身穷酸味还嫌鸡蛋臭。穷命富显摆，有能耐的坐小车去，坐班车还嫌弃鸡蛋臭。”

满车人不说话，说话的那个人红着脸脖子扭向车窗。

韩贵余又来了一句：“苍蝇落在玻璃上了，小心有光明没前途噢。”

一车人又开始笑了。

车厢里的人头挨着头说话，不说话的便睡觉，睡觉的人身体向某一个方向倾斜，忘记了是在车上，头一歪人掉在了车厢地上。

车到矿区路边停下，下车的人就呼延展和带他的韩贵余。呼延展心里空，但又一直骚动着，扑腾着，挣扎着。和矿区对接上后，做了简单的资料填写，呼延展就被分配到井下当打杂劳务工。

呼延展问人家一个月多少钱。

对方头都没有抬，说：“一天17元4毛。”

简单在心里计算了一下，呼延展有点不高兴，日子像扔进了一个巨大的石子，来时路上他知道韩贵余一个月赚5000元，自己一天只有17元4毛，他的心几乎要爆炸了，发现自己一点喜悦的感觉也没有了，一点成功的期盼也没有了，是安于当下、安于现状，还是回去继续念书？

对方看他脸色不好，更加挖苦地说：“你没有高学历。在煤矿工作，一，凭仗的是高学历；二，凭仗的是吃苦精神。既没有高学历又没有吃苦精神，你还想天上掉馅饼赚高工资？不想干就走。”

呼延展知道自己不能走，正如对方所说，虽然自己没有高学历，但是有吃苦精神。

第一次下井，走了大约半个小时，黑咕隆咚的井下作业，一待就是大半天。黑，呼延展对自己的人生方向产生了根本性的怀疑，甚至质疑，自己所追求的那些东西是不是应该属于自己？所有追求是不是有意义？在黑暗中，他已经厘不清自己的思路了，许多问题再一次来到心中纠缠着。中午12点有班前餐送到井下，他的肚子饿得咕咕叫，他好奇其他劳务工难道肚子不饿吗，为什么他们装作没有看见似的继续干活？

呼延展不管，上前拿起碗准备打饭，从一个地方伸出一只拳头，来不及反应的呼延展滚到了地上。

“这是正式工的班前餐，你们也配？”

呼延展想逃出这黑，但是，另一种黑，也许会永远伴随他。掘进队的机器嘈杂声、工人的打骂声，所有黑暗中的事物都在行走，都是流动的，都是不可能停顿的。谁要想停下来，谁要想歇一会儿，谁就会被远远地抛到身后，再也跟不上。

如果你没有下过矿井便不知道井下事。黑笼罩了一切，黑甚至可以淹没人们的羞涩，如果你愿意分享大自然的赏赐，将世间一切忧烦涤除荡尽，那么黑可以让你剥下身体上的所有累赘，还原赤条条的自我。

井下8个小时，下午4点出井后他看到了阳光、蓝天，他开始哭，泣不成声地哭。洗澡、吃饭后回到宿舍，他坐在床上想：要不要回去继续读书？考大学，将来上内蒙古大学一直是他的梦想。

呼延展蜷缩着身子，脑袋伏在膝头上，他睡着了。窗户上的一缕夕阳照在他身上，有微风推开窗户给他一缕凉风，凉风轻轻撩动他的头发。微风里有一股清甜的野花香气，他梦见养父买了10只羊，有三两只羊羔，它们在野花香里抬起头，咩咩叫着。草原上的羊群、养父、绣花的姑姑、土屋前落下的马粪……睡梦中他的思维变得异常敏锐活跃，各种美好图景纷至沓来，同时心里也产生了一种暖暖的感觉，幸福的滋味一瞬间填满了他的内心。

睡梦中，故乡在他的心里占据着多么大的比重。虽然他从心里不断地厌恶它，为它的破陋而羞愧、烦躁，但是骨子里、肺腑里的思念其实已经被攻陷、被占领了。他醒来的瞬间发现自己很绝望，又有一种摆脱故乡如释重负的感觉，先前思来想去不得要领的事似乎一下子全解决了，既然选择了吃苦耐劳，就应该充满力量和自信。

他躺好开始认真入睡，对待自己的生活和工作，认真才是他今后的方向。

四

一段时间后，呼延展调往榆林补连塔煤矿。

此时，身上依旧背着3000元债务，不，是3500元。这回去补连塔煤矿他是作为一线采掘队的工人，工资相对提高了一些。

钱于他而言很重要，他得省着花，必须省着花。

可是，屋漏偏逢连夜雨。他的养父酒后驾驶别人的三轮车翻到坡沟里了。

呼延展回到纳林希里镇，回到家，这是出门工作后第一次回到土屋。

摔坏的三轮车在自己家院子里放着，拐着腿的养父拄着拐杖，脸上结着紫红色的伤疤。看见进屋的呼延展，眼睛里躲闪着什么，却也是迎门咧开了嘴笑。

院子里有10只羊，和呼延展梦境中的一模一样，羊吃着割回来的青草，有人来协商买羊，似乎是卖了羊要赔人家的三轮车钱。

呼延展坐下来，院子里一股羊膻味儿，那是富裕的味道啊。

呼得福说："都是酒闹的，我以后不喝酒了。酒后人的胆子大，开着人家的三轮车跑，结果出事了。不过连累不到我娃，我在你工作后给人做木工活赚了俩钱，买了羊，养殖繁殖。木工活眼看就没有人需要了，大家都用塑钢窗，谁还稀罕我这半拉子手艺活。"

人能够忏悔真不容易，不但要在心里有勇气承认自己错了，而且真要感到羞耻才会思想进步。

呼延展让买羊的人明天再来，说父子俩得合计一下。买羊的人抽了几根呼延展递过来的烟，说了一些闲淡话，约定明天再来的时间后拍拍屁股上的灰土走了。

那时的夜晚，白天忙于生计的人们显得异常亲切。呼延展希望放下白天的不快，解开生活的枷锁，敞开心扉和养父来一次长谈。

他看到养父从黑暗中拐着腿走回来，手里吊着他的挚爱：酒。这生活的奢侈品是养父从小卖铺赊来的，对养父来说，只要是为了嘴，一切赊欠都值。回来的路上呼得福喊了村里的几个酒友，今夜喝酒的由头足，因为儿子呼延展回来了。

喝酒吃肉，呼延展回来时路上就买了肉。养父大刀阔斧地煮肉，煮的是儿子买回来的肉。土屋子一时弥漫出肉香，还有葱、蒜、花椒、大料的香气。前后进屋的邻居寻找位置坐下，有人用嘴咬开酒瓶盖子先喝了一口，说："好酒。"

呼得福用筷子夹了一块煮熟的肉搁碗里让呼延展吃。"来，第一次吃上了儿子孝敬的肉，这第一口香得儿子先尝。”

浓郁的肉香味儿冲鼻而来，呼延展口水泛起又咕噜咽下。

呼延展倔强地把端在手里的碗放到炕上，脸扭向门口，那一瞬间他忍着情绪，甚至想一辈子不吃肉。

屋子里的人把脑袋侧向呼延展，眼睛在昏黄的光晕里射出不理解甚至厌恶的光。呼延展身体有些紧缩，有两个人坐在稍远的脚地上盯着他看，炕上侧卧着两个说闲话的人，还有一个靠窗户，双手压在胸口上，像是胃痛犯了，看呼延展的眼光是不屑和疑惑的。

门开着，黑暗的远处有羊在走动，摔坏的三轮车显露出一个黑色的轮廓，呼延展没有打招呼便坚决地没入黑暗中。独自一人走着，这时的夜不再恐惧，人不再孤独，他和夜较真，任由泪水跌落。哭着走到姑姑家门口，姑姑家门口停着豪车，他在夜色中听见了屋子里的欢声笑语，灯光是柔和的。

他停下脚步站在院边，夜晚是回忆往事的最佳时间，而此时的夜空，新月如钩，钩在缀满情愫的相思树丛外，钩出夜色的无限委屈。

一个完美的、富裕的、充满欢声笑语的家，这个家不属于他，站在窗外的他走不进去，这已经是无法改变的事实，他必须认。

回到土屋，见酒没有命的酒徒们早已忘记了呼延展决然离开的样子，酒正酣，猜拳声此起彼伏。呼延展坐在他们面前，很认真地说：“你们都是我爸爸的朋友，对吗?”

几个人停下往嘴里送肉的筷子，很认真地点点头。

呼延展说：“是朋友可不能只是酒桌上的朋友，还应该是生活中的朋友，对不?”

“那是当然了。”他们异口同声回答。

“既然是朋友，那我们就说说‘朋友’这两个字吧。知道不，朋友里面有一部分是‘撇’，是歪的，或者说是邪门歪道，也能说是歪门邪道。有一部分是‘竖’，是正的，或者说是正人君子，也能说是光明坦荡。但是，最重要是有一‘撇’，不能小瞧了这一‘撇’，有可能是遭难了，朋友撇下你就走，这就告诉我们，要小心交友，不然最后只会落下一群酒肉朋友。‘朋’的肚子里夹了那么多雨水，那就是交友不慎藏在肚子里没有办法说的泪水啊。”

几个人摇着头表态，说：“不能只是酒肉朋友，遇难了当然要帮。”

呼延展说：“我也觉得我爸爸跟前的人都是我爸遇难时能帮得上忙的朋友。好啊，今夜咱们商量个事儿。我爸爸摔坏了人家的三轮车，人家是新三轮车，要求赔偿。当然应该赔偿。但是，因为我们家穷，拿不出这么多钱，一时赔不起。我爸爸想卖了羊赔三轮车，羊还小，何况羊也是长流水一样的收入，因为羊能够繁殖。我就想和各位朋友说一下，烦请大家帮忙替我爸爸还上这个钱，多则一年，少则三个月，我就能还了大家。你们看看，谁愿意出手帮我们家解决这个燃眉之急呢?”

正往嘴里夹肉的人快速夹了两筷子，不说话，倒是呼得福说话了：“不是大事，卖了羊也还得起。当然了，你们愿意借我这个钱，朋友一场，那是更好不过。”

一个朋友站起来突然“啊呀”喊了一声：“我忘记了，我家的猪圈还没有挡好，再说再说，我先去挡猪圈。”

另一个朋友说：“怕是猪圈里的猪早跑了吧？你一个人哪能拦挡得了猪，黑灯瞎火的，我跟你去搭个伴。”

各种借口说出，一屋人就散了。

呼得福用狐疑甚至难过的复杂眼光看着呼延展，肠胃的难受和头的眩晕使呼得福很难维护那点可笑的尊严，胸口的胃酸在不停往上冒，他蹲下去，蹲在地上很长时间。

呼延展收拾锅碗。蹲在地上的呼得福说："他们还要来，还要来喝酒。"

呼延展不动了，陪同养父在灰暗的灯光中等朋友回来。

凌晨，或者已经接近黎明了，土屋里孤独的父子依旧坐着。呼延展支撑不住，和衣躺下睡了。

一觉睡到半上午，屋外来了要三轮车钱的人和买羊的人，他们的说话声惊扰了呼延展。

走到屋外，看到买羊人赶着羊正要出门，呼得福手里握着卖羊的钱，正蘸了口水一张张数钱。被摔坏三轮车的人等着，一脸愁容，嘴里嘟囔着这事让他耽搁了几天工夫少了多少收入，新三轮车又一下子买不回来，这事叫人恼火。

说话的这个人穿一双泛白的军用胶鞋，裤管用两只夹子夹着，显得又土气又别扭。呼延展很奇怪，问他为什么要这样打扮。

他说："这几天没有电动三轮车，就用人力三轮车拉人，这样夹住裤脚一是以防快踩时裤管绞进链子里去，二是跑起来风不往裆里钻。当然了，夏天不怕风，主要是冬天。"

听他这么一说，呼延展就想到了冬季，凛冽的寒风，虽然许多人都裹着厚厚的冬衣，但是那些蹬三轮车的人，裸露的脸像是被谁抽了一顿鞭子，为了养家糊口的几个钱，手和脸紫皮萝卜似的，都是为了活下去，更好地活下去，想想都很难受。迟疑了一下，要赶羊人停下赶羊，他问了电动三轮车多少钱，也不二话，从口袋里掏出钱递给对方，然后不好意思地掏出两包烟给了赶羊人，叫他留下羊，羊不卖了。

蹬三轮的跳上车牵起衣襟，在脸上抹了一把灰，用力蹬着往坡上走。

半坡上有点陡，蹬着蹬着轮子就转不动了，他向前俯低了身子，高抬屁股，往踏板上加力，这边的娃娃们喊着：“退下来了，退下来了。”只见他使劲往踏板上加力，他的裤条小，因为用力，臀部轮廓分明地凸起来。一番艰苦努力后，终于还是停下了。

他跳下车回头和呼延展招招手，手扶着车把手推上坡。一跳两跳，异常轻快地跳上车，打了一声呼哨，一下子就不见了人影。

五

呼延展安顿好家里的事急急往矿上走，因为神东矿下发了一个文件，他们这一批劳务工要转正了。

说是转正，其实也就转25人，但是考试的有970人。

这是第一次改变自己身份的机会。只有考好，机会才是平等的。机会一定会给那些努力的人，但是，就怕机会也有走神的时候。

呼延展心里对这次考试是下了赌注的，如果970人的考试自己能考第一名，就一定能考上大学，从小，心里的梦想就是考上内蒙古大学。假如考不了第一名，他也认命。“咱们家祖坟上压根就没有考大学这样的风水树”，这是养父说过的话。任何一个人对他说过的话他都不在意，可养父的话他在意。

考完等分数的阶段，第一个告诉他消息的，是神东矿宾馆从伊金霍洛旗招聘来的服务员郭彩虹。

郭彩虹在宾馆听判卷人议论这次转正的劳务工，第一名考生超过了第二名30多分，第一名考生是下了功夫的。郭彩虹就试探着问第一名考生叫什么名字，是哪里人。矿上的中层领导也不避讳什么，告诉她那人是伊金霍洛旗人，叫呼延展。

郭彩虹惊讶得没有顾得上多说什么，赶紧给呼延展打电话告诉他这件天大的喜事。

电话里的呼延展很平静地说："我如果报考内蒙古大学，那一定是可以考上的。"

郭彩虹说："老乡，你是不是听到消息激动傻了？内蒙古大学关你什么事。"

呼延展说："可以充分证明我能够考上内蒙古大学啊。"

郭彩虹很失望地放下电话，她觉得这个老乡脑子有问题，榆木疙瘩，怎么老说内蒙古大学。钻牛角尖的人也许是天才，但是，这种天才不交往也罢。

神东矿的下井坑道正对着一棵柿子树，柿子树在整个冬天的严寒里枝丫蜷缩在一起，它们扭弯曲折的形状，似乎是在保留生命的力量，等待来年春天。下井工人每一次下井时都要看它一眼，有时候它的树枝上会挂着几十个柿子，树上残留的叶子落光了，柿子火红如朝阳，似乎是每一个人都知道树上有几个柿子，跌落一个都躲不过他们的眼神。

柿子树是地面上的风景树，也是矿井工人的季节树。

神东矿的人都知道呼延展和自己拗着劲，尤其在那些真的大学生面前，鼻孔朝天看他们是他的特点。但是，他真的不是大学生。

没有人知道他为什么对自己的身份如此认真。他是一个高中没有毕业就下煤矿的井下工人，每每对新来的井下工人说教，就一定要肯定自己是大学生的身份。

从转正那一天开始，呼延展就是内蒙古大学"毕业"的大学生了，谁都不能在他面前否定这一点。

井下的所有机械设备，只要正式工会的呼延展都会，人心就怕长眼睛，多看多学是他超越他人的本事。“这世界上只有不学的，没有学不会的。”他在日记中写下这句话。

呼延展拿到手的转正工资是6000元，此时他已经是采掘二队的副班长了。工资由1000元变成6000元，绝对可以让人高兴。其实在之前，神东矿已经取消了两极分化的工资待遇，但是正式工是一张贴了金箔的名片，绩效工资还是高于劳务工，更何况，当上正式工有如人考上大学，也很叫人扬眉吐气呢。

拿到工资的第一时间，呼延展请班里所有人吃了一次大餐，让班里没有转正的劳务工点最贵的菜，他要奢侈一回，为自己的努力，也给他们一个动力。

贵菜当然是荤菜，开吃的那一瞬间他想到了养父。

也是用这个月的工资，呼延展请了在神东矿工作的老乡，老乡中有郭彩虹，她本来不想参加，是好奇让她参加了这次聚餐。

郭彩虹因为这次聚餐，发现呼延展还没有成家，自己也没有找到对象，聚餐中有人起哄，呼延展就要了郭彩虹的电话。其实，郭彩虹在和呼延展第一次碰面时并没有火花，她对呼延展的第一印象是：一个小个子，大眼睛，说话快速，嗓门大，说话的中间突然就来了羞涩。

趁着没有人时，郭彩虹还逗了他一句：“大学生，祝贺你又中了状元。”

呼延展涨了一个大红脸，说：“我的成绩就是大学生的成绩，我就是大学生。”

一时间，郭彩虹被他的表情打动了，一个爱红脸的男人，宽宽的额头发出一圈洁净的光芒。郭彩虹被呼延展这副自信、顽强的表情惊呆了。郭彩虹屏住呼吸，不敢说话，周围都显得非常安静。

为了打破这安静，呼延展像是和亲人倾诉一样对郭彩虹说：“我曾经想过，一个人一生的努力未必有效，农村娃进矿，和一个大学生进矿的差距是必然的，他们付出过，努力过，因此，我不敢期盼我成功。在井下，我对我的目的产生了根本性的质疑，我在这个世界上找不到让我喘息的地儿，都在往前行走，我不敢懈怠。看到周围的人一个个凭着各种关系纷纷逃出樊笼，看到过去的那些并不怎样的同学突然之间‘呼风唤雨’，心里特别不是滋味。我只能一步一个脚印，不敢有丝毫误差地往前走。你理解吗？”

有人喊郭彩虹，郭彩虹分别时说：“我理解你，也理解你为什么说自己是大学生。”

呼延展怀揣着正式工的第一个月工资，回到内蒙古鄂尔多斯市伊金霍洛旗纳林希里镇其根沟二社。

站在自家的土屋门口，呼延展面带笑容，很真诚地对年老的养父说：“爸爸，我转正了，拿了第一个月工资，我请你吃饭，我们喝酒吃肉，我要和爸爸醉一次。”

呼得福惊讶得张大嘴问：“你转成正式工了？”

呼延展说：“爸爸可以通知那个女人了，叫她来拿钱，我是回来还她钱的，还了钱，从此咱们家就不欠外债了，爸爸也不用外出给人家干活了。”

呼得福吃惊地站在土屋门口，看着笑容满面的儿子，平生第一次没有抵触情绪的邀请让呼得福流下了两行老泪。

父子俩往伊金霍洛旗去吃饭，决定路过那个女人家时进去放下钱。

呼得福说：“这钱不该给她，坏女人，你别管这事，让她上门闹一辈子，看她丢人败兴不。”

呼延展停下脚步，很认真地说："我们也丢人败兴啊。我就不想让土屋里的人在这个世上叫人看笑话，还她，把她的丢人败兴还回她。"

父子俩不说话了。路过女人的村庄，父子一前一后走进去。女人看他俩是来还钱了，没有想过能得到这钱，她也就是打枣呢，有一竿子没有一竿子打两下，这么说真是来还钱了。

呼延展递过钱说："3500元。"

那女人不相信有3500元，不让他们父子走，他们也不走，等女人蘸着口水数钱，连着三遍，女人抬起头来说："等下，我给你们父子倒口水喝。"

呼得福说："不喝了。两清了，咱以后井水不犯河水了。"

女人身上穿着一件新买的上衣，大了点，不太合身。裤子不知是洗过多少遍了，还有许多线头冒出来，有些泛白，裤腿还挽着，却又长短不齐。看他们父子要走，又忙不迭地从桌子上拿烟，急急撕包装，却又找不到封口，翻来倒去，开了封又抠不出烟来，手颤着。

呼延展让她别拆了，向她摆摆手要走，女人三步并作两步赶到他们父子俩面前，非要把烟递到他们嘴里。呼延展躲避着，看见养父张开嘴由女人放进去，女人又找着打火机走近了点烟，呼得福嬉笑着。

女人大声说："来呀，顾得上就来串门。"

呼延展脸上的表情已经很尴尬了，他很不高兴地把手里的烟重重放在桌子上，扭头走开，呼得福也跟着走开。

身后的女人用很含糊的话挑逗呼得福，呼得福背转手，用手势和身后的女人说话，叼在嘴里的香烟熏得他的眼睛难受，想吐掉烟头，结果唾沫粘牢了嘴角，他缩回手用劲撕扯了一下，嘴角就破了。

这时候说什么都很多余，呼延展甚至后悔回来请养父吃饭，或者说后悔来还钱，但是不还钱终究又是一件事情，他想，这事就这样结束吧。

父子俩搭车到了伊金霍洛旗。进了饭店，呼延展问养父：“爸爸想吃什么？想吃就要，只要伊金霍洛旗有。”

呼得福也不是舍得花钱的人，他说：“油糕，羊肉，要一瓶蒙古王。”

呼延展按照呼得福所说点菜，又要了一份牛肉。

菜很快就上来了。急不可耐的呼得福夹了一块肉送进嘴里，大口嚼了半天，并没有咽下，等了半天说：“这肉炖得难嚼，我吃块油糕。”

呼延展打开酒，倒了两杯，看了半天酒。想要说的话说不出口，想说养父抚养自己不容易，可就是说不出口。

递一杯给呼得福，父子俩碰了一下，一口干了。

呼得福说话了。

“我是会木工活的人，我没有给你打下一件家具，总想着有机会，可是现在没有机会了。一来人家都不时兴手工活了，二来我的眼睛坏了，看不清走线，身体也越来越糟糕。爸爸觉得你该找对象了，爸爸找别人算了一下，人家说今年有可能成。”

呼延展说：“八字还没有一撇呢，听他们瞎算。”

呼得福说：“我也掐算了一下，爸爸不能说，就怕那个日子算坏了，和爸爸一样。爸爸就想儿子有个家，家里有女人。一辈子，咱们父子的日子就是灰锅冷灶啊。不过，现在看来世上的日子都是好日子，我哪里能够想到有一天我儿子请我喝酒吃肉，这日子说到眼前就到了。”

呼延展看到养父已经不是当年意气风发的样子了，喝酒也少了，吃肉更少，似乎半天都不动筷子，酒和肉在眼前摆放着，也就是图个气氛。

呼延展说：“爸爸，你从前可不是这样，酒肉放在眼前就不要命了。”

呼得福说：“老了，器官也老了。就算是有几根花花肠子作怪，也只能要个花架子。爸爸现在心里就想着抱孙子呢。”

一顿饭吃得天就黑实了，呼延展在伊金霍洛旗一家不大的宾馆登记了，宾馆有热水，洗洗呼得福身上大半辈子的泥，让他舒服舒服。

洗澡出来，呼得福不好意思地说：“不怕你笑话，爸爸身上的泥也没有你想得那样厚，只有浅浅的一层。有钱了真是好，一天洗一次，唉，一辈子要浪费多少水呀。”

呼延展笑，呼得福也笑，两个人的笑都控制着，生怕一动便又要生出什么幺蛾子来。

六

回矿上的途中，呼延展莫名其妙地去了一趟郭彩虹家。

郭彩虹家在伊金霍洛旗新庙乡边家壕。事先没有想太多，就是脚步带着自己找了一个方向。

边家壕是一个有些脏却令人感到亲切的地方，一路上有熟悉的三轮车在移动。有火柴盒一样连过去的房子，有见缝插针的小饭店。土屋子少了，也许是因为煤炭，土屋子推倒砌起了砖屋。村子里的狗多。真是呀，满街满巷子的狗，狗不怕人，也不咬人，悠然自得地串门、逛街，俨然是边家壕的主人。一条巷道蛇行，由此走到路的尽头就是郭彩虹家。

提了水果、奶制品，在稀稀拉拉的目光中走向郭彩虹家，说不清为什么呼延展有点忐忑。远远瞧见郭彩虹家是红砖楼，刚盖起的红砖楼有点让呼延展羞于前行。不过他还是鼓足勇气走进了郭彩虹家的院子。她母亲在洗衣服，她父亲则坐在一边修理零件。

看见有陌生人进来了，郭彩虹父亲放下手中的活计带着笑脸打招呼。

这边，呼延展先自我介绍说："叔叔、婶婶，我叫呼延展，和郭彩虹是一个矿上的老乡，回家路过来看看二老，没有啥事情要说，看一眼就走呀。顺便，都是顺便的事。"

郭彩虹父母对视了一下，觉得顺便来看看有点理由不充足，可也不知道说啥好，就语无伦次地问了一些呼延展的情况、郭彩虹的情况，还有矿上的情况。问罢，一定要留呼延展吃饭，他执意不吃，说外面还有车等着呢，起身告辞了。

哪里有车等着。

走到大路上，没有遇上班车，只有三轮车开过来停下问搭车不。天气很热，顺道也不是不可以。三轮车上有厚帆布遮住顶篷，屁股后面敞开着，供人上下。一路上尘土飞扬，甚是颠簸，需握紧横置的一条粗绳，才不至于被抛出去。车行一个多小时，路上便想郭彩虹父母对自己的印象不知道好不。又回想自己有没有留下啥好印象，假如留下了"这娃还是懂礼貌的"这类的印象也算是一个不错的结果呀。

呼延展回到矿上，第一件事是去找郭彩虹。

郭彩虹正在班上打扫房间，信息提示有人找，一时想不到是谁找，收拾完房间才走往大堂。看见呼延展站在大堂，迎上去问："是你找我？"

呼延展说："我找你。"

郭彩虹问："啥事找我？"

呼延展说："我回家路过去看你爸妈了。"

郭彩虹问道："回你们家不会路过我们家呀？"

呼延展说道："是不会。不可以专门去看吗？"

郭彩虹笑了，然后领着呼延展走到一间办公室，要他坐下来说话。

郭彩虹边倒水，边说："你说，人要是想啥就是啥那该多好。我也想我是大学生，可我不是。你真是一个有意思的人。”

呼延展羞涩地笑了，笑得很不自然，说：“你知道我转正考试超过第二名30多分，考试是状元的人难道不是大学生？”

郭彩虹说：“两码事。”

呼延展说：“一码事。”

争下去没有多大意思，她觉得拗不过呼延展，可就算拗过了又能如何？两人约定，互相倒班碰巧了就去对面的土山上走走，那是煤矿采空区的回填山，据说绿化做得好。

约定的时间里两个人往回填的土山上走，有一大片密密麻麻的树林，半山腰有一个两亩见方的湖，说是从井下抽出来过滤后的浇地水。强烈的阳光在此仿佛被清澈的湖水反射回去，湖水抵御着暑气，也给他们带来了明亮和清凉。

两个人各自说自己的成长。都是从小被贫困耽搁了的人，郭彩虹高三时放弃了高考，现在条件好了，但是过了读书的年龄。

郭彩虹看见水就不想走了，光了脚，踩在大大小小的人工圆形石头上。石头被太阳晒得滚烫，走起来费劲，石头上的温度从脚心逐渐传递上来，让她感觉一种真真实实的暖意。走了几步，便把双脚伸进湖水里，水很清凉，对面有巨大的平整的石块，积着薄薄的绿苔，他们走过去，试着踩上去，有些滑腻，郭彩虹打了一个踉跄。

不自觉地，呼延展就拉住了她的手。

就这样被扶着，郭彩虹攀着大石块，小心挪步到湖水激荡而起的地方，任凭水流对脚面的冲击。

呼延展说：“你觉得世界就在脚下没有？你最能触摸到的地方，就是你的力量最能到达的地方。”

郭彩虹说："此刻我觉得我的力量在手里，而不是在脚下。"

呼延展说："山和水是自然界搭配好的。山是傍了水，水是依了山，山和水搭配便显得媚，只有水和山搭配，才有一种大气，才能让世人看到。你看，那山是刚的，但不猛，显然是掺杂了人工的柔，在这里看山看水，终还是难以分清谁是谁，谁离得开谁。"

郭彩虹觉得呼延展说得很文艺，闪念中觉得，假如考大学，他也许真的能考上。

一个坐在水边的中年女人看见他们说："瞧你们小两口多好。"

呼延展看了一眼郭彩虹，郭彩虹"嘚"了一声，意思是让呼延展别做梦了。

话虽然如此说，可两个人已经是在谈恋爱了。

进入冬天，呼延展和郭彩虹的恋爱关系上升到婚姻状态，意犹未尽的恋爱终究不是爱情的终点，爱情的终点是成家。

郭彩虹未婚先孕了。这对呼延展来说是一件喜悦的事。两个人都不小了，该建立自己的小家庭了。

怀孕的女人通体浅红，倾身而行，一举一动间母性的光芒就出来了。时间真是够紧迫了，不知道结婚该准备什么，可是，结婚总得回一次家吧。家里虽然贫穷，但那是一个人的成长地，那里有自己的养父呼得福。

第一次领着怀孕的女朋友回家，兴奋之情不可言表。

那时的乡村普遍修建了砖瓦房，呼延展家还是土屋。一村子的砖瓦房就一间土屋，看过去很叫人不自在。呼延展有一种豁出去的感觉，就这样的家，就这样的人，接纳这个人就必须接纳所有的一切。

话虽这样说，还是悄悄捎话给姑姑，要姑姑去收拾一下屋子。

家徒四壁的屋子里，姑姑洒水扫尘，一边扫一边难过。儿子给了弟弟，泼出去的水，儿子是代替弟弟给娘家光宗耀祖来了，多大的委屈都不能生外心怠慢弟弟，弟弟是爹娘在世时最放不下的呼家后人。还记得父亲最后合眼的那一瞬间拉着她的手说："照顾好弟弟，帮他成家立业，千万不能让呼家断了香火绝了后，那是要叫人耻笑的。"

左转右转，弟弟就打了光棍，姐姐的一份责任重啊。儿子送弟弟，儿子受多大的委屈都不为过，年轻受点委屈知道日子难，也就知道努力了。

姑姑把土屋收拾得干干净净的，其实就"干净"二字来说，土屋收拾起来太容易了，因为屋子是隔开的两间，一间屋子里就一铺炕，一眼灶。

进屋门时，呼延展小心地瞄了一眼郭彩虹，看她的情绪。

土屋内，最扎眼的是炕上的花床单，这是姑姑的杰作，也是呼延展有生以来在土屋唯一能看见的春天。

面对一切，呼延展不想虚弱得躲避什么，很直率地对郭彩虹说："土屋，我唯一的家。回来之前让我姑姑收拾了一下，有些装饰我们走后，姑姑要拿回她自己的家。我家的土屋没有色彩。你爱我这个人就一定要接纳我的家、我的父亲。这个家里我没有母亲，你是这个家里唯一的女性，我不想欺骗你。我的家里缺少正常家庭的其乐融融，我父亲喜欢喝酒，酒后的父亲对家没有牵挂，喝酒是他一天里最快乐的事情，你如果爱我就不能嫌弃我喝酒的父亲。"

即将成为呼延展妻子的郭彩虹说："每个人的家都不一样，但每个家庭都有说不得的苦。"

这时候呼得福进来了，呼延展在土屋内，对着父亲轻轻拥抱了自己的女人，虽然是蜻蜓点水似的拥抱，虽然不是电视剧中那样煽情的拥抱，但是，这是他有生以来，土屋中发生的最温暖的场景。

暗影中的呼得福为了掩饰家徒四壁的羞愧，说："农村人都这样开始，慢慢地，日子就会好起来。”

郭彩虹虽长于荒僻乡野，但命运对她是公平的，她长了一副清纯秀美的容颜，还有一颗善良的心。双眼皮下一对黑亮的眸子，忽闪间，总像在对人说话，而那白里透红的脸上，端直挺拔的鼻梁，又显得那么端庄俊俏。

郭彩虹环顾四周，浅浅一笑，敏慧而内秀、温厚而质朴的她，很轻松地对呼得福说：“叔叔，好日子跟着呼延展呢，咱不怕土屋，土屋还冬暖夏凉呢。”

呼延展觉得不好意思，嘴上不说，心里却在埋怨养父对自己懒惰的轻松回避。又十分感激郭彩虹，捡拾起的话感动得叫他想再一次拥抱郭彩虹。

往事如昨，细细数来，刻骨铭心，难以释怀，最难忘的还是从前。

从前的日子在此就要系一个疙瘩了，系死它。

开始新生活吧。

七

绵绵的雨雾终于在嘶嘶啦啦纠缠了几日后打住了。冷雨过后天空出奇干净，要结婚了，婚娶的礼金不能少，可礼金去哪里借呢？这几个月工资都叫置办一些婚嫁该准备的东西花掉了。

郭彩虹此时因为肚子大了不能在矿上上班，住在她自己家。

呼延展在矿上给郭彩虹打电话。握着话筒，压抑住激动的心情，轻声说：“我很愚蠢是不是？彩虹，我准备娶你了却没有彩礼，自尊不让我到处去借钱，我不知道该怎么好。我们的孩子好吧，彩虹？”

郭彩虹在电话那头小声说："孩子每天都要动无数次。你回来见我父母一下，他们很开明呢。"

婚娶礼金在当时的农村还是很重的，男方娶妻没有万儿八千，根本办不成事，而且越是穷家庭，女方要的礼钱越重。另外，还有攀比心理，彩礼越是要得多，越说明女方家有面子。

不少人家为给儿子娶媳妇，往往是倾家荡产。这成了一种恶性循环。

呼得福的家底早就腾光了。就按照其他人家来比照，18000元彩礼，对呼延展来说这本不算啥，但是他转正不久，因天旱缺水，呼延展向矿上借了钱让养父打机井，家里总得种田吧。没有钱已经是一个事实。

结婚的事情来得紧，钱是要摆在桌面上的。

呼延展第二次来到了郭彩虹家。

当他推开郭彩虹家的门时，头发黑亮，衣履光鲜，丝毫不见长途跋涉之后的凌乱。郭彩虹上前，呼延展也不管那么多了，紧紧抱住自己的爱人，郭彩虹不避讳家人，几乎是以一种出格的欢迎的姿态接纳了他的拥抱。

郭彩虹父母红着脸进了另一间屋子，屋子里两口子商量，这回得叫家族中的重要亲戚。掰指头数了半天，大大小小一桌子怕不够，得两桌。

待姑爷显示了女方家实力，给姑爷看，也给世人看。

请来的族人挤挤攘攘走进饭店。吃喝中间，郭家大伯作为长辈毫不含糊地对呼延展说："我们这里的规矩是，喊了亲友待姑爷就等于是把婚事应允下了。接下来就等你拿彩礼娶亲了，我丑话说在前头，别人家是一万八，我们家是两万，不是标高价，是因为你在矿上是正式工，工资高。"

呼延展不敢说话，也不敢说自己转正不久钱不多，颔首不笑也不哭，一脸的无奈。

郭彩虹笑着说："大伯，你哄抬价格，小心叫人家说你是郭扒皮。"

郭家大伯哈哈笑着，说："郭家的女娃贵，是高贵，这数不能落。"

饭毕，走出饭店，冬天的寒风刺骨，村子里的小孩子脸冻得像青涩的柿子，伸出手来手上的红斑一块一块，那是去年的冻疮啊。呼延展想起了自己的童年，冻疮大约要到5月份才会随着新皮肤长出来，那些痂斑才会退去。对村庄里寒冷的认知，就是自己童年的冻疮。养父的刨锯、斧锤和墨线因为上冻了，都闲置在屋子里，土屋中有闲人在喝酒，酒是赊欠的。没有钱买不来作业本，呼延展伸手要，呼得福就说："去小卖铺赊去，记到我的账上。"呼延展走往小卖铺，说是要赊欠一个写字本，小卖铺里的女人狠狠盯着他看，罢了扔下一句话："呼得福赊了一辈子。不赊你吧，乡里乡亲；赊你吧，猴年马月才能还得上？"

现在居然要赊欠彩礼了。

这是一种幸福的感受，还是痛苦？是经历的开始，还是结束？

巴掌大的村庄，住土屋的光棍儿子娶妻，生活上的"里子"都成了问题，哪里顾得上这些"面子"。

回到岳父家，呼延展很真诚地对岳父说："叔，我没有钱，但是，我终究会有钱。我们家一辈子都被钱拦着过不上富裕的生活，我不应该说这话，可是我不说，没有人替我说。我不是一个反应迟钝的人，工作上我活络、用心，这些都是我的优点，我还有一颗知恩的心。我相信人生的事情都是老天定好的，该怎么来就会怎么来，娶亲的日子我不能不在意，这一天开始我和彩虹要生死相依了。老人们常说，日子一天天过下去，才是幸福的。我求岳父在我娶亲的事情上拉我一把，其他说多了都是假话。"

郭斗昌没有办法，这事大哥已经做主了，私自决定不要彩礼怕是要惹得亲戚朋友生气，何况乡间的规矩也不能坏呀。

郭斗昌看着郭彩虹说："你说呢？你不怕丢人，愿意贱嫁人家，也算是你的意思，现在是我们一家人说话，我当爹的只听闺女的话。”

郭彩虹说：“爸爸，难道不能换一个方式解决这个问题？你先拿两万，算是我借下的，春天还你，当女儿的能向爸爸借钱吧？”

呼延展不知道该怎么感谢她了。他曾经最讨厌的一句话是：冬天过后，春天还远吗？此刻，他多么喜欢这句话呀。

岳父顾忌自己的面子，女儿又是双身子，女婿的未来如何？现在还看不透，可小伙子看上去很诚实，转正不久也是事实，罢罢罢，女儿既然管自己借钱了，那就这么做吧。

岳父让岳母拿出两万元递给呼延展，岳母又拿出四百元悄悄递给呼延展，让他在人前宽裕一些。

接过钱，呼延展说：“我不是少心没念的人，我记得人对我的好。”

然后跪下重重地磕了仨头。

岳父喊大伯过来，在众人面前，呼延展把钱递给岳父、岳母，大声喊了一嗓子“爸爸、妈妈”。

喊“妈妈”时呼延展哭了，5岁以后他就没有妈了。这是成年后第一次喊妈，他喊得泪流满面。

住进土屋的女子带来了香胰子的味道，妻子让他要强的个性经住了命运的冲击。

回门走亲戚时他对岳父说：“知道爸爸家经济条件也不好，但是有爸爸和妈妈就是一个完整的家，聚气也是聚财。我感谢你们大度量容纳了我，我知道你们的好。”

春天提醒人们该做什么了，人要是错过春天，一年中什么事情都会迟缓半拍。

春天的早上，一只布谷鸟落在矿区的柿子树上，去年冬天最后一只柿子被布谷鸟踢到地上，风干的柿子跌落在地上不仅没有破碎，反倒弹起来跳了几下。呼延展捡拾起柿子拿回矿区租赁的房子中，妻子郭彩虹的肚子大得和地锅似的，他把柿子摆放在窗台上，他告诉妻子，柿子树伴随着他进进出出井下无数个日子，看见柿子树就像是看见了自己的生命重生，看见了柿子就看见了“柿柿如意”。

郭彩虹说：“娃在肚子里踢打得厉害，我猜是儿子。你猜呢？”

呼延展说：“我喜欢儿子。爸爸一定也想叫我们生个儿子。”

郭彩虹说：“我们好久没有回家了，也该回家还彩礼了。”

“生活中的普通人是一些知足者，在平凡简朴的日常中感受爱和关怀，并从中感恩生活和忘记苦难。能够领略时节赠予的人的确有福气，也许我们从来就不相信生活中还会有新奇的事情出现，但是，总有出其不意的事情等在要走的路上。”

呼延展在日记里写下这段话，他似乎已经明白了，在时间里守候那些恒常的规律，无论痛苦还是苦难，都是自己的福气呀。

夫妻二人择了一个公休日怀揣着彩礼回乡还钱。

时令已经是夏天，呼延展的儿子出生了，胖嘟嘟的儿子蜷缩在郭彩虹的怀中。

在夏天里回忆冬天，就像是在重新经历从前的事情一样。一路上夫妻二人聊起从前的事情，呼延展想起赚17.4元钱时他向朋友借钱渡难关，朋友怕他还不了钱，只借给他20元。

饥饿，没有人体会过饿到极点是一种什么感觉。

那时，养父呼得福从家里给儿子捎来了土豆和南瓜，还破天荒地捎来一小罐头羊肉，羊肉在罐头底子上铺了有大拇指厚的一层，因为天热，茸茸地长了一层青毛。对饥饿的人来讲，这些都不重要。呼延展打开罐头，迅速拿起热水瓶冲了一罐头肉汤，那是有生以来最好吃的一顿饭。

郭彩虹奇怪，一个人怎么可以这样对自己的儿子，自己喝酒吃肉，捎来的肉却只铺了一层罐头底子。

郭彩虹问：“你恨他不？”

呼延展说：“我最恨贫穷带来的不信任、怀疑、小瞧、防备，等等，挂在施舍人的脸上，真是叫人难过到了极点，但是，你就得领人家的好。”

他在媳妇面前不说养父的坏话。

呼得福知道儿子、儿媳、孙子要回来了，高兴得早早就杀了一只羊，拾掇了院子，把屋子里也收拾得干干净净。羊肉炖上了，自己不会做油糕，特意去纳林希里镇买了油糕。

夫妻二人抱着娃走近土屋，黄昏，看见土屋前站着一个人，那个人是谁呢，人瘦得和干草似的，不见一点水色，领子里探出来一张老人脸，曾经的油水都从那张脸上跑掉了。

呼延展喊了一声：“爸爸，是你吗？”

瘦得和线条一样的人应了一声：“就是爸爸。”

一团灰扑扑的颜色不起眼地站在土墙前，如果不知道是人站在那里，黄昏的光线下形同一捆草秆。

呼延展惊讶地说：“爸爸怎么瘦成这样了？”

呼得福笑着说：“有钱难买老来瘦。我没有啥病，好着呢。”

晚饭是羊肉和油糕，一家三口坐在院子里吃饭。院子里有一棵枣树，枣树下有石头桌凳。呼得福打开一瓶酒，郭彩虹拿着酒杯说看不清酒。呼延展准备从屋子里拉一根电线出来，月亮像开刃的镰刀将天空中的黑幕划开了一个角。

呼延展停下手中要拉的电线，看着月亮升起。

呼得福说："我们就着月亮下菜，不拉电线了。"

收回电线，在映着月光的地上，两杯酒中盈盈泛出光亮。

呼延展说："喝，爸爸。"

呼得福说："喝。"

坐在月光下的呼得福不吃肉。一个馋肉的人不吃肉，一辈子喜欢酒肉的人本来该是长一句短一句的吆喝，反倒变成了下意识的长吁短叹。总是说一些对不住呼延展的话，说人的一生太短，有些事情错过了，错过了就让你一辈子活得孤独了。

父子俩还从来没有这样说过话呢。

月影下院子的东墙角不知道啥时候种了一丛竹子，竹子不高，但长得青绿而秀丽。竹子的竹尾妩媚又可爱，挺招人的。郭彩虹去看竹子，走路的样子像一只母鹅一样，手里端着碗，一边吃羊肉，一边吐出羊骨头。竹子下有一丛花，粉白中略带淡紫，热闹中又不失一份素雅。弯下腰闻，花香也很浓郁。

呼延展觉得养父好久没有喝酒了，不喝酒了省下的时间种了花和竹子。这样也好，闹酒闹了一辈子，到老了，不说该是像陶渊明一样"采菊东篱下，悠然见南山"——普通人够不着，但也该享享清福了。

呼得福看见郭彩虹弯腰看竹子，说："咱们这地方干旱，土质不好，养这点竹子不容易，我捡了牛粪回来淋了淋，这竹子和下面的月季就长得绿，竹子长出来好似婴儿的手臂那般可爱，就是不知道能不能过冬，就怕和我一样过不了冬天了。"

月光下，呼得福的脸色很难看，黄蜡蜡，他指着墙角一摊搅和好的泥浆说："土屋山墙处有一块掉泥皮了，得抹抹。"

呼得福又指着院子里的石头桌凳说："还记得你小时候放学后在这里

写作业不？每天晚上就坐在这张只有膝盖高的矮石头桌子旁，点一盏充了电的灯复习功课。唉，怪爸爸没有让你读完高中，不然你是能考上大学的。爸爸是个坏爸爸，当时心里也有小九九，怕你考上大学脱离农门，哪里还会回土屋子，爸爸就怕养你一场，竹篮打水一场空啊。”

呼延展说：“爸爸说哪里话，不读书是我自己的选择，你哪里能够管得了我不读书。方才爸爸说，过不了冬了，这话是什么意思？我见爸爸吃不进肉，酒也不馋了，是不是爸爸的身体有病了？”

呼得福的眼泪在眼眶里转，不敢冲着月光处看，哪里能控制得住眼泪“吧嗒吧嗒”地掉下来，害怕泪掉在盘子里的羊肉上，两只手捂着眼睛哭。

呼延展想：爸爸是得重病了。有多重，他不敢问。站起来走到月光下，又想起了什么，推开大门往姑姑家走。

姑姑告诉呼延展：“你爸爸得了肝癌，不让和你说，怕你误工。说是你娶亲欠下的彩礼还没有还。他真没有用处，帮不上忙，就几只羊，他舍不得卖，想让它们多生几只，等你娃一周岁他要给娃一个大礼。”

呼延展哭着说：“啥时候检查出来是肝癌的？”

姑姑抹着眼泪说：“就是去年。你要娶亲，他拿不出钱，我给他钱他也不要，他不让我添乱。现在都转移了。他说转移了好，早死早见你爷爷奶奶，他说他是没有出息的人，也是不孝的人，一辈子就贪酒，就怕孤独。他说他不怕死，人世间的事啥都知道了，现在，就是不知道死，也许死是一件好事呢。”

呼延展不说话了，从5岁开始抚养他成人的养父说完就要完了，真是命不好啊，人生经不起富裕生活的开始，假如一定要拿一个人的生命来换他现在的一切，他宁愿回到从前。

但是，人生永不会这么换算。

呼延展迟疑了一下，问："姑姑，我一直想知道他为什么不成家。"

姑姑说："说来话长了。从前，最早吧，家里穷，一直没有找到合适人家。你奶奶和爷爷出车祸后，他成了没人管的娃，野天野地，结果年龄大了。等到想找合适人家时，周边哪里还有好女子，要么是离婚带娃的。你爸爸怕人家来了对你不好，他对你不好可以，别人对你不好就不行，前怕狼后怕虎地把日子过下来了。"

呼延展不说话了，从前在心里还有埋怨，还有不服气，还有恨，现在什么都没有了。人间事有道理的多，没道理的少，道理也是看站在哪边说话呢。

告别姑姑，借着月光回到土屋，他假装啥事也没有，坐在桌子前，大口吃肉，大口喝酒，他说："爸爸的羊肉真好吃，彩虹，你吃啊，大口吃啊，多好吃的羊肉啊。"

郭彩虹知道呼延展是去看姑姑了，一定是姑姑说了什么，说什么都与公公的病有关，一定是很重。她拿起羊肉往嘴里送。"好吃，真是好吃，爸爸做的羊肉没有羊膻味儿，我做的羊肉羊膻味儿重，爸爸，啥时间跟我们去矿上住，煮羊肉，我喜欢吃爸爸做的羊肉。"

呼得福说："我这辈子去的最远的地方就是伊金霍洛旗，哪里能去你们矿上，那是叫爸爸做梦呢。"

呼延展突然想领着养父去北京、上海转转，一来看病，二来见见世面。养父是一个比自己还苦的苦人儿啊。

夜里，呼延展做了一个梦，刮着飓风的街道上养父走着，黑色的云一下遮住了天空，路上没有行人，不知在什么地方有一个声音传过来：又有人被风吹过来了。

呼延展喊着："爸爸，你是个王八蛋，怎么能跟着风走？怎么能丢下我？爸爸——”

郭彩虹摇醒他，说：“你做梦了，你骂你爸爸是王八蛋，小心他在隔壁听见啊。”

呼延展瞪着眼睛看屋顶，土屋的屋顶是椽，火车道一样，会把一个人带走。

年少时心里确实骂过他王八蛋，那是恨他，现在还想骂他王八蛋，现在是不想让他走远啊。

八

一辈子没有离开过伊金霍洛旗的呼得福在还能睁着眼睛时要去看世界了。

姑姑让她的儿子开车送他们去城里坐飞机，姑姑的儿子做生意发了，赚了好多钱。

有钱人的意气风发表现得足，但是，呼延展不喜欢他，一路上和他话很少，不是因为养父在，是真不想和他多说什么。到了机场，姑姑的儿子和呼得福他们匆匆告别。他拍着呼得福的肩膀说：“舅舅，你们回来时我还来接你们，没钱了打个电话，我现在穷得只剩下钱了。”

豪车按着喇叭一路扬长而去。

父子俩落地北京首都国际机场。联系好住处，决定先是去协和医院看病，各种项目检查下来，医生说没有希望了，好吃好喝吧，再治疗是让他受罪。

呼延展告诉养父：“医生说了，酒不能喝了，肉还能吃，没有咱们那里检查得严重。”

呼得福很认真地看着呼延展，看了很久，想问话，张了张嘴咽下一口唾沫，说：“不严重就好，这医院以后咱不来了，北京古物景点咱转转就回。该死一定，狼吃没命。”

父子俩的住地，呼延展特意选择了长安街一家高楼层的宾馆，可以看到长安街上昼夜不停息的车流和人群。呼得福站在北京高层宾馆的阳台上，透明的落地窗，外面城市灯光跟流水一样，从高空看下去，黑夜只能涂抹城市的空白处，空白处也有人在行走。站在高处，人就悬浮在半空了。呼得福始终凝视着城市的灯光，受到什么东西莫名其妙推动似的，他回头对呼延展说：“这么大的城市找一个人喝酒好难。”

呼得福还在想着喝酒。

小腹下边一直在疼，扶着墙，似乎是弓着背，看上去有着令人难以置信的老态龙钟。明天一早去天安门看升旗，呼延展想让养父早点睡，几次敦促，可养父的脚步总是黏黏的不想动。

对北京城，呼得福有太多的不知道，也听过太多的传言。

“北京城好大。”看了半天准备睡觉了，他说了一句话。

一早去天安门看升旗，晨光微亮，街道上车来车往，广场上拥挤的人群所有的目光都投向远处。

呼得福似乎在想什么，没有变化的神态，偶尔向同样微笑着的人群送去微笑。开始升国旗了，音乐响起，广场上的人群安静下来，呼得福的眼睛看着升起的国旗，随着鼓掌的人群，他也拼命鼓掌。晨曦中呼延展看见养父的脸颊上挂着瘦长的泪水，满是皱褶的脸上，泪水纵横恣肆。

北京真是太大了。很近的路走起来如绕过一个山包。

父子俩坐在马路边的台阶上，旁边也有年轻人坐在台阶上。年轻人把耳机塞在耳朵里，他们的头摇晃着，显然音乐跳动的节奏让他们很享受，年轻人伸出去的脚摇摆着，整个身体和脸部表情无视这个世界，他们是快乐的。

呼延展打开水杯要养父喝水，他想找一家早餐店让养父去休息一下，环顾四周都是干干净净的高楼。呼延展轻轻拍了拍挨得很近的年轻人，年轻人睁开眼睛，身体还在摇晃着。

呼延展说："我想找家早餐店，请问附近什么地方有？"

年轻人摇着头继续闭上眼睛。

呼得福笑着说了一句话："这地方的人怕是都不认乡下亲戚。"

一副老光棍的顽皮样子。

呼得福此行最大的心愿就是在天安门前照张相。刚才在广场照了，还想走近照。他们穿过长安街去往天安门，天安门近了照不出全景，很遗憾地照了几张，这个心愿算是满足了。

呼得福说："故宫没啥看头，不看也罢，乱花钱，看也是走马观花。"

呼延展说："还是看看吧，钱赚下就是让乱花的。看看，开开眼界，也知道从前的皇帝过的是什么日子，和咱平民比差距在哪。"

父子俩歇息了一会儿，决定去看故宫。或许是儿子对他的孝顺让呼得福感动，他脸上始终挂着笑容。

呼延展发现养父走路开始气喘了，喘气声重了就坐下来歇息。来时就防备着北京太大了怕找不到坐地儿，郭彩虹随手塞进旅行箱一个海绵坐垫，呼得福当时还拒绝，现在它用处大了。

坐在地上的呼得福有什么话要说的样子，似乎自制力又很强。从前说话很轻巧的嘴巴，现在也显得吃力了。陪着爸爸坐着，眼前走过的是熙熙攘攘的行人，行人面前的故宫，从前平民哪里能进得去，看他们生活的地方只能说是大，一点也看不出舒服来，真是不能和土屋比。

想到了自己的土屋，就想到了土屋里有灶，故宫里没有吃饭的地方，看来皇帝吃饭喝酒太麻烦了。

呼延展起身买了一本关于故宫的画册，上面有文字和图片，看见啥不懂就对照画册看。他翻开让呼得福看，呼得福说：“故宫，中看不中用的地方，连一块种菜的地都没有。”

呼延展笑出了声，这个老光棍养父到底还是个农民。

人们从世界各地赶过来，看中国皇帝住过的地方，可是呼得福什么也看不懂，无论是从实用的角度还是美观的角度，他都不得要领。故宫怎么能和乡下比呢？

呼得福实在是走不动了，停下来看着偌大的故宫，迎面走过来的行人让养父说了一句有趣的话：“北京人不如咱们那里的人穿戴得好看，说明他们也过着穷日子。”

隔天，去看长城。

感觉旅游和打仗一样，上车下车，等真看见长城时，呼得福实在走不动了。

书本上说“不到长城非好汉”，现在到了长城脚下，爬不动了。力气也有用尽的时候，哪敢说自己是好汉。

望着高处的长城，长城像铁箍一样缠绕着山，无论怎么想象都不为过。一位打扮得过火的陕北农民用粗粗的嗓子吼着什么，好像是在拍电视，那种表演的样子让呼得福周身战栗，仿佛觉得虽然这老农打扮的样子很“陕北”，但感觉戏剧得有点煨煳了。来北京做啥来了？啥都不如安安稳稳待在家舒服。

回家。只有回家是正理。

呼得福对呼延展说：“明天咱就回家，彩虹带着娃在家，咱父子在北京游山玩水，情理上说不过去，回家，好吃好喝，自己家自己说了算，没有心情看这看那了，哪有草原好。回家，爸爸想回家了。”

呼延展也觉得北京太大了，这种执行任务似的看景搞得人很累，何况养父还是一个病人。既然养父想回，由着他，回就回。人到了熟悉的环境中也许才能压得住惊慌，才能找得到幸福。

回去的路上，丈母娘打来电话说，郭彩虹怕是又怀孕了。呼延展告诉养父郭彩虹又怀孕了。

呼得福咧着嘴笑，笑着笑着泪出来了：“爸爸真是没有白养活你，你真是在爸爸脸上左一下右一下地贴金了。”

入冬，第一场雪下得早，天空是阴沉的铅灰，地上是天衣无缝的银白，似乎一切都已经冻结。汽车开过的声音显得黏稠和凝滞，雪花在空中乱飞乱舞，如千千万万格外活跃的精灵。

室外温度骤降到零下30多摄氏度，几乎是从秋天直接走进了三九。这场雪下得好，干裂的土地可以畅饮一顿了。

呼延展从医院接回养父，人已经坐不起来了，回家也就是等着准备后事了。拉开车门的一刹那，风雪有如无数把锋利的小刀在脸的浅表处横切竖割。衣服突然变得又轻又薄，风像冰水一样轻易地浸过外套和毛衣直抵五脏六腑。

这时候你不得不对老天爷的变化无常产生畏惧。

四个小伙子抬着呼得福回到土屋炕上，土屋内姑姑已经生了火，温暖的土屋，风雪给人的那种最初的激灵过去了。

呼得福挣扎着伸出手招呼忙碌的呼延展过来，他似乎要说什么。呼延展端着姑姑冲好的一碗糖水走过来，呼得福咽下一口糖水后抓住呼延展的手仿佛抓住了温暖，儿子给自己带来了些许的生命延长和瞬间的坚定。他无力地大口喘气，眼睛漠然地停在某一处。

往昔的场景再一次闪现，那些顽皮的小事或者话语间的顶撞一遍一遍闪回。

歇息之后呼得福断断续续说：“爸爸要离开你了，这个世上没有爸爸了。没办法，爸爸知道你的办法想完了。爸爸要交代几件事给你。第一件事，别人家都修了新房，爸爸没有能耐，修不起，土屋子显得寒酸，我死了，你别嫌弃它，从前的记忆都存放在里面，不要让土屋轻易塌落了。第二件事，我使唤过的农具就叫它们在，我和它们有感情。儿啊，人这一生还不如农具呐，人制造了许多长生不老的东西，人就是救不了自己的命，没办法。第三件事，家里喂养了20多只羊，你卖了羊换几个钱，爸爸没有给你留下一分钱，卖几个钱算几个钱吧，算是给我孙子。你不要埋怨爸爸不让孙子来看我，我脱相了，怕吓着他。”

泣不成声的呼延展拉着爸爸的手，该死的病魔就要夺走这个老光棍的命了，努力是一个多么虚弱的词啊，他抓着的手慢慢没有了体温。

老天没有恻隐之心。

姑姑颓然瘫倒在地上，失声痛哭起来，其声凄楚，其状惨烈。浸泡在悲伤中的呼延展泪水哗哗流着，姑姑内心的痛不比他少，给了他生命的人，这一生永远不能喊“妈”。

老光棍呼得福带着一生的福气走了，同时也带走了自己的苦难，走到一个再也不会回转的地方。呼得福的死亡，让呼延展少了一份牵挂。

出殡后，呼延展把20多只羊送给了他的亲生父母，他们给了自己生命。姑姑不要，姑姑说：“不缺钱，你弟弟赚钱赚得高楼都买下了。姑姑这一生稀里糊涂就欠下了许多债，你是姑姑的一个债，大债啊！姑姑怎么敢要？”

呼延展赶着羊走到姑姑的大门口，跪在姑姑家门前，一脸疲惫的他看着敞开的大门，门前立着惊慌失措的姑姑和姑父。呼延展说："姑姑、姑父，羊赶到门前了，我爸爸感谢你们给了他一个儿，我感谢你们给了我一个苦难的爸爸，羊是你们的了。"

说罢，起身头也不回地走了。

那些干活的农具在墙角安稳地等待着自己的命运，因为长时间闲置已经长了锈斑，农具上仿佛还有养父的体温，农具和泥土亲近才显示出了它们的富贵命。呼延展在土墙上钉下一排钉子，用清油擦洗干净，挂上去的农具像艺术品似的，和时间与意义无关，它们是养父在世的牵挂。

雪纷纷扬扬地下着。

雪地上的土屋在积雪之下已经看不清眉目了。

钻天杨纵横交错着分割了连片的村庄，它们光裸的枝丫凝固在乌灰的空中，整体上呈现出爆炸的姿势。一只乌鸦从土屋顶上飞起，将苍凉的聒噪带向广阔的草原。

呼延展锁上门，对飘雪的天空充满敬畏，他第一次带着情感认真凝视土屋，从前那种苦寒的挤压突然消失了，那么温暖和不舍。

白雪填充了瓦棱瓦沟，模糊了屋脊上经年长出的枯草，相加相叠在一起土屋也不过六七米高，它的内里却装下了一代又一代苦命人的一生一世。

九

又一个春天走近了，时令也许是人世间的大规律，之后才能够想到在时令中做什么。

大地回春是一个标志，毁灭的开始毁灭，生长的开始生长，春天让大地又回到了很本真、很原始的绿色。时令催促勤快的苦命人早早走出家门；他们走在春风里，并且和春风一道游走在大路上。

呼延展清明节回家上坟，打开久别的土屋，灰尘铺满了土屋的各个角落，扑面而来的尘土，令他再一次想起远走的养父，他竟然走得那么远。

农具还挂在墙上，很安静，它们本来该出门了，可带它们出门的人已经不在人世。

土炕上摆放着刨锯、斧锤和墨线，吃百家饭的手艺被灰土遮挡了，旁边是一顶帽子，帽子内侧用一张报纸叠成的圆圈衬着，从远处看，帽棱高挺而又齐整。养父就是戴着这顶帽子出门揽生意的。

不住人的土屋，墙面上干燥得开始往下掉墙皮。

跟着他进屋的姑姑说："不住人的屋子终究要塌，人留不住它，塌就让它塌吧，村子里砖房子都空出许多，人都往城里去了，村子空了。"

呼延展害怕土屋子塌落，想不出用一种什么方式可以阻挡四季对它的伤害。

呼延展问姑姑："姑姑，怎么能留住它？"

姑姑说："留不住，留不住人就留不住它。"

呼延展说："我爸爸活着时安顿我让留住它，爸爸还要回家来看。"

姑姑笑着说："哪里还能回得来？死了死了，皇帝死了都回不来，你爸爸算个啥嘛。"

呼延展说："我知道他回来过。"

这话吓了姑姑一跳，她惊讶地环顾四周："你从哪里知道他回来过？"

呼延展说："院子里的三轮车，喏，就那台三轮车，原本不在那个地方，它一定被人动过，一定是爸爸动过，一台废三轮车，他回来是想修好它。他活着时说过，一辈子就想不用脚走路，就想有一台三轮车，他开人家的三轮车也是想过过瘾，没想到出事了。他一直想让我帮他修好，我那时恨他，姑姑不知道我有多恨他，我恨他，故意不帮他修好。”

朴素厚道的姑姑站在院子中央，无声的眼泪落在衣襟上，粗糙的手捂着脸，然后抹一下，姑姑开始笑，笑得大声，像要用大声的笑赶走什么东西。姑姑笑着走到三轮车跟前，用穿着旅游鞋的胖脚狠狠踢了踢三轮车，高声说：“一辈子没有出息的死鬼弟弟，一辈子游手好闲惯了，这一程路走长了啊。祖先让你来到世上是早就约定好的事，人死不能复生，老辈人在世上活过，走过一趟，留下了你。你是一个没有出息的人，你不敢回来，你回来做啥？”

姑姑很张扬地笑，这让呼延展想起自己的童年，想用声音盖过人世间的胆怯，多么相似啊。

呼延展说：“姑姑，你说怎么才能不让它塌？”

姑姑笑着说：“姑姑冰箱里的剩饭剩菜都用塑料保鲜膜封着，你总不能用塑料保鲜膜封住它吧？啊呀，你这良心不坏的娃，快别想它了，世上好人死多少，两间土屋算啥！”

也许是“塑料保鲜膜”提醒了呼延展，他往纳林希里镇上去找最厚的塑料布。

在塑料专用商店他终于找到了。

卖家问做啥子用。

呼延展说：“包裹屋子。”

卖家说：“我没有听明白，做啥子用？”

呼延展说：“用塑料布包裹住土屋，不让它早早坏掉。”

卖家很认真地打量他，然后说：“你去别家买吧。”

呼延展说：“为什么放着买卖不做？”

卖家说："大白天见鬼了。"

呼延展说："你在骂人。"

卖家说："骂我自己。"

呼延展说："我就买你家的塑料布。"

卖家问："需要工人不?"

呼延展说："当然需要工人。"

卖家问："这么说，你是真要用塑料布包裹土屋?"

呼延展说："就算我是鬼，大白天敢出来买东西？你白天见过鬼?"

卖家冷静下来，很认真地问呼延展为什么要这么做。

呼延展说："就是想让它多存在几年，没有啥意思，有情感在里面，看见它就能够想起亲人。"

卖家说："用塑料布把土屋子包裹住，大大的一个包裹，在塑料布里面，也许土屋子会活得长久一些。我只是说也许。"

包裹土屋成了纳林希里镇其根沟二社的一个笑谈。

村子里的人都来搭把手，自上而下，条状的塑料布长发一样地披下来，地上用长长的一排砖压实，然后用胶带把缝隙粘连住。

风来了也无可奈何了，雨来了也无可奈何了。

姑姑看着土屋，笑着说："你爸爸再回家只能在院子里走马观花地瞄几眼，进不去土屋了。"

有三年时间，伊金霍洛旗纳林希里镇其根沟二社被包裹着的土屋子成为大地上的一道风景。

三年时间里，每当呼延展回到故乡抬头看见它时，心中就有一种酸楚。它就像他健在的一位亲人时时刻刻在告诉他什么、启发他什么，可是他一直无法读懂它的深意，因此一直以来他都无法读懂养父。

三年后，土屋子还是塌落了，先是屋顶塌落，接着墙就倒了。塑料布粉末一样随风散落。一切，都是一夜之间的事；一切，都没有声息。

有人告诉姑姑时，姑姑急匆匆赶到土屋跟前，一堆土中埋藏的记忆唤醒了姑姑，但是和活着的人比较，姑姑觉得从此呼延展就不用牵挂这土屋了，给娃减轻负担，娃心累哇。这样想着，姑姑觉得土屋塌了好，谁都没有回天之力再建一座一样的土屋，走的走，来的来，生死相随，生命在一个人身上结束，在另一个人身上开始，既然惊喜和欢喜都不经耐活，因此也就不必在意。

但是，每次回乡，面对成了一堆土的土屋，呼延展一直有一种刀绞的感觉。

从前，很大的一个原因很可能与贫穷、见识少有关，因为呼延展清楚，财富让他忽略了土屋子的好，再好的日子也回不去了。但是，当他再次独自一人痴望它时似乎悟出了一个道理：世界上有很多东西远比一大箱黄金珍贵，钱也许能买来奢华的生活，但是绝对买不来亲情，买不来苦难和坚强。

养父不舍得它的原因也许让历经了岁月的呼延展找到了。

2016年，呼延展已经成为神东矿采煤一队队长，年薪涨到30多万元。

一个春天的上午，呼延展领着两个还未成年的儿子回到故乡的土屋前。土屋已经成为一堆土，旧日的记忆全都埋在土中。土屋对面的柿子树，无力地耸立在沉默的春阳中，每片新生的叶子在光照中发出梦幻般的绿色。

呼延展对孩子们说："爸爸要建一座伊金霍洛旗纳林希里镇其根沟二社最好的房子。房子用来安放你们祖先的灵魂。"

岁月是世上唯一捉摸不到的东西，人世间本来的面貌也许就是这样，消亡是永恒的，生生不息也是永恒的。

小包袱

一

单冬花一天里几乎要两次穿过一个叫煤灰坡的菜市场，嘈杂、闹腾，人声鼎沸，特别能抓住她的孤独。

这样的时刻，大多是黄昏，夕阳的余晖斜斜地照着，暝色弥漫，恰似彼时的心境：落寞、寡欢，把一天中意兴阑珊的情绪送到菜市场，看人讨价还价，看人闲侃，两个来回，这一天就算过踏实了。

一直以来，单冬花觉得北京的生活既幸福又快活，住了一个冬天，闲时坐在床前细思量，也都是有限的。老天不见太阳，烟云尽过眼底，举目远眺，楼挨着楼，影影绰绰，看一会儿头就沉了。人不见太阳是很容易生出恩怨是非的。老家的那些光耀、星星、山林、白云，人看着看着，难过就化开了。城市里楼道里见了相互陌生着，一副脸，什么内容都没有，只是身体躲让一下。小区里有健身设备，有时候单冬花下楼去绕着小区蹓一圈，看人家健身，人家做人家的，走在小区里连一句话都碰不见，人都显得很匆忙的样子。小区外是个巷子，叫煤灰坡菜市场，有两排菜摊，摊主是几个脏兮兮的农民兄弟，单冬花喜欢去和他们拉拉话，方言不一，有些话也听不大懂，可她就喜欢那大声大气的答问声儿。

儿媳金平见了很不高兴，拉下脸说：“我最讨厌他们，乡下人和城里人的脏都混合在他们身上了。”

单冬花喜欢，也只有从他们身上闻得见一点泥土香。

没有人买菜的时候他们就坐在三轮车上打盹，打盹多好，在忙忙碌碌的世界里打盹，单冬花就想到了乡下，靠在墙根下，纯净细碎的阳光照过来，几个老人排排坐，在一起打盹，阳光都舍不得吵醒他们。一个冬天住下来单冬花很失望，说是来过冬，其实是来坐监。儿子张孝德像传达指示似的要求单冬花尽量待在屋子里，并对着媳妇举着指头和单冬花讲日常的约法几章，比如菜市场那地方不可以去，买菜什么的要去超市；比如不和陌生人交谈，一是方言不一叫人笑话，二是太近乎了叫人小看乡下人，没见过的人不能和人家套面熟；比如不能给任何人开门，就怕坏人趁着家里没人欺瞒老太太。儿媳金平是医生，绝不允许单冬花随地而坐和随便跟乡下人聊天。

单冬花想逛逛菜市场，简直是偷着摸着，就像贼见不得光似的。

人一老就被子女绑架了，不能按自己意愿生事，老矛盾，拗不过儿子，血亲着、筋连着，都是为了好。好什么呀，一进入冬天日子就分外难熬。有的时候因为思想开小差想起了乡下的什么人和事，有时候回到屋子当下的空里，便觉得屋子是一个笼子，心坠得难受。村子里的那些人和事老是在眼前晃着，当下，这个冬天里的单冬花却只能抓住一些乡村的回忆。

张孝德在机关上班，儿媳在医院上班，孙子上大学平时不回家，只有夜晚儿子和儿媳才会回家，听他们唠叨一天发生的事情，两人都显得怨气十足。通常，张孝德总是一边玩手机一边听金平讲当天医院里发生的事情，对着单冬花，张孝德话都少说，甚至没有声音。单冬花感觉儿子是一个内向、乖巧、听话又十分依恋儿媳的人。曾经的儿子不是这个脾气，世事颠倒了，女人占了上风。单冬花在厨房里做晚饭，有些忧伤，一辈子她都没有活在男人的管制下，清心寡欲的日子过惯了，年老时被儿子管住了，儿子管自己也算是福气吧，可儿媳指挥着儿子团团转，她有些看不惯，可也只能装进肚子里。偶尔晃一眼客厅，看到儿媳，儿媳坐在一条高脚凳上，一只手拿着手机，一只手捧着玻璃杯子，喝着一杯果茶，晃荡着两只脚，不时地抬脚指着儿子叫他拿一块点心过来，那双活泛的脚，单冬花睁眼看着儿子果然就给人家拿了。老话说，尿泡打人，臊气难忍，单冬花略显尴尬，故意装着眼瞎了，可心里的气涨得和气球似的。单冬花硬忍住难过，想着回乡下，快回老屋里一个人时好好哭上两嗓子，哭个痛快。

七九河开，八九雁来。

乡下强大的吸引力，从这个时候敞开了。城市是个胃，再不回家，它就要把单冬花消化了。

二

单冬花开始整理她随身携带的小包袱，包袱有枕头那么大，针头线脑都装在里面，包袱布是一块格子旧方头巾，包袱的外边用一根布带子扎扎实实地捆绑着，像一个小型炸药包。儿子张孝德常笑话她的小包袱，说里头不一定都装着针头线脑，一定还有什么秘密宝贝，不然无论是到弟弟张孝勤家住，还是到北京住，神秘的小包袱一直不离她身。单冬花笑一笑，不言语，不错眼看那小包袱，半晌，又低下头凑近去看，把包袱拿起来转到别处，东拉西扯地说一大堆吃呀喝呀穿呀的话。张孝德意识到这个小包袱跟随母亲五个年头了，母亲来京过冬也五个年头了，母亲每次都抱着它，如母亲的晚生子，生怕有人抢了去。

女儿张小梅从乡下来接母亲回家，瞅着一个傍晚单冬花去和菜市场卖菜的乡下人告别的机会，张小梅悄悄打开了包袱。包袱里包着包裹，打开发现里面是一个一个的信封，都是当年张孝德在外当兵和工作时的信封，信封上缠着红红绿绿的线，缠绕得严实哩。信封里装了信纸，信纸有厚有薄。张小梅猜是放了钱。这么多年来，两个弟弟在外工作过年过节没少给母亲钱，那些钱她几次提议说存进信用社，可母亲说没几个钱，放信用社不安全。看包裹里的信封不少，如果都是钱，就按早年的小面值，她估摸着上万了。张小梅小心翼翼地按照原样包好包裹，压在枕头下，觉得看不出什么破绽了，便拿起电话给张孝德说母亲包袱里的钱。

张小梅神秘地说："妈的包裹里放了钱，有多少不知道，早年没有大面值票子，看捆着的信封有四五十个。"

张孝德说："姐，你没事找事，妈每天看她的包裹，你动了她准知道。"

张小梅说："知道就知道。年前你小外甥娶媳妇，姐有个存折没到期不想动，知道妈有存钱，问她借，她说没有，哪来的钱。你和孝勤不容易，都是一个娘的肚子里出来，她就偏你和二弟。重男轻女！"

天快麻黑的时候单冬花回来了，进了屋门，发现屋子里黑着灯，沙发上张小梅坐着，似一个轮廓。电视没开，单冬花瞅了闺女一眼，心无端恍惚了一下，接着直奔自己的卧室，拉开灯，她发现枕头动过了。掀起枕头发现包袱动过了，打开包裹发现信封没动。她明白是闺女张小梅动了。单冬花不喜欢闺女，再孝顺的闺女也是人家屋里的媳妇。何况二流子女婿她就不喜欢，不是正经人家的人，不是劳动人，没有劳动样，长年做些偷鸡摸狗的事，不下力，跑毛蛋。庄户人家的腿插进土里知道自己是泥腿子，他不是，整天和行脚僧一样，一会儿河东，一会儿河西，一会儿又跑到了北京，一会儿又移到河南，一直闲不住，张口南腔北调，说是做买卖，不见钱往来，俩外甥的工作还是张孝德给找下的。单冬花一时还不想揭穿闺女的把戏。她知道闺女是心焦包袱里的钱，可包袱里的钱不心焦她。

单冬花无事样地走进卫生间抹把脸，照着镜子用水抿了抿头上几根稀疏的头发，佯装洗了尘，一身轻松样走进了厨房。

张小梅隔着厨房墙说："他们不回来吃饭，就咱俩。"

单冬花在厨房里答："咱俩也长了嘴，也得吃。"

张小梅想顶撞两句，难掩激动，也隐隐担忧怕张孝德回来骂自己。隔着一堵墙，脸上露出怨恨，想着那钱都该给了自己。两个弟弟都有工作，唯独自己在乡下，赚钱不容易，母亲没有花钱的地方，日常生活又能花几个钱？钱在包裹里发霉了。

单冬花做饭中间，张小梅也不想进厨房帮手。单冬花忍着那口气做好饭要闺女来吃。坐到餐桌上看着冒着热气的饭，张小梅突然就来气了。人在吃上是最自私的，生怕自己少吃一口。单冬花突然觉得闺女的吃相很难看，吃相亮了自己的护身符，挑挑拣拣一盘菜，下作样。

单冬花忍不住了，说："这不是在乡下的屋子里，人要有个吃相。"

一只飞蛾绕在饭桌上空，旋来旋去，还挑衅般朝手上落，张小梅扔下筷子，双手一拍，蛾子不见了。但是并没有打死。也真是奇怪，你不动弹，蛾子就在眼前头，你要打它，它又连踪影都找不见了。这样，张小梅对蛾子的仇恨更强悍了，站起来追着打，粗笨的身子在逼仄的餐厅里歪来倒去。单冬花难过得手没处放，起身端了碗离开，走进了客厅。一个女人在家庭的地位，什么叫举重若轻，什么叫行方思圆，先是要懂得一个"镇"字。不说话就是镇。单冬花咽不下饭，做母亲也有偏袒儿女的时候，她不想偏袒张小梅，偏偏压不住心口的跳动，几次想张嘴，却欲言又止，端碗又放下，头脑出乎意料地清醒了，不能挑明，闺女算计包袱里那点钱呢，越在我眼前晃越无视她。这当口，张小梅斜睨了母亲一眼，母亲的脸蜡黄蜡黄，像黄杨木心，像色调深重的秋天。

那只飞蛾到底没有打着。张小梅说：“妈，你咋躲客厅里了？一碗饭还是一碗饭，咋不动筷子？”

单冬花不接话茬。看着是个便宜捡起来就上当，闺女满脑子都是那小包袱，单冬花不答话，就想把闺女动包袱的事丢开，怕一说话点捻子，引到包袱上。

单冬花不吭声，张小梅反倒不知该说什么，该做什么。她端了碗也过来坐在了沙发上。单冬花的心一直往下沉，头重如山，不由得往坏处想：有一天闺女会偷拿我包袱里的信封。这时张小梅似乎又看见了那只蛾子在飞，又着急地起身。单冬花又想说，真要是力气没处放，下楼拉单杠去。还是不能说，有问无答，母女俩的饭一下就吃闷了。

单冬花不是不疼闺女，毕竟自己身上掉下来的肉，她是不喜欢闺女那算计样。每次见面都是一堆杂七杂八的事，全都离不开钱。趁着单冬花转身的工夫都要翻一下枕头，床铺下，有三元五元的顺手牵羊入了自己的口袋。张小梅说，手头倒不开，妈，借俩钱，倒开了就还。几乎每次拿了钱都不见还，不光是钱，家中的牙膏、洗衣粉、香皂、罐头、饼干什么的，手软软伸过去，紧一下，拿上就往包包里放。单冬花每次见闺女连叹息的机会都没有，每一次见面心里都酸酸的，又没有合适的话发作，由着她拿。这是北京不是乡下，这儿子的屋子里还住着儿媳，儿媳是城里人，张小梅的乡下人做派叫人家笑话乡下人不懂礼貌、不守规矩，做这样的事情结果是叫儿子张孝德受气。单冬花在城里人面前端得正正的，觉着乡下人不能没有威信。闺女倒好，趁着我不好说你，就要惦记我包袱里的东西了。

光阴过得真叫快，单冬花开始整理乡下的往事时，乡下的日子是刀子刻下来的，疼也罢，甜也罢，都在骨头上留下了记号。她开始想着乡下那些还活着一起吃过苦的人，岁月苦熬，年年都有早走的人，遗在这世上的人都是亲人呐。单冬花想着见了他们该说啥。说啥都得有件礼物，大东西不带，小礼物也该有件。张孝德知道母亲的心事，其实也是回乡前必做的一件事。这件事通常都由金平陪单冬花逛超市解决，也算是给母亲的一份安慰。

小包袱放在床上没有来得及往枕头下压，单冬花关上房门的刹那想返回去的念头就打消了，一是怕儿媳埋怨自己事多，二是觉得张孝德在家，她心安。一早她打开包袱数了，一共四十五个信封，这个数字早已烂熟在心。两日后返乡的车票钱她要出，超市买回乡礼物的钱她要出。要花的钱已经备好了一个信封，走之前给了儿媳，剩下的应该是整数。好记。儿子给的钱就要花在正途上，叫子女知道自己不是一个没用人，也有钱花呢，子女的钱对她这把年纪的人来说没用。

张小梅看着她们关上门，迫不及待地冲进母亲住的房间，她把小包袱取出来，三下五除二就打开了。这个包袱对于张小梅来说是一件心事，老在她的腔子里长着，像是长着石头长着铁。她喊了声："弟啊，你过来看妈的包袱。"

张孝德看到打开的包袱，觉得姐姐有点过分了。张小梅不管不顾地继续说："妈这么大年纪了，她不说，但不能咱不知，我当着你的面看这个包袱，知道是啥有啥，心里也有个数，免得乡下那些四下的邻居眼里长了心。妈是文盲，我不能保证不叫人家顺走她的包袱。"

张小梅扯着脖子说话的样子让张孝德想起从前的日子。小时候遇事叫人欺负，都是姐姐横在中间。姐姐横着脖子骂对方的样子就像现在的样子一样。这么多年来，母亲和姐姐之间其实存在着某种隔膜，不厚却很有韧性。张孝德不知道该如何消除它，并且觉得有能力消除它的是姐姐而不是母亲。事实也确是如此，比如当下这件事，姐姐就不该动母亲的小包袱。

念头一闪而已，他也就原谅了姐姐乡下人的小心眼。

人一旦离开乡村，就有可能成了另外一个人，乡村的壳原本虽然一直背着，可壳下的人却努力想甩掉背上的壳，实现一种表层化生存，小心翼翼地浮在生活上面，决意不去管生活下面是什么。忘情于生活的细枝末节，研究如何更有利于健康，如何修剪指甲使手指看起来修长；经常性地出去吃饭，耗费许多时间和各种各样的人交往。饭桌上讲讲当下社会的政治格局，讲讲那些要提拔了的人的背后故事，一个人的职务比这个人的名字还重要。其实也都是偶然停留，没有以后，交情仅够加个微信，看看朋友圈动态点个赞。可这些东西很让人上瘾，大把的时间被浪费了，每一次都觉得认识了一两个有用的人很重要，饭局安排得值，扯风扯雨后回家看见孤独的母亲，又开始内疚，一个冬天里连陪母亲说话的机会都找不出，一个冬天就过去了。

看着姐姐的样子，张孝德很快就释然了，至少他从现实的世界里明白了，人生并不是一件很严重的事，用不着摆出时刻准备安慰什么人的样子。许多原以为泾渭分明的事，其实界限不甚分明，做着做着就混淆在一起了，就成为一种习惯。许多原以为必然如此，不容置疑的东西，其实只是一念之差或一时兴起。他开始原谅姐姐的一时兴起，如同原谅自己一样。看着姐姐打开母亲的小包袱，看见包袱里边有用小毛巾、旧布块、塑料纸，里三层外三层地包着一个小包裹，打开小包裹，又有四十多个信封。信封都是自己早年当兵后给家里写信用的牛皮纸信封，信封上的字迹还清清楚楚，邮票也完好如初。张孝德也稀罕地捏捏那些信封里装着的厚薄不一的东西。至于里边是什么，姐姐猜是钱，张孝德认为不一定都是，母亲没有这么多钱；还应该有我和弟弟工作后往家里写的信。张小梅想拆一个看看里面然后照原样缠好。张孝德也同意，真要拆时，发现信封上密密麻麻地捆绑着的丝线就像一件手工活，不仅拆起来困难，而且照原样恢复会更困难，显然母亲是用心做过记号的。

张孝德说："姐姐，不拆了。真要拆开了，等于是知道了妈的秘密，妈会不高兴。"

张小梅数着那信封突然就问："孝德，你说我拿走一个妈会不会不知道？"

张孝德瞪大了眼睛说："妈是文盲，可她识数。"

不看那小包袱了，没意思，张孝德开始看微信，一条一条看，有认为可亲近的人就送个赞，转发几篇只觉得标题好玩的微信文章，又觉得母亲的小包袱该拍个照，点击相机开关拍沙发上摊开的包袱和包袱里的信封，然后开始秀图。姐姐是怎么收拾起母亲的小包袱的他忘了，母亲是怎么回来的他也忘了。他把拍下的图发到微信群里并写下了一段话：深刻的亲情是不能被浅薄的快乐填满的，一想到城市生活背后空洞无物，我就惶恐不安，看看母亲的小包袱，让我想起了童年和成长，对母亲的感情，我好痛恨自己不能用语言表达对母亲的爱意。

信息发出去了。很快就有人点赞，接着有人评论："母爱是伟大的。""那信封里装着的是什么？钱吗？还是信？""你肯定不会在母亲节给母亲送花，母亲是天下儿子的攒钱机器。钱是什么东西？哪个儿子会在母亲需要你的鲜血时，毫不犹豫地伸出胳膊？"他回这条微信："如果要我的血，我一定会犹豫，犹豫的结果肯定是伸出胳膊，但我就是做不到毫不犹豫。"又有人评论："明明已经注定了，还要装模作样犹豫一番，似乎经过了深思熟虑，其实什么也没想，选的还是一开始就认定了的事。"这下有意思了。微信群里一个人问：“假如出现二难选择，你是先救母亲还是先救老婆？”有人替他回答：“肯定是母亲，母亲只有一个。”他回答说：“选择其实是很可笑的，我们永远只能选择其中的一种，永远无法知道选择另一种情况会是如何，无法重来就无法比较，所以，我不选择。”因为这个群里也有他的媳妇金平。这时候金平发过来一个愤怒的表情，群里的人开始互相“将军”了。

微信群聊就是这样，在一些无关紧要可有可无的问题上，可以口若悬河、滔滔不绝，一旦真正试图表达什么时基本找不着一句合适的话，完全是不用动脑子的快乐。金平发来图片，张孝德看到拍下的图片中有十几双线袜子。金平说：“陪婆婆逛超市，婆婆与单纯的农民又不一样，她买的东西叫人觉得奇怪无比。”张孝德回复：“谢谢老婆！咱们的妈妈像土疙瘩那般质朴，她惦记她的乡邻就像我惦记老婆一样质朴。”这样的聊天会延续很久，这样的聊天让当下的张小梅以为弟弟很忙。

张小梅收拾包袱，似乎在想包袱没有解开时的样子，张小梅思忖事情时有母亲般的神态。张孝德说：“姐，抬一下头。”张小梅抬起头的瞬间，一张照片存入了手机，他同时不忘放进微信群，并写下了一段话：姐姐一张布满沧桑的脸和眼前母亲的小包袱，照片太有感觉了，两代女人，一个是母亲，一个是姐姐。犹记当年母亲凭着她瘦小的身躯，挑着水桶，每天天不亮就下河挑水，她为这个家，一刻也不停顿地操劳着，消耗着她的心血。

姐姐也不容易啊，说到母亲在重男轻女这方面，仔细想，母亲真有这种倾向。姐姐年长，自己和弟弟孝勤哪里下过地，记得有一年姐姐领着自己和弟弟去供销社买作业本，姐姐盯着柜台上摆放着的漂亮花布。红底绿花，十分耀眼。以往供销社只卖蓝的、白的、红的和宝蓝色的布，很少卖这种花布。姐姐那时抚摸着，沉迷得很，就像刚才盯着包袱看的神态一样。

卖货的妇女说：“叫你妈来给你扯点吧，做个袄罩子多好看，这布进得不多，是我走后门、托关系才弄到的。”

姐姐拉着自己和弟弟几乎是一路跑回家的。平时，姐姐从来跑不过我们，可那天跑得飞快。一进门姐姐就哭了，边哭边央求母亲替她扯那花布。那一年父亲刚刚去世，家里的日子要往前走，都得算计着过，两个儿子要读书，哪有多余的钱给姐姐扯花布。母亲无奈地说：“你咋这么不懂事呢，叫你去给弟弟们买作业本，你倒看上了花布，那是你穿的？等明年夏天上山采下药材好给你扯褂子。”姐姐说：“不让我读书，还不叫我穿一件花布袄罩子，你看人家闺女们都穿戴得花红柳绿的，我穿得黑不溜秋。”

母亲瞪着眼说：“这天下营生是男人家的，哪是女人家的？你读书，你有那出息将来养家糊口？穿什么也成不了仙女，穿着不露肉就行了。”

记忆中，姐姐从来就没有穿过花布衣裳。

想到这里，张孝德掏出五百元人民币递给姐姐。“拿着，去买一件春天的外罩，穿戴得像个样子，现在的社会吃穿都不愁，瞅你，还是穿得黑不溜秋。”

张小梅说：“你接济我太多了，我不拿，有多少都填补不满日子里的需要。”

张孝德说：“叫你拿着你就拿着，金平和妈就要回来了。”

张小梅眼里噙着泪，把钱接过来装进口袋。

真正认识自己的子女，也是需要眼睛和头脑的。单冬花看着床上同一位置不同方格子布的包袱，知道闺女又动了。

明天就要离开儿子家了，不能把气留在这里，她忍着装作没事的样子解开包袱。她装作不知，取出一个丝线捆绑着的信封，一定要交给金平，一要付超市里的钱，二要付回家的路费。这也是每次临走前的必修课，不要她就急。金平推让了两下就把那信封扔到了茶几上，算是收下了。

黄昏降临的瞬间，金平打开了客厅的灯。

金平突然说："我看到微信群里姐姐打开妈的包袱里，那一小捆一小捆的都是信封，信封里是不是都是钱呀？"

单冬花不知道什么是微信群，但是闺女打开了自己的包袱的消息她听得一清二楚。张孝德摆手不叫金平再往下说。

单冬花说："我一辈子没出息，一分钱也没挣过，能有什么钱啊！"

一句话不置可否地绕开了话题。

三

当天晚饭，单冬花基本上是在半兴奋中度过的，明天就要坐火车回乡下了，一切的不快都要远去。单冬花和张小梅各自收拾好东西，有绳子捆的，有细线缠着的，整整齐齐地摆在地上。自己走后，儿子这一家除了白天上班，在家的生活就是在电视机和手机陪伴下无聊度过，她有些可怜儿子。每当她在夜里躺在被窝里想象村里发生的那些事，想象迷迷蒙蒙的夜晚虫子来回走动的情景，想象泥地上那些植被和庄稼挣脱束缚成长的样子，心潮一阵阵涌起，总是一件很温暖、很有美感的事。同时，伴随着明天离开儿子家，更多的是牵挂和担心，又要在乡下开始了。

晚饭后，单冬花进厨房和闺女合作，一起包明天一早的饺子，母女俩无话，单冬花把注意力从厨房转移到了窗外。夜深了，感觉这时的天空比正月的天高很多，看不见星星，能看见对面高楼上的格子窗户亮着灯。风扑打着玻璃，春天不能不起风，风不来天气就不暖。北京春天的风不少刮，和乡下的风相比，乡下的风是自生的，离人很近。就在自己家门前那棵老枣树下，起风的时候，树皮发青，风在枣树叶子生长处号叫，枣树的叶子就被叫醒了，风越过院墙，渐已成势，沿河的杨柳树最早开始变得烟蒙蒙一片鹅黄色，风叫醒了冻土。城里的风无根、乱刮，似乎永远也停留不到地面，尘土被扬在半空，什么东西都想去敲击。过年才擦干净的玻璃，隔着一层细麻麻的土，风没有回落的意思。

玻璃上停留的风让单冬花有点不安，像是要发生什么事情，头发都干蓬着，她看了看案板上的面，估摸着馅和面的比例。围裙带起了静电，张小梅佯装看不见，调完馅，单冬花站着看夜色里的那些灯光发呆，她就想哭了。住哪都不如住乡下好，就怕乡下也不是自己的家了。人老了，做不了主了，老真不好。儿子叫你来住，住够了女儿来叫你回，合理合情，只有单冬花知道，养大的儿女不是真疼你，是尽义务，合谋世上的道理来摆布一个老人剩下的日子。

张孝德探头进来问："妈，还没有包好吗?"

看着案板上摆成行的饺子，说着就举起手机拍照。张孝德说："有妈的孩子是个宝。"

这一下单冬花忍着的泪落下来了。她抬一抬袖子抹了一下眼角，一张粲然的脸露给儿子。张孝德说："妈，哭啥，包完饺子你早点睡。"

天黑着，客厅里的闹钟响了。凌晨3点整。其实单冬花躺下时眯了一小会儿就醒了，睡不着，自从来城里过年，走时都睡不着。单冬花起身先下厨房煮饺子。闺女也起了，洗漱，收拾地上的大包小包。

一家人吃过饺子后，开始提着大包小包下楼，准备坐54路公共汽车到火车西站。单冬花紧紧地抱着她的小包袱，张小梅和金平搀扶着她下了楼，向小区西侧的公共汽车站台走去。到达站台后，离第一趟车到达时间还有十几分钟，为了集零为整，减少行李的数量，张孝德建议把张小梅的一个小提包和母亲那个小包袱捆绑到一起。捆绑时，第一趟公交车徐徐近了，迷蒙的夜色，朦胧的路灯，张孝德先架着单冬花上了车，张小梅和金平提着大包小包也随后走到车上。

上车后，女售票员说："老人家请坐好。"

单冬花说："闺女，我坐稳当了，坐稳当了。"

单冬花还想说什么，车上的人都耷拉着脑袋睡，售票员也把脸别到别处，车身抖动着，夜色苍茫，一路滑过的街灯亮着，显得回答的声音很大。

张孝德小声说："妈，都睡觉呢。"

金平说："人家就是客气一下，你还当真了。"

公交车行驶了40分钟后到达火车西站。车门打开，一股湿气挤进来，天下着细雨，昨晚的风，原来是携着雨来。下车后，一家人开始清点行李，有些该安顿的客气话此时要说。

单冬花说："回吧，到了火车站，你姐就知道路线了，那边有你姐夫接站，不怕。春天的风沙大，上班记着关窗户。夏天放了暑假叫孙孙回去住几天，你们如果有时间也回去住几天，就当是你们城里人旅游，乡下的山水到了夏天可好看呢。"

她的话被晾在一边，大家似乎在焦急地寻找什么。

单冬花说："把我的小包袱给我，拿惯了，手里空空的，总觉得少了什么。"

包袱不见了。

张小梅以为是单冬花拿着，单冬花以为是张小梅抱着，全家人急得团团转。

张孝德说：“我叫姐把包袱捆在一起，姐的提包呢?”

张小梅的提包在。

单冬花说：“出门时我拿着，坐公交车时孝德说要和小梅的提包系在一起，我明明记得小梅从我手里接走了包袱。”

张小梅说：“妈的包袱啥时候舍得叫旁人拿，我还有福气拿？我是真没有见到。”

金平指着孝德的手机调侃着问：“你没有拍下来吗?”

张孝德说：“你不要无事生非。”

单冬花腿软得要往地上坐。地上湿漉漉的。金平说：“地上到处是全国各地的龌龊。”张小梅和张孝德急忙架着单冬花。

张孝德说：“我们冷静地回忆一下。”一家人开始重复当时的细节。短暂的回忆后，张孝德认为忘记把那个包袱带下车了。张孝德立即在路边拦了一辆出租车，向54路公共汽车的下一站追去。

车站内的旅客多了，赶往各地的人匆匆从她们身边走过。单冬花抱着一线希望张望着往来的行人。

半个小时后，张孝德气喘吁吁地回来说：“车上根本没有那个包袱，司机说，车从火车西站向岳家楼行驶时没有停，若包袱放在车上是不会丢失的。”全家人又开始回忆，摸索着开始厘清从一早出发到车站的每一个细节。最后，张孝德做出了比较客观的判断：应该是我们急着上车时，没有将那包袱带上车，丢在了站台上。

张孝德急忙打电话向马家堡派出所报案。电话响后接警的警察说：“因为是人为丢失，没有当时的线索，不能确定包袱是不是真在马家堡的地界上丢失的。你们留一个电话号码，如有人捡到后寻找失主，我们立即与你们联系。”也就是说，这件事情得等寻找失主的人出现。单冬花脸色煞白，嘴里喃喃着，菩萨保佑，有好人，有好人，这世上总归是好人多。

这时，张小梅开始埋怨包袱的存在：“包袱是眼睁着丢了，它可从来没有离开过妈，怎么偏偏在离开的一段路上丢了。包袱里有啥不能放我屋里，我替你保存，费心思走哪带哪，一辈子好强，临老了还好强，就怕我算计你的包袱，我才不稀罕呢，就算有万两黄金我也不稀罕。”

单冬花不说话，话在喉咙里哽着。从未见发过脾气的张孝德，听完这席话开始训斥张小梅：“你少说一句啥了？你每天都惦记着妈的包袱，还说不惦记。叫你拿一会儿你就丢了，你咋没丢了自己的提包，论年龄我该叫你姐，可你就是不成熟！”

50多岁的张小梅，有严重的脊椎侧弯，行走极为困难，面对弟弟的训斥，既自责又难过，一时说不出一句话来。

金平一边安慰着大家，一边问单冬花：包袱里有多少值钱的东西？那信封里是信还是钱？

单冬花说：“是钱。不少，不少。”

张小梅忍不住又呛了一句：“直接说有多少钱。”

单冬花只说不少，就是不愿意说出大概数字。

张孝德说：“妈，你说个实数，都这时候了。”

单冬花嗫嚅着说：“有一万多元，还有你弟媳妇给我买的金耳环。”单冬花看了一眼金平，怯怯的眼神怕伤害了什么。

张孝德说：“包袱都丢了，还不说有多少钱，究竟是多少，一万多，多是多少？你说的数字不对，人家拾到了也不会还给你。”

单冬花哭了。这是她这一辈子唯一一次当着子女的面哭。她哽咽着说：“有两万多。”

张小梅接话："零头有多少？"

单冬花说："两万八千六百多。"

一家人不说话了。谁也没想到单冬花的包袱里有这么多钱。小梅见过那些信封，可没有想到信封里都是钱。

张孝德显得有些生气，同时又不相信母亲有那么多钱，又问母亲："您包里到底有多少啊？您哪有那么多钱啊！"

单冬花浑身颤抖，嘴唇哆嗦着说："儿啊，我几十多年积攒的钱都在里边，是一分一厘省下的。多的一个信封里有五千元，少的有三百元，大大小小几十个信封，我也说不出个准确数目，只能说个大概。"

金平瞪了一眼张孝德。这么多年丈夫背着自己给了他妈这么多钱，也许不止这些呢。

单冬花读懂了金平眼神里的内容，忙说："也不全是孝德的钱，还有孝勤的，还有我能爬得动山时，采连翘卖后攒下的钱。我不舍得花，攒着，身后有个底气，一辈子，我怎么好临老变得赤手空拳，有几个钱搂着，邻居不敢小看，子女不用嗔怪。"

单冬花非常满意自己大清早能够举重若轻地吐出这些话，这些本来不到说的时候。事情来了，不得不说。

围观的人多了起来，广场路灯下所有人的脸都发着青白光，所有看见的人都张着嘴说话。嗡嗡的声音中似乎有希望冒出来。"赶紧去调那个站台附近的监控录像，或许能看清捡到包袱的人。""把你们的联系电话告诉附近的派出所、居委会，以便捡到包袱的人与你们联系。""老太太也是，这么老了还自己存钱，有钱不放银行，你说这年纪要钱有什么用啊。"金平突然对孝德说："发微信，快发微信，或许微信可以帮助我们。"

众人的议论声此起彼伏。张小梅突然想了起来，说："我的手机还放在那个包袱里边。我整理包袱时想着妈的小包袱最重要，手机也最重要，顺手就塞进去了。”孝德问：“是否开着机？”张小梅说：“开着呢。”张孝德急忙拨号，结果是关机状态。

微信群开始转发关于张孝德母亲小包袱走失的信息。其实张孝德清楚，能遇到雷锋式的好人太走运了，几乎是不可能。只要捡到母亲包袱的人关掉包里的手机，就预示着他不可能把东西送还失主了。

金平想尽快逃离。她已经好多年没有到火车站了，蓬头垢面的人群中有人嘴巴欠兮兮地说一些幸灾乐祸的话，真是受不了，这些乡下人像热沥青似的粘着城市的犄角旮旯，这是她最不喜欢的场面。不管婆婆包袱里放了多少钱，她从来都不去多看一眼，她不喜欢那包袱的样子，什么年代了，老脑子，不亲近社会。人要长大，要成熟，但并非成熟就一定会明白。有时肉体扩展了，年纪添加了，反而变得糊涂了，越活越老土。婆婆就是这样一个典型人物，这把年纪了，住在城里还时时牵挂着水灾旱情，同情城市里彷徨的农民，更可笑的是，不舍得花钱，一辈子挽着藏钱的包袱东奔西跑，说出来真是可笑。

金平说：“出了这事只能怪自己没有操心拿好，丢肯定是丢了，我去报案，能否找到是个未知数，这是个教训，以后也反思一下。”

单冬花半天没有言语了，还有以后？

张孝德问：“去哪里报案？”

金平说：“54路嘉园三里站。事发在那里。”

单冬花觉得自己变成了一个倾家荡产、一穷二白的人了，心恍惚着，就要到开车时间，包袱像是长了脚似的离开了自己。几十年都拿着，朝朝暮暮看着，说不见就不见了。单冬花叫张小梅打开提包，看是不是顺手装提包里了。

张小梅仿佛受到了莫大的侮辱。

“妈，你的包袱从来都不叫人动，丢了就是丢了，我的提包里没有你的包袱。”

人流拥挤着开始进站。虽然故作镇静，但单冬花知道腿上是一点力气都没有了，单薄的身子单薄得越发拉不动日子了。张孝德仿佛感受到了母亲此时此刻的痛苦程度，搀扶着在一旁反复安慰母亲，说破财免灾，只要您健康长寿，比任何财产都值钱。更何况，如今的社会还是好人多，人们的日子也不像过去那样艰难，大多不在乎您这点钱，人家捡到后，一定会给咱送回来的，你们放心回家，不等火车到家就会有好消息，城里的派出所办案神速着呢，就等好消息吧。

火车徐徐驶出车站。玻璃窗户上闪着母亲和姐姐的脸，勉强挂在脸上的笑容，母亲似乎还在安放什么。走出火车站，张孝德突然清醒地明白母亲老了，她一生的脾气在子女和生活面前彻底垮了。这样的事情发生，本该有一顿骂泼天而下，反倒是姐姐顶撞了母亲，日子颠倒了，母亲下火车时怕是迈不动步了。

张孝德给金平打电话想知道报案的结果。

电话那边的金平问：“走了？”

孝德说：“走了。你报案了没有？”

金平说：“又不是贼偷了、强盗抢了，自己丢了，丢在哪都不知道，去报案？你以为我真去呀！”

孝德说：“你很有腔调呵。”

金平做事有点出格了。不是自己的母亲，人情世故少了不说居然撒谎。对自己的妻子，孝德是无奈的，其实，金平不屑和凡俗打交道的时候有她的气场，气场边缘的孝德常常显得很狼狈，不具备反抗的力量。

张孝德走着遇见了一家快餐店，他急着坐进去，要了一份早餐：一碗皮蛋瘦肉粥，两根油条。他忘记了一早吃过母亲和姐姐包好的饺子，粥和油条像刷锅水一样令人难以下咽，但他仍旧锲而不舍地尝试。脑子里一直幻出一个火车走远的声音，吃下去的动作似乎也非常机械。他不自觉地给弟弟孝勤打了电话，弟弟在新疆工作，此时或许还赖在床上。

“这么早，哥，出啥事了?”

“妈今天一早回老家了。在去火车站的路上丢了她自己的小包袱。包袱里有钱。”

“妈自己拿着时丢了?”

“不是。姐拿着。我怕上下车不利索，叫姐拿着，不经意丢了。”

“包袱是妈的心肝。妈说里面有多少钱?”

“有将近三万元。”

半天，电话里传来一声闷响：“妈有可能害下大病。”

这句话让张孝德有着战栗的恐惧。

四

单冬花在软卧车厢躺下的那一瞬间，她觉得自己已经看不清楚周围的颜色了，最为重要的是她不记得刚才的事，张口说的第一句话就把五十年前的事情说成了昨天的。

“你怎么没有把你两个弟弟抱到床上来?”

张小梅小心地看着进入软卧车厢的人，先是个子不高、身子很敦实、长方脸红扑扑的男人，只见他细长的眼睛眯着缝，一进车厢就笑，说话嗓门洪亮，透着实在。看着单冬花大声说：“老人家，我坐你脚后头儿。”单冬花也笑，笑得难看，伸开的一双脚缩了回去。接着又进来一个学生娃，不打招呼，直接爬到了上铺。

男人指着小梅问：“老人家，这是闺女还是媳妇？”

单冬花勉强答了一声：“闺女。”

男人说：“闺女好，贴心。”

张小梅笑了。单冬花突然很讨厌闺女的笑，转了一下身子，脸朝着墙。闺女和男人在她的身后说话，她不想听，尽量让自己进入一种沉思状态。闺女蚊子一样的笑声毫无节制，单冬花被这笑声击倒了，好像自己做了什么十恶不赦的事一样。其实她一直在躲避周围的人事物，从一开始进入软卧车厢，她努力不去想、不去看，就因为躺着可以让眼睛朝上看。躺下的那一瞬间，她甚至惶惑地回忆起了此前，意识很快就回到了当下。单冬花迫使自己去冷静回忆刚才发生的事情，儿子坚持要女儿帮我拎着小包袱，碍于儿子的面子，自己假装很不在意地递给了她，一路上自己的眼睛从没有离开那个包袱，只有一次，上车，儿子搀扶着她，她不能够拒绝搀扶，这是儿子表达他自己对母亲的关爱，有五六分钟，视线断了。上车后自己和售票员说话，问答只有一个来回，包袱应该不在闺女手里，她看得清楚，虽然闺女坐在车尾，她想，上车前闺女合并提包，包袱一定是并在了闺女的提包里，这不用多想。她没有想到的是，包袱不见的那一瞬间，包袱真的长了脚。这中间一定有人在某一个环节起了念。乡下的日子里，她常常坐车去另一个村庄看戏，小包袱不离身，谁照顾过她上下车？她手脚利索得很。在儿子面前，她不能像从前那样对儿子说：“讨厌，丢开手！”她是儿子的老娘，人一老，距离来了，隔阂来了，客气来了。五六分钟时间，包袱就不见了。长大了的儿女离心离肺，彼此知道计较，知道假模假样了。一下按捺不住情绪，单冬花坐了起来。

张小梅的笑没能保持，她看到母亲的脸拉得很长，不语不言，盯着地上的旅行箱看，她觉得母亲要说什么，但母亲没有话。

单冬花转过身盯着闺女的脸看，冷不丁冒出一句话："得了。"说完就躺下了，像中年人一样利索。

张小梅高昂了一下头，这时，有人喊男人去打牌，男人站起来走出了车厢，疑惑什么似的又回头张望了一下。张小梅干脆提起旅行箱放到了自己脚后头，没多说话，也躺到了铺上。母亲刚才说什么她没有听清，但她明显感觉到了母亲在怀疑什么。她懊恼地开始回忆一早的事，可想到那个包袱的时候，上车前等车过程的记忆突然没有了。她想不透彻，哀哀地难过，心疼母亲，想和母亲多说说话，坐了起来，站到母亲跟前。单冬花凝视着虚空的眼睛突然合上了。张小梅坐到小桌前扭头望窗外，竟看到了满天的毛毛雨，火车"哐当哐当"的声音在脚下弥漫，一些风口处的树，在秋天里凋零得早，在春天里新生得也早。天空的云团呼呼四散，一线阳光，扒着云缝射到远处的山头上。张小梅的心酸了一下，她一下明白了母亲对她的敌意，从来没有离过身的包袱被自己拿着时丢了。可那个包袱对自己来说是多么生疏啊。

单冬花闭着眼，小梅知道母亲睡不着，包袱丢了，天塌了。她喊了一声："妈。"

单冬花纹丝不动。

张小梅说："妈，包袱丢了，都怪我。我从来都不敢动，你常说，人一天有仨迷糊。我手里不常拿的东西，我手生啊。"

"妈，你一直盯着我，可你咋就没有盯住我呢？一转眼的工夫过了好多人。"

"妈，我早和你说，把钱存信用社，你不听。丢了，也不知哪个没屁眼的人捡了。”

单冬花睁开眼恶狠狠地说：“你怎么也敢说短话？”

张小梅说：“我说短话，我是咒捡到包袱的人，我咋不敢说短话？”

单冬花咧了一下嘴说：“你有啥不敢！”

张小梅瞪着眼睛看着单冬花：“妈，你啥意思？就算我把你包袱弄丢了，就算知道你心疼包袱里的那些是你两个儿子过年过节时孝敬你的，他们疼你，拿钱叫你花，拿钱买你对他们的牵挂，明知道你不花钱，你是攒给他们的，你最终是攒给他们的，你抱着你的包袱，抱着他们的疼，可你怎么就不想想，这么多年，我几乎是每两天看你一次的，洗洗涮涮，那点口粮地的春种秋收，哪一件事缺我了？伤风感冒，头疼脑热，是你闺女守着你啊，你不信任我，就算我丢了你的包袱，我一辈子做你闺女的好买不来你一个包袱？”

单冬花哆哆嗦嗦坐起来，盯着张小梅说：“你是往我心口上插刀！”

张小梅怎么能知道单冬花的难过。

单冬花31岁守寡，拉扯着三个孩子成长。一个女人的一辈子，那是在人眼皮底下活人的难熬啊。她还记得去年秋天张孝德回乡陪着她住了一个月，单冬花在院子里扫院，起伏之间张孝德说：“妈，记得我6岁那年你的辫子落在腿弯上，那年的槐树只有胳膊那样粗。”

单冬花怔了一下，掩饰什么似的说：“妈再活都不能活回你6岁那年了。人都要老的，你是笑话妈老了。”

张孝德咧着嘴笑，看着满头白发的单冬花。太阳照过来，照出了单冬花粉红的头皮，曾经，头发盖着头皮，两条粗黑辫子匍匐在单冬花的脊背上。

记忆来得越发深了。

秋天庄稼黄熟了，6岁的张孝德坐在驴背的驮架上，他爸赶着驴，驴脊上的张孝德不安生，两条腿来回敲打着驴肚，把驴惹毛了。驴挣脱了缰绳，张孝德摔下来，驮架砸在了张孝德头上，他爸抱回张孝德，坐在院子里槐树下，那时候有个井辘轳闲置在那里，血把张孝德的布衫染红了，单冬花站在槐树下，看见血的那一瞬间，眼一黑，天上的云彩旋起来，单冬花就不会说话了。那年单冬花31岁，张小梅10岁，张孝德6岁，张孝勤4岁。他爸看着单冬花的样子吼道："我死了你咋办，瞅你的样子，除了生娃你啥都不成!"秋天，他爸下煤矿窑，瓦斯爆炸时被炸死了。

人被抬到村口那一刻，单冬花出奇镇静。她身后三个娃，三个娃也都没哭。单冬花告诉孩子们："那棺材里躺着你爸，你爸是张家的男人，他管自己享清闲去了。张家得出一个有本事的人，天下有本事的人是男人，在卵崖底村只有家里出了有本事的人才不叫人低看。我和你们的姐姐供你们弟兄俩念书，只要走出去一个人，前路就看得到光明。"

单冬花破天荒冷静地在跑过来看热闹的人前说下此话。单冬花的头昂着，面孔扬着，脸上留着怨恨，保持着乡下人认可灾难的冷静，冷静里面有一种难以严明的坚强和难过，她忍着不哭。她丢开孩子们拢住眼，趴在棺材上掀起单子看，她的汉子，一身对襟青色涤卡布衫，一顶八角帽，帽子和身上的衣裳都不是很合套，都是崭新的。只能怨他命不好，死了才赚一身新。单冬花挪不开步，没有力气挪开，身后的族人议论着后事的全部细节，该怎么做有矿上人张罗。身后村庄里的女人们小心地看着单冬花，不敢大声唏嘘，却也不断地追忆着棺材里的人生前的种种细节。感染之处，爱哭的老人禁不住流泪了。单冬花期待什么，哪怕有一句类似"剩下的孤儿寡母怎么过日子哟"那样的话出现，可是没有。矿上答应给张家一个顶替下矿的指标，单冬花听见公公在身后交涉，娃都小够不着年龄，叫小叔子去。

单冬花的屋子里除了少了汉子，什么也没有少，剩的是三个子女三张嘴。老天连叹息的工夫都没有给单冬花留够，一场秋天的连阴雨使得院墙塌了，单冬花站在院子里护住三个娃，自己却闭上了双眼。村里人看见了难过，一升米一碗面地帮衬，总归不是长久的事。槐树就在院子里粗壮着往高里长，子女也往高里长，槐树喝水，子女吃粮。自己好养，养活子女难，一年到头屋里屋外，每天往身上沾的有两样东西：尘土和猪食。尘土拍拍就掉了，猪食洗了又溅上，衣裳哪敢多洗，布衣裳不耐磨啊。单冬花知道：这是命。命是什么？老天早安排好了的，谁都不能改变的。既然认命，单冬花就少在人前叹息，也不埋怨，她在老天给她画的框框里闹腾。三个孩子除了吃，还得穿衣，还得学习，学习和吃饭穿衣就得花钱，钱在腰里支撑着，硬气，才不会在人跟前低头。

单冬花找石匠在屋子里打了石磨，她学着磨豆腐，用豆渣养猪，卖了猪供子女上学。她天亮起床赶驴磨豆腐，一头驴戴着捂眼转磨道，磨慢悠悠转，磨眼里插着三两根筷子，豆子要三颗两颗均均匀匀地下，灌豆子时勺子里几颗豆子加几多水，更是马虎不得。心急时，常使磨子打空，心粗的，豆子下得不均匀，这样磨出的浆粗，点出的豆腐不能炸素丸子，一落油锅就起沫。单冬花从来不放心别人掌勺，喜欢张孝德搭把手推，一是磨重，需要张孝德知道赚钱不易；二是驴从五更天开始劳作也累了；三是想叫世人看看寡妇是怎么带大了一个有出息的儿的。

那年月，学校不重视教育，张孝德学习成绩也不好，单冬花觉得日子没有啥希望了。傍晚时分，明月要升上来，单冬花坐在屋前的台阶上，人乏得骨头都碎了，就是不见瞌睡来。有时自己在院子里慢腾腾走，想一些事情，好好的，心就酸得想哭。背着人哭是她恢复体力的过程。三个孩子从外边跑进来，不知日子的深浅争抢一个果子，孩子不知道大人的苦楚，在院子里追逐打斗。一个女人带三个娃，一辈子的好日子叫娃们捎带了，千难万难大人能克服，娃过不去，娃的路长着呢，有人疼有人爱娃才能长好，人一辈子不就是为了娃！看着眼前的景，心里腾开了地方，累着也不觉得难过了。风吹日晒的光景让年轻的单冬花面如重枣，四十不到，头发白了一半，皮肤跟榆树皮一样。她坐在月影里，压着声音，哭一会儿笑一会儿。人说，有苗不愁长，可到底能长出啥结果啊？

17岁的张孝德当兵走了，单冬花看着长大的儿子，突然发现那个死去的人又活了。瘦条个子，小眼睛，身子精瘦如柴，新发放的军装架不住两条腿晃荡着，眼睛却带着电看人，看得单冬花心里是七上八下的。儿子要当兵了，部队教育人，是好事呢，也许将来要随着儿子的出走过上好日子。单冬花额头上的皱纹便也舒展了，流露出酸楚的幸福。熬到头了，心里想着要安顿张孝德啥话，又没有合适的话安顿，只能从包袱里取出卖豆腐的钱递给儿子，叫他装好了。张孝德不要，说部队都管。单冬花握钱的手颤抖着说："还是国家好啊！"

单冬花说："当兵的人，抛头露脸，牵连人情，你见人了，首要的是嘴甜。人活在世上靠着嘴活，嘴是人的软刀子，千难万难，多张嘴问，难事就都化解了。你出门在外接受教育，要关心一起生活的人，当兵的人吃公家饭，公家才是稳当的靠山，遇着不容易，吃苦受罪了，心里头都要欢欢喜喜的，不去埋汰他人。你可不能和你爸一样，不管嘴，由着嘴伤人。在部队要学得腿勤快，皮实的人都招人喜爱。家里你不用操心了，有妈，有你姐。等你姐嫁个好人家，得了彩礼钱，你弟就能上高中了，这日子啊已经看见好苗头了。"

单冬花脸上难得有了笑容，虽然隐含着一丝苦涩，笑容能来到脸上，那是咽了太多的苦水换来的。

21岁的张小梅看着母亲的笑容，她不能确定自己能否嫁个好人家，她心里有人了。说出那个人来母亲一定不会同意。自己迟早是别人的，乡下女子土里刨食吃，女子顶不上男劳力，工分都只赚一半，还要梳头打扮，多一份花销，虽然亲骨头亲皮肉都是妈生的，可女子嫁人，那是要一次性把在娘家的开销算清，自己中意的那个二流子哪里有钱出这彩礼？有一次张小梅和二流子说没有进过城，二流子说跟我进城逛逛，管叫你世面大开。两个人避开村里人在公路上扯风扯雨地站了半个钟头，拦下一辆拖拉机，爬上后才算是进了一回城。走在高低错落的楼房之间，肚子饿得咕咕叫，二流子没有一点要买饭的意思，张小梅也不好意思说。进了一家小旅店，二流子上下瞅瞅，示意张小梅进去。二流子指着空着的上铺叫张小梅上去，二流子也爬了上去，抱住张小梅又搂又亲。听见外面有动静，二流子用被子盖住张小梅，他压在被子上。一个女孩进来了，看着上铺说："你登记了没有？"二流子不说话，呼噜声骤起。女孩问了几遍，见人睡得实便骂了一句："死猪。"甩上了门走了。二流子掀开被子匆匆破了张小梅的身子，饥饿没了，羞耻像一个热牛粪一样粘上了她。就一次，她就怀孕了。

张孝德走的那年，张小梅嫁了二流子。提亲的日子是深秋，二流子不知在哪喝醉了，穿一身卡其布缝的深蓝色中山装，有些显小，兜兜里别着一支钢笔，还戴了一顶里头垫了一圈报纸的蓝帽子，一条灰裤子看不出原先是什么颜色，脚上蹬一双解放球鞋，手里提着两瓶汾酒、两条大光烟，红着脸讪讪来到了张家，进门不打招呼便顾自坐在了张家的床沿上。他先是看羞红脸低头摸着手指头的张小梅，接着看站在地上捡黄豆的单冬花，又盯着清汤寡水的屋子看，酒和烟顺手放在了床上。还没有来得及说话，外面的热闹就来了，两个后生因为什么事情吵闹着走到了单冬花门前。一个抓着另一个的领口喊："你借钱不还，你今儿不还钱，今儿就是你的忌日。"一个说："你弄死我，我早就不想活啦。你弄死我，只要你能活成人，我就服你!"

村里人不知道发生了啥事，跟着声音都跑来看热闹，聚在门前指指点点，让单冬花无地自容。

二流子走出门，兜兜里掏出一包烟，二指一弹，弹出三支烟，自己抽一支，伸出烟盒要对方松手一人一支。打火机"啪"的一声伸过去问："借了多少钱，得要一个人的命?"一个说："十块。"一个说："听听，哥，我的命就值十块钱。"二流子掏出十元钱递过去说："拿走。少他妈在我丈母娘家门前闹事，今天是我定亲的日子，饶了你们，否则你俩的命都得喂猪。"

两个人不吵了。一个说："知道哥是能人，能把地方粮票换全国粮票。几天前我还见派出所所长往你嘴上按烟哩，公社书记的门你是一抬脚就进去了。"另一个说："哥，你叫我咋报答你，我这贱命给你了!"

二流子两指夹着烟不耐烦地指着两个人说："走走走，我今天是心情好，放我不乐意时早撇下你们不管了，你们这点事坏了我的好日子，惊吓我丈母娘以后对我的看法，惹得众乡亲看笑话！还在这里张着乌鸦嘴叫啥，还不快滚!"

二人抬脚就跑。单冬花莫名其妙地看着，但也知道是闺女惹下的事。没念过书的人真是好人坏人都分不清了。她瞪着眼看张小梅，张小梅的脸煞白，没有半点主意，无助地看二流子。张小梅原以为会有媒人来，哪知二流子自己来了。看热闹的村民都知道张家的闺女在外恋爱了，恋了个"能人"。

单冬花说："你招来的人，你愿意，你就自己做主，我不同意。嫁出去的闺女泼出去的水，人活脸树活皮，你就这样丢人现眼，把你弟弟保家卫国的脸都丢尽了！"

二流子掏出纸烟发给四下里看热闹的人，看见有抱小孩的妇女，变戏法掏出糖递给孩子，捎带捏一下孩子的脸。一群大一些的孩子也跑了过来要糖，二流子说："一人一粒糖，好事要成双。"

抽烟的、吃糖的也算是分享了张家闺女的好事。有人知道二流子是隔山那边东屿上公社的人，谁家的娃一时想不起来。单冬花觉得自己没脸在这世上见人了，反身快速走进家门"哐当"上了门闩。

二流子反倒不在意，正中下怀。一手拉着六神无主的张小梅，一手放在裤兜上说："卯崖底的乡亲们，你们见证，小梅今天是我的妻了，本来今天我是拿了彩礼来定日子的，没想到两个泼皮搅了我的好事，我的丈母娘不想听我的解释就把我妻张小梅关在了门外，我无所谓，男人家脸皮厚，可叫一个女人的脸往哪里放？你们都见证了啊！"突然，从裤兜里掏出一沓钱晃着，乡下人哪里见过这么多的钱，觉得单冬花小家子气，有人就想上前劝说，单冬花不开门。二流子也不听劝，拉着张小梅的手往大路上走，一边走一边说："总有一天我抱着儿子回卯崖底来看你们。"等远离了人群，张小梅突然跪在了路中央开始哭，哭得站不起来，二流子也跪下重重磕了仨头，拽起张小梅扬长而去。

单冬花攒钱是出了名的，一分一厘地抠，零钱换整钱，两个儿，修房盖屋娶妻，谁都帮不上忙，只有钱能帮上忙。嫁闺女反倒一分钱没有收，就这样叫一个泼皮活生生拉走了。单冬花不怨二流子，怨自己的闺女缺心眼，没脑子！

五

张孝德当兵走的那年，老屋的墙上糊着1983年的报纸，报纸上面贴着“保家卫国”白底红字奖状，奖状的旁边是杨柳青年画。窗台上放着一面圆镜子。镜子是单冬花结婚时的嫁妆，上面有毛主席着军装的肖像，下面是对称的六朵向日葵。靠门的墙边有一口老柜，上面放着手掌大一个相框，是张孝德当兵时戴着红花的照片。儿子的照片成了单冬花的精神寄托，每年看往来的信件后保存到小包袱里，信件成了单冬花克服困难的力量。

儿子在外，家里没有亲戚人脉，出社会之后更要靠自己，所以在外的人比家里的人加倍难。从儿子的信中，单冬花知道儿子一开始在部队上喂猪，把部队的猪当了自己的亲人，后来不喂猪了进了后勤部，因为是乡下走出的兵，一旦受了部队上的教育，人就变得讲究忠贞，认定了自己的工作，从头到尾不生二心。部队中人情味特别浓，不分你我，新兵蛋子互相帮助，勤勤恳恳的老实人总是会受到重视，三年后张孝德又调往军区给领导当了生活秘书。后来张孝德复员到北京某房管所工作，托人帮忙把孝勤安排成援疆工人，又把姐姐家的哑巴闺女安排在省城的一家福利院，并让她成了家，这一系列的改变让卵崖底的人对寡妇单冬花很是刮目相看。

单冬花还记得张孝德当兵五年后的秋天回乡探亲，到家时已是黄昏时分。卵崖底的人知道张孝德回乡了，都聚在张家的院子里，人们的兴奋程度就像是过年，毕竟是走了五年的人，单冬花看到儿子个子高了，人壮实了也白了，再看那张相片，觉得不一样。卵崖底的水土不养人，个个养得黑干细瘦，还是外头的水土养人啊，看人家张孝德根本就看不出是卵崖底人。一轮皓月当空，人们发现单冬花粗糙的脸上有了水分，被月亮的光笼罩了一层神秘的笑容，笑容透着过日子的不易和忧伤，卵崖底的人被什么东西感染了，大伙都齐齐开始同情单冬花的不易，31岁守寡到40多岁，寡妇门前居然没有任何是非。培养出这么一个有出息的好儿子，也算是命好之人啊。单冬花烧了热茶，村庄里的男人才发现这么多年来是第一次进张家。屋子还是像早先那样没有添一件新家具，日子过得简朴。他们并不推辞，端碗时却轻手轻脚，喝茶只是站着，更不随便说什么，只是听张孝德说。轻里有一份敬。单冬花说："你们坐呀，怎么都不坐？"所有人都不坐。喝完一碗又喝一碗，张孝德看到了母亲在卵崖底人心里有一种地位。

张孝德忍不住问起了姐姐，单冬花不语，张小梅是单冬花的一个痛点。有人应答："你姐嫁人了，过几天叫她回来看你。也该走动走动了，这么多年哪有闺女不上门认娘的道理，再不认就忤逆不孝了。"张孝德想知道姐姐嫁了什么人，到底发生了什么事。一股野风吹过来，呼啦一下吹乱了单冬花的头发，单冬花的习惯还如同早先，用手往后掠了掠，这使张孝德猛然看到母亲头发的颜色已十分相似于斑驳的老墙，灰白而没有光泽。单冬花不说话，倔强着，背转身，母亲的样子让张孝德心中打鼓，但同时又有点儿意外的高兴。

谁知单冬花出其不意地说："嫁了个二流子。没脸回来。"

家丑不外扬，喝茶的人就都开始放下碗找借口告辞，单冬花也不留，女儿触动了她内心的疼痛。张孝德看留不住就一一和大家告辞。这时候张孝勤去乡里送豆腐回来了，人黑了，一进门一身风尘，看见张孝德，有几分不好意思。单冬花说："你弟弟也不念书了，不是供不起他念书，是他自己死活不想念，就在家和我一起磨豆腐。不是人才的命就安心做个受才！"

单冬花一心想家中供出一个读书人，能走出一个读书人是一个家族的脸面，可她没想到两个儿子都不好好念书。她这一辈子都是赌气地活着，家中能走出一个读书人构成了她生命和理想的明天，这是她心底藏着的一个夙愿。眼下她只能感叹自己命不好，生活磨砺使得她的悲凉已不放在脸上，说此事时单冬花平静中有几分刚强。

张孝德在家住的几天里听张孝勤讲了姐姐的事，张孝勤告诉张孝德："都说带走姐姐那天，二流子掏出的钱不是真钱，是一沓鬼洋，他就欺我们家没有男人，咱俩找他去，我就想打他一顿出下这几年的气。"张孝德想不出姐夫的样子和做派。决定要回部队的前一天，张孝德借口和张孝勤去送豆腐，背着母亲去看姐姐。

兄弟俩打听着走进姐姐家院子时被一个流里流气的人拦住了。三间石板房，参差不齐的院墙豁牙缺口，灰白的颜色是曾经刷过的石灰，一地的枯枝败叶。周边都是砖土结构的四合院，更远处还立起了几幢全砖楼房，对比告诉了张孝德这户人家的穷困潦倒。屋子里姐姐在喊叫，不一会儿，一个孩子降临了。"哇"的一声啼哭，惊世骇俗，接生婆说："你曹家有后了，是个小子。"这句话使得院子里那个流里流气的人如同床上的姐姐一样，幸福得微微颤抖。张小梅在屋里知道弟弟回来了，无声的泪流下来。张孝德听见屋子里的姐姐说："外甥像舅舅，我的儿将来会有大出息。"院子里流里流气的人握住张孝德的手，扭头吐了一口唾沫说："双喜临门，今儿我请我两个小舅子喝酒。"他哪里有钱买酒，不过是一句谎话。

见到姐夫，张孝德就有了某种直观认识，他明白了当初姐夫演的那出戏，这样的家庭娶妻是很困难的，他用一种卑鄙龌龊的手段把姐姐弄回家，生米煮成熟饭了，说什么似乎都已经是多余。张小梅把屋外的人支走，和弟弟在屋子里说一些心里话，她知道母亲还怨恨她，就想有一天母亲能够原谅她，否则，和旁人一说起娘家人来，就有被妈抛弃的滋味，人前人后都挺不好受的。张小梅突然停下了，哭着对孝德说：“你的话妈听。她一辈子重男轻女。”

张孝勤说：“他是拿着鬼洋羞辱妈，你和他离婚，只有离婚妈才接纳你。”

张小梅说：“人嘴里没好话，他那天拿着的上下是两张真钱，中间的是纸。”

这句话叫张孝德心里很难过。张孝德安慰姐姐不哭，月子里忌讳哭，容易伤身子。张小梅控制不住自己，山的背面是娘家，她已经五年没有回家了。看着弟弟，她不能说自己看走眼了找了这样的男人，男人好坏是自己跟了人家的，娃也生了，只能放大他的好。还想着添补娘家呢，看来以后的日子全靠眼前的这两个弟弟了。说话间，一个四岁的小女孩走进来，看见有陌生人在，怯怯地站在门口不言语。张孝德蹲下问：“你叫什么名字？告诉舅舅。我是你舅舅，想要什么舅舅给你买。”

张小梅说：“叫芬芬。大弟，她听不见，是个哑巴。”

生活对于张孝德有点残酷，这个家，让他一下成熟了许多。他恼恨那个人，也不想知道他叫什么名字。姐姐一生的幸福就在他手里毁了，是姐姐心甘情愿被毁了的。张孝德放下一些钱，又放下两身普通军装，明知道那个人穿了军装又要在世人面前吹牛，但是因为姐姐，他什么都不去想了。

张孝勤出门，站在那个二流子面前捏紧拳头说：“你敢欺负我姐姐，小心我卸掉你一条胳膊！”

二流子“扑通”就跪下了，指咒发誓说：“让你姐说，我要是欺负过她，我就不是人！我是能力有限，穷家过不了富日子，你们只要给了我能力，金銮殿大，只有你姐一人坐的份。我要是待她不好，我自己废一条胳膊去见你们行不行?”

一个人都这样了，你想打他都举不起手来，还能怎样。一只猫滚着地上的搪瓷碗“咣啷啷”响，村里看热闹的人都来了，芬芬倚着门，咬着手指，一脸惊恐的样子。张孝德不忍心再看，拉着孝勤就走，失落、无奈，无法抗拒地落荒而逃。

张孝德看姐姐是瞒着母亲的，其实离开一天的人瞒是瞒不住事的。单冬花憎恶女儿当初的行为，她发过誓一辈子都不见女儿，看到张孝德情绪低沉，她明白闺女的日子比她想象的还要糟糕。单冬花说：“知道你去看你姐姐了，她日子过得可好?”

时间已经化解了单冬花的怨愤，跟前站着的两个儿子已经成人，生活教会了她松紧适度，快慢自如，艰难困苦都走过了，看开看不开，都已经无法回到当初。

张孝德便一五一十地讲述了姐姐的现状。单冬花一句话不插地坐在床上听，张孝德告诉母亲，姐姐这一辈子命该过好，可惜因为爸爸早逝，她是舍下自己照顾这个家，如今的结果也不能完全怨她。姐姐找不到好的结婚对象，多半受限于环境，她没有读过书，在看人上难免走极端，尽管如此，姐姐对人性也不曾失望，老说那个人的好，怕我们对那个人有成见。姐姐用不带成见的心来面对生活，她说那个人虽然满嘴跑牙，但也是一个有意思的好人，他是掏心挖肺想对姐姐好，可惜穷日子限制了他。

单冬花回答：“屁!”

张孝德看着母亲说：“妈，你可能不知道，姐姐的大闺女是个哑巴。”

单冬花咬了咬牙说：“外头人不摸底，我是已经见过了。我怎么不知道他是什么东西，睁眼说瞎话，偷鸡摸狗，人想不到的事他都做得出来。

骗吃骗喝叫人打过好几回了，每次打了都完好无损，人说小梅的丈夫经打，恢复快，这也叫好名声？没个人样，谁都瞧不起他，你不要叫他姐夫，小心污了你的嘴。那闺女哑到什么程度？可听得见人说话？”

张孝德说：“听不见。长得好看，和洋娃娃似的。姐姐说他脾气好，骂他几句也不恼，也不还嘴。他喜欢抛头露脸，虽然不下力气，要是家境好有背景，说不定也算是乡里的一个人才呢。姐姐有一天领着娃回家了，妈千万要认下她，姐姐心里一直牵挂着妈呢。”

单冬花的泪一下就溢满了眼眶。她可怜那哑巴外孙女，上天为啥不叫那个二流子变成哑巴，怎么偏偏就降到了还没来得及成人的娃娃身上？

娘俩不说话，看着窗外的槐树和枣树，秋风起了，成熟的枣儿被刮下来，有鸟啄食。娘俩共同回忆起了那些年孩子们在枣树下玩耍的场景。刚放学回来的张孝德扔下书包跑出门，张小梅一下揪住了他：“你不做作业往哪跑？妈磨豆腐，我来管你，不做完作业不能耍！”

张孝德说：“去你的，你管我算老几？”

张小梅说：“你不做作业，我就是老大！”

“啊呀！”单冬花叫了一声，“小梅，浆开了，忘记了退柴。”

恍惚又觉得不是从前了，下意识地说了一句从前日子里的话。眼前哪有女儿。

此时窗外老槐树上飞走的麻雀又飞了回来，舍不得眼皮下的那一树枣子。张孝德走出院子，扬手撵树上的麻雀。

单冬花也起身走出去说：“别撵了吧，叫它们吃，它们能吃几个枣子，肠胃加一起没有一颗豆粒大。”

张孝德看着单冬花走进西厢房，似乎对姐姐以往的恨已经消解一大半，这就是他善良勤劳的农民娘。

西厢房里，如今已经是用电磨豆腐了。豆香飘出来，顽固持久地弥漫在张孝德周围，是一股湿润的香味，那香味催开了记忆的花，记忆被时间的铁锤夯实过多少遍，有生命从幼稚到成熟的痕迹。

“退柴!”

柴从灶火拽出来扔到了屋外，一股青烟。姐姐先用锅盛了一盆豆浆，点一勺浆水于其中，再用这带了浆水的豆浆一勺一勺地盛到大锅里，如此数回，豆浆一点一点清了，豆腐花一层一层地起了，待豆花凝成块，轻轻捞起集于一个大大的竹筛子中，用勺子挤压成形。这时候屋外早已经站满了人等着起豆腐。张孝德记账，豆腐一块一块被取走了。眨眼工夫过去的景象已经模糊在大脑里，那些可都曾经接应过张孝德的呼吸呀，姐姐不在这个家了，这个家里还有姐姐曾经的记忆存在。

单冬花喊：“孝德啊，在外吃呢还是回屋里吃?”

儿子归队，娘亲的最后一餐饭似在从事一项艺术活动，那一声喊洋溢着一股爱意和喜气。

张孝德说：“妈，咱在院里枣树下吃。”

单冬花踮着小脚端着碗送出门，张孝德迎上去要接过来，单冬花不让，屋里只要是男人，饭菜就得女人来端。张孝德便坐回到枣树下的石桌旁。四样小菜青绿红白，一碟儿凉拌黄瓜，一碟儿红萝卜丝，一碟儿葱油豆腐，一碟儿春天的腌香椿芽。饭是小米稠粥，粥里煮着红薯、黄豆。吸溜一口稠粥下咽，有如往返于红尘净土，闹市幽谷，便觉得两腋下有清气浸润，鼻息之间，胸腹之间，腻烦全消了。单冬花看着张孝德的吃相，活人的精儿、魂儿、梦儿、根儿全来了。她想，她该原谅那个不孝的女儿。

六

回到家里时金平不在，空空的家中到处是母亲的影子。张孝德的心极度惶惑，想起了去年农历十月初一，他回家给父亲烧纸，准备提前把母亲接到北京过冬。临走时，姐姐欲把母亲扶上汽车，但母亲迟迟不出门，一定要姐姐到门外等。张孝德从窗户玻璃上看到母亲在炕头的那口从来没有上过锁的木箱里翻来覆去找东西，好像一下没有找到，一脸的紧张。姐姐在院子里催促她，她也不急着出门。单冬花站在床边想什么，想着想着拍了一下头走到墙角的矮柜子前打开取出了什么才往外走。

卵崖底的人们看到单冬花怀里揣着一个小包袱出来了。张孝德知道那是母亲的宝贝啊，走哪都不离身，她已经准备好，恐怕是一时忘记放哪里了。单冬花在大家的搀扶下坐到了小车上，像抱着一个出生不久的婴儿一般抱着她的小包袱不放。当天下午到达晋城，三天后，又坐火车来到北京。一路上，单冬花与那小包袱形影不离，就是上厕所，也要带在身旁。坐困了，张孝德想替母亲拿一会儿包袱单冬花都不让，说男人家粗心，给她弄丢了怎么办？一路上张孝德老是开玩笑想知道包袱里装了什么，单冬花就是不说。

到家后的第二天，母亲在整理她那小包袱时，看到张孝德过来，她就停了下来，用包袱皮盖住里边的东西，不想让张孝德看到。时间一长，只要母亲翻动她那小包袱，张孝德就自觉地回避，并且要儿子和金平也一样回避，生怕母亲多心。一段时间后闲聊，张孝德问母亲攒了多少钱，单冬花笑着说：“就你和弟弟逢年过节给寄的那点钱。就是那点钱，我还要补贴你姐，还要用在看病、打针、吃药上。你说说能有几个钱？你不是算计你给的那几个钱吧？”

张孝德逗她说：“就是算计你那钱呀，你把钱花了我还算计个啥。”

单冬花一辈子算计着给子女花钱，轮到自己反倒花一分钱都心疼。

自从张小梅拖儿带女上门被单冬花认下后，张小梅的女儿芬芬就跟着单冬花过日子。每次二流子怂恿张小梅来看女儿总是两手空空，单冬花边数落边收拾一些家里多余的吃喝叫她带走，张小梅回去后就和二流子吵架，张小梅的两个儿子就在这样的吵架声中长大。有一次张孝德和张小梅的小儿子虎英聊天，虎英说：“小的时候，我害怕我爸妈吵架，除了吵架他们平常不多说话。等我长大后，他们吵架成为我了解生活的一种途径。从他们的对话中，我听到了以前很多不知道的事情。有一次爸爸没有钱花了，周边的村子里已经不好下手去借钱了，结果鬼使神差跑到了姥姥村里。他先是糊弄村里的人说他认识大领导，买农药买化肥小意思，他又说认识商店里的采购，能低价买好东西，结果姥姥村里的人就筹钱要他买农药化肥和便宜货，村里的人满心欢喜地等着，他拿了钱没影子了。秋天，姥姥村里有人家说书，妈妈去看姥姥，结果被姥姥村里人堵在了村口。不得法，姥姥从家里取了钱还了欠债。爸爸再去姥姥村里，好像这些事都没有发生过，见了人家还家长里短套近乎，人家冲着姥姥的面子不好说什么，他还说：‘放别村的事情我早不管了，因为这是我丈母娘村里的事情，就跟我家的事情是一样的，就是为了你们村走后门的事情我把人家外村的人惹下了，人家去告我状，你们知道我有多费神费力，搭进去工夫不说，有时候事不由人，天王老子也只能干瞪眼。钱我是给他们了，你们不摸底，我敢在丈母娘的地盘上要脾气，迟早要给你们弄，我不行还有我小舅子呢，我大小舅子是北京人，二小舅子也当兵，那是谁的能耐？我小舅子的能耐。我不缺你们那俩钱，你们不要小看我。’姥姥村里人奇怪我爸爸还有脸说这些，但似乎也达不到坏人的程度，也没有人跟他计较和纠缠，可姥姥知道了就不依。爸爸居然来到姥姥屋子里顺手牵羊拿姥姥的东西出去顶账，姥姥一直防着爸爸，后来就防着妈妈了。”

过年时全家在饭店吃饭，张孝德特意给母亲点了燕窝，母亲很喜欢吃，说好吃，金平说：“一碗要五百块呢，当然好吃。”张孝德看见母亲拿勺子的手直哆嗦，看着张孝德说：“你们真敢花钱，早知道我就不吃了。”

单冬花说：“人狂没好事，狗狂挨砖头。人哪敢作践钱，钱是长了腿脚的，你这样作践它就要往人家门上走了。”

单冬花告诫张孝德，以后要节省，慢慢地岁数大了，要有些积蓄应急。社会不是四平八稳的，有捣乱人作怪、想兴风作浪时，受难的常是小老百姓。手头没有积蓄，乱来了，日子难时，国家大了，帮不上普通人，只能靠咱自己。单冬花这一辈子最羡慕的人是村里的小学老师，不仅因为人家有知识，还因为人家有国家给的工资，除了赞许，还有尊重在里面。记得第一次坐车到京城，单冬花把自己打扮得整整齐齐，仿佛要去参加一个重要的聚会。张孝德说：“城里也是你的家，不必从心里就想着这是儿子的家，随随便便就好。”单冬花不这样认为，她不想叫城里人笑话：“这是谁家的老婆子，瞅瞅那窝囊样，那不是给我丢脸，是给儿子丢脸啊。”何况家里还有儿媳金平，人家怎么看，人家是城里人，穿衣吃饭都有讲究，不能因为自己是乡下人就叫人家原谅。单冬花疼钱爱钱可也不吝啬钱。亲戚邻居有个红白大事，只要告知，不管三五十元的，单冬花都要表示一下心意。每年春节，单冬花还要给孙辈们每人五十元压岁钱。外孙、外孙女，以及孙子、孙女对她非常好，张孝德逗她让她多给一点，她笑着说：“我一个没用的老人，他们不给我就行了，我还给他们？我这点钱还是你们给的，我不能拿你们的钱去充大方、做人情，给五十元就蛮不错了。”

每年清明节前，单冬花总要给在外工作的两个儿子打电话：“我昨晚又做梦了，梦见你们的死鬼爸，他不说话，泪在眼窝里转，是不是该给他烧纸钱了，可不能叫他缺吃少花啊。”农历七月十五“鬼节”前，单冬花就提醒张小梅，该告诉你弟弟们了，天凉了，别人要笑话老张家没有后人了。单冬花早早把要烧的纸钱准备好。因为两个在外工作的儿子是纯粹的唯物主义者、无神论者。他们不相信人死了以后，还会有这样的物质需求。单冬花认为，人死了可灵魂不灭，它存在于另一个世界。等她去世后，她可以在那里和自己的丈夫重逢，继续他们中断了数十年的生活，另一个世界更需要她的孩子们的关怀和照顾。多烧一些纸钱，才好有更多的积蓄，那些不愁吃不愁花的人是因为有钱，有钱好啊，钱多了人少生是非，人世间谁愿意过没钱的日子呀。从另一个角度来说，单冬花也是从子女们对待他们陌生的父亲的态度，来猜测自己百年后可能遇到的情形。

张孝德想起姐姐张小梅所说的一件借钱的事。有一次，张小梅家急需用钱，自己借不出就委托哑巴女儿芬芬去借，单冬花对外孙女芬芬的疼爱家族中没人能比，但是单冬花从不表达自己的情感，不说过多的温情话，她常说的一句话就是“宁给个好心，别给个好脸”。由于过早承担了家庭负担，单冬花几乎没有读过书，仅仅在当时农村的扫盲班学会识数，认知的狭隘使得单冬花不可能用复杂的语言和她的孩子们做情感上的交流，但这些并不妨碍孩子们感受母亲内心的感情。张小梅正是抓住了这一点。哑巴外孙女比画着向单冬花借两百元。单冬花问用在啥地方，芬芬比画着买书用。只要是读书的事，单冬花常常不去多想，马上就给了。一年后，张小梅还了单冬花两张新版的一百元。单冬花说那不是她的两百元，她的那两百元纸质好。还不起可以以后还，没必要拿假来充真。

这中间涉及村上一个故事。

秋天，留守在家的老人们收完玉茭，就有大卡车来收购。卵崖底后村有一个叫王清建的老人，秋天卖玉茭得了两千元，王清建豁牙露口蘸着唾沫数钱的样子大伙还记得，那是劳动得来的钱哇，也是人老了能给孩子们填补家用以证明自己不是废人的自信。过年时孩子们都回来了，王清建拿出钱来讨好儿子，结果发现钱是假钱。报案两年了，抓不到人。乡下收购玉茭的往来车多，谁都没有记住车牌号。哑巴吃黄连，这事情生生叫王清建种下病了。这件事的最后，卵崖底村的人见了大票都认为是假的多。张小梅只好换了二十张十元小票才算得到单冬花的认可。

去年单冬花八十大寿之前，张孝德问单冬花想要啥礼物。单冬花说："啥都不要，一家人聚在一起就好。"可私下里她和芬芬比画说想要一个金手镯。芬芬迅速把这个想法传达给了张孝德。生日聚餐时，张孝德要金平给单冬花把金手镯戴到手上。单冬花笑着问大家："我是不是老财迷？还管你们要东西，手老成这样戴啥都难看，其实我就是满足一下你们孝顺我的心理。"

生日过后，单冬花把金镯子送给了金平。金平不解。单冬花说："你是有功劳的人，你为张家生了后代，这金镯子不是要给你，是要给我未来张家的孙媳妇，我就怕我哪天来不及交代，闭眼一走，心事未了，我见了你死鬼爸，第一句话是要报喜，你爸也好知道我给了他张家孙孙礼物呀。"金平认为婆婆传统，这事要传出去会惹弟媳不高兴，弟媳养了两个女孩，女孩也是后代。单冬花说："长子长孙，皇帝家都偏心，我是小老百姓，我就认长子长孙。"

张孝德越想越不自在了，母亲一辈子的钱都在里面，母亲不说真话是因为她老了啊，人一老就变得和孩子似的，会任性，跟这个世道争理，会觉得自己辛苦一辈子，老了没有用了，但是她还有钱，还能过年过节给孙辈发压岁钱，还能理直气壮地说话。她的一句口头禅是：“我连累不了你们，我能够养活我自己，我够花了。”那是因为她不用为钱的事情犯愁，她藏着钱就是藏着自己的老年尊严呢。

多少年贫苦生活煎熬，钱对于这个家来说简直太重要了。单冬花对生活没有多少要求，就怕没衣穿没饭吃。而要做到这一点就必须有钱。张孝德记得弟弟不上学又不想在农村待着，想要外出打工，想跟着村里的人一起出去，年底回家时，领队算账少算了二十元钱，母亲要弟弟去要，弟弟不去，说丢人。母亲自己去要，弟弟又拦着不让。母亲就一遍一遍自言自语，神经质地唠叨，她的表情凄苦，情态悲凉。后来领队人送来少算的钱，弟弟还埋怨母亲心眼小。母亲在电话里和张孝德据理力争：“二十块钱是你们小时候半年的学费，我要起早贪黑磨两个月豆腐才能赚得来。”

回想母亲的这些事情，张孝德就明白了为什么母亲不把那小包袱寄存在家里，或让姐姐保管。她不放心啊，若放在自己家里，一旦小偷入室行窃，那还了得？放姐姐家更不是上策，那二流子姐夫越老越不学好。放信用社也不好，包袱里是救急钱，一旦有个头疼脑热，急用钱时还得去信用社取。

去年，大年初一早晨，单冬花郑重其事地拿出一个信封，从信封里取出一沓钱对张孝德说：“你买了房子，金平又爱做美容，花了不少钱，在北京花费太大，离开钱一天都没法活，这是三千块，给你贴补家用，另外五百块是给我孙孙的压岁钱。不是我偏心，孙孙的压岁钱就该比孙女的多十倍，这世界是男人的天下，我要是不力主把你送出山，你哪能有工作赚钱，哪能把你弟弟和姐姐的孩子们带出去？你们说我偏心，说我对你姐不好，可多少才能满足那二流子的胃口？妈的眼窝不浅。”

张孝德和金平当时坚决不要。单冬花说：“这钱都是你们平常给我寄的，我平素也舍不得花，你们寄给我的钱，我也是为你们暂时保管一下，等我不行了，再交给你们。”倒是孙孙喜滋滋的，把那五百元压岁钱接了过去。孙孙说：“我虽然已二十多岁，但还在上学，所以奶奶给的压岁钱还是要拿的，那是奶奶对一个未来延续张家香火的人的祝福啊！”

包袱丢了，任何多余的情感交流对单冬花都是陌生的。包袱里装着单冬花低下头走进去的岁月，那岁月里有她过日子的欢愉和秘密。张孝德在屋子里待不住了，他要去做一件事，或许对母亲来说是最好的结果。

七

天蒙蒙亮时就有人起床了。车窗外闪过的田野上，寻不到早春的绿。远处除了一小片一小片的积雪，一概是枯草的黄色，有一种漫漶的苦涩。单冬花贴着玻璃看窗外，行驶中的火车被山地上的荒凉忽略了，无法感觉到真实速度，车停在高平站，卧铺车厢里只剩下了单冬花和张小梅母女俩。走道里的人开始洗漱吃东西，大家似乎因为起得过早以及一路颠簸，就快到终点了而兴奋，尽都享受着这一刻的热闹。

张小梅问母亲要不要喝水，单冬花不语。

突然单冬花转过身子说：“就咱母女俩了，你说我的小包袱是不是你手迷糊了放进你的旅行箱里了？”

单冬花脸上一副沮丧的模样，话语中虽然带着求助但是包含着不信任。这样的表情和问话触痛了张小梅，内心有一股火气开始突突冒，母亲这句话意味着打开旅行箱时撕破了亲情的脸。

张小梅提起箱子放到距离单冬花最近的地方。“你打开。你是妈。啥事都由你先做!”

真要打开了未免残忍。闷闷的一阵子过后，单冬花说：“我不碰你的东西。”

强烈的自尊取代了彼此动手的欲望。单冬花想让闺女说真话，但张小梅就是不说。

母女俩相对而坐，张小梅突然觉得包袱丢了好，丢了省心。她之所以隐约地嫉恨母亲，是嫉恨母亲那没有节制、没有理性的爱，谋杀了自己的前程。母亲对儿子的溺爱，造成了她对学业的懈怠，从而使她的前途一片暗淡。

张小梅突然醒悟了，母亲从来就没有想到那包袱是真丢了，而且一直怀疑是自己装到旅行箱里了，母亲的这种想法多么可笑！尖厉的声音已经顶在了喉咙处，就在要发作的当下，张小梅看到母亲那张苍白的脸在灯光下呈现出一种病态的模样：疲惫、憔悴、枯皱、蜡黄，张小梅的心一下软了，母亲眼睛里枝蔓一般的怀疑和不信任，她不能去阻挡，丢了的包袱已经丢了，由她去怀疑吧。

对峙过程中单冬花别过脸不看张小梅，果然在她的预料之中，闺女不敢打开箱子。单冬花多么想这个女儿跟了那个二流子不要学坏，管了小管不了大，到底是吃谁家的就像谁家的人啊。

张小梅猛然倒下，用被子将全身蒙起来，单冬花看到埋在被子里的身体在微微地起伏。她在哭。单冬花心中一阵震动，哀哀地想，好过了那二流子，不用再说了，丢了的东西就让它永远丢了吧。当泪水顺着单冬花的脸颊滑下来时，她立刻有了一种勇气，她见那个二流子时腰身要挺得直直的。

火车在音乐声中缓慢停下来。到站了。

单冬花自己穿好鞋，出站时有一阵眩晕，是一宿没合眼的结果。张小梅掀开被子提起地上的旅行箱让单冬花先走，母女俩不说话用身体示意，一前一后随着人流走往出站口。

从远处单冬花就看见了那个二流子，他吆喝着：“便宜了，便宜了！大优惠，经济又实惠，过了这一时，就没了这好货，买了是享受，不买是后悔！”张小梅怯怯地看了一眼单冬花，单冬花装作没听见。一个保安走过去要撵他离开，他嚷着：“接人哩，接我丈母娘和媳妇，我这是捎带的咧。”他梗着脖子冲着这边张望，蛇一样拧着脑袋。

单冬花无法想象自己的闺女是如何和这样一个人共处的。二流子在笑，递给保安一支烟，人家挡了回去，他捏着烟嘴和驱赶自己的保安搭讪，脑袋往这边张望，看见了，跳高了往这边招手。“张家怎么会出现这么一个男人呢！小梅啊小梅，你看那卵崖底的女娃，刚刚长成了桃红，水灵灵的时候，便要在村口上，在那唢呐声中，被好人家接了去。那卵崖底的男娃，懂得地里的活路了，肩上知道担了生活的苦重了，便立在村上，盼望着吹着唢呐娶回一个好女娃。一年四季里，卵崖底要送走和娶回多少新人，自己养大的闺女扯着没皮没脸地哭着就那样叫那个二流子拽走了。闭眼睁眼，醒着梦着，什么时候我还敢去村口看人家娶亲，你把你妈吊在卵崖底人的嘴上，你可知跟上你，妈的头上落下多少笑话，你活得扎眼啊小梅！”

二流子跑过来一边喊：“找见了，找见了。”一边要搀扶单冬花。单冬花甩开他伸过来的胳膊。

二流子说：“北京的警察就是有能耐，妈啊，你出门时丢了包袱，到家时就找见了。”

单冬花停下很认真地看着他问：“包袱呢？”

二流子说："包袱肯定回不来，包袱又没有长脚。不过，妈呀，钱回来了。"

单冬花说："我不信。你是哄鬼呢。"

张小梅说："你快把经过说说。"

二流子说："经过是你们经过的，我哪里知道经过。我只能告诉你们钱回来了。现在就在我口袋里，我准备和妈商量一下，看看能不能转借一年半载，我好买辆电动三轮车跑路。"

单冬花说："你把嘴张得大大的再说一遍？"

二流子缩了缩脑袋："不说了还不行。说错了还不行。"

单冬花要过二流子的电话要给张孝德打。二流子取出电话来说："我来拨。"

电话响了一下，他就挂了。

张小梅问："怎么打着就挂了？"

二流子是怕花电话费，等张孝德打过来。

张孝德为了让母亲不再因丢包袱的事而难过，他和弟弟商量立即往在晋城跑三轮的大外甥虎子的银行卡上打了一万五千元，并让虎子告诉姥姥，他们通过警察，当天上午就找到了捡到包袱的人，要回了一万五千元，剩余的钱作为感谢费用送给了那个捡到包袱的好心人。张孝德再三叮嘱虎子，千万别说漏嘴。哪知当时正好虎子的二流子爹在，一定要自己去做这件事。虎子不放心，从银行取出现金，本来说是要和爹一起来车站接姥姥，因有货要送怕耽误接站就叫自己的爹来接。虎子安顿好爹，把他姥姥接下火车后，第一时间告诉姥姥这个失而复得的"特大喜讯"。二流子取了钱心花怒放，放嘴上"噗噗噗"亲了几口，他需要演一出戏把这钱弄到手，他太需要钱了。面对钱他没有别的出路，睁眼闭眼，脑子里老有幻觉，这钱该是自己的。

电话里，张孝德用另一个版本告诉母亲："都是我们自己不小心把包袱落在了车上，被一个好心人捡上，他通过派出所找到了我们，包袱里的东西都完好着呢。"单冬花不信，问："包袱里的东西你都清点了？"

张孝德说："清点了，零票都换成整钱了。"

单冬花又问："我那些信封里还有东西呀，千万别丢了，你可收拾好了？"

是什么东西呢？张孝德一时语塞了，只好假装手机信号不好："妈，听不清你说话呀，你说啥呢，我听见你的声音断断续续。你到底是想说啥呢？"

单冬花说："那信封里一多半不是钱，是你的信呀，是你当兵时寄来的信，我百年后是要带给你爸的，也好叫你爸知道我是怎么养大他的两个儿的呀。"

张孝德拿着手机无声地流着泪应答："都在，妈，钱在信也在。"

单冬花开始是半信半疑。张孝德突然想起来自己拍过一张姐姐打开包袱后的照片，急忙把照片里姐姐的身影剪切了，发一张彩信到二流子的手机上。单冬花看着这张照片，照片里包袱被打开，信封散落在包袱皮上。看了半天后，单冬花感叹道：世上还是好人多啊！

八

四月，田野已经泛青了，那些稚嫩的春草和春花破土而出，一场雨后，就算是风来，只要不那么鲁莽，被洗过的草花在田野上蓬勃得越发妖艳多姿。单冬花坐在自己的菜地里，空气里有清香袭人，地畔上的桃花杏花开了，山水便柔软起来、明丽起来了。儿子张孝德在电话里说，秋天过后，要把她接到北京长期住。单冬花不知道自己在这世上还有多少日子，离开就意味着再也看不见生活了一辈子的乡下了。她不舍得，不能做主的恍惚感从现在就已经开始了。和城市里比较，卵崖底矮矮的，山谷里有顺势而下的溪流，整齐的庄稼地里有粪堆稀稀拉拉散开的印子，满山遍野铺着直戳戳的阳光，坐在土坎上，单冬花的回忆被引发又被切断，很害怕秋天离开家后自己一去不返。从前是儿子常回家，现在日子好过了，老人要跟着儿子走，一辈子从来没有认真看过这田野，季节一到，今生她注定是不属于这里了。她的眼神穿过山山脉脉，丈夫就埋在对面的坳里，要离开世界的那一天，她一定要挽着自己的小包袱去，包袱里有她碌碌一生的不满和无奈。

山坡上数百只羊朝着一个方向缓缓移动，乍看过去一切都是静止的，像紧紧贴在地面上的图案，就好像看不见的四季微妙的变化，其实，时光都从身边溜走了。儿女大了，各自有所着落，过日子总让人伸不直腰，习惯了一种动作，再想改变有多么难，可谁能知道单冬花多么不想改变啊。她不想离开家，哪怕那个二流子再不争气，可那都是乡下的滋味。

远处有三轮车开过来，在辨认不清的田野和路中间朝着自己开过来。单冬花的心突然急速跳了起来，那是二流子开着的三轮车啊，他哪里来的钱呢？车开到缓缓站起来的单冬花跟前，二流子从车上跳下来说："妈，我扶你上车，拉着你咱回卵崖底村绕一圈，我虽然不能和小舅子的两头平卧车比，可和村里那些没用人比，我也握着方向盘呢。"

单冬花问："你哪里来的钱买它？"

二流子笑着，想到单冬花往日对自己不屑一顾的态度，就想和这个丈母娘开个玩笑。

“妈，人生无非是吃吃苦，受受罪，讲讲排场，丢丢人。我是丢人丢尽，可排场还没有讲过啊。你只管上车，别管买车的事，我就想在卵崖底拿回我的名声来。”

单冬花脸上没有任何表情地说：“人家的脖子上都长着脑袋，都知道有个脸面，就你横着脖子，不怕卵崖底人笑话。你告诉我车钱从哪里来的。”

二流子说：“你有儿女孝敬，难道我就没有儿女孝敬！”

听完话，单冬花扭身就走。

二流子突然觉得钱就是一个人的底气，花钱讲排场，自己现在是开着三轮车，还穿着西装哩。哪有丈母娘瞧不起女婿三十多年的事，怎么说也不能在她面前丢了一跺脚四面掉土的威风。单冬花在前面走，二流子在后面开着车慢慢跟着。二流子突然想到了丢包袱的事：丈母娘怀疑自己的闺女，闺女在丈母娘家得到啥了？既然怀疑我就直接告诉她。

二流子冲着单冬花的背影说：“我能买下这车，我还得感谢妈，没有妈，我买啥车，生米煮成熟饭啦。”

单冬花站在了路中央，一下就转过身来：“你也算人？你只能算一个活物！你把那信给我，就知道你们合谋来哄我。狼怎么不吃了你，吃了你舔干你的血。”

二流子见单冬花真生气了，急忙说：“妈，你小农意识太重，你真相信啦？”

单冬花弯腰捡起地上去年冬天留下的干牛粪照着二流子的脸扔了过去。二流子一边倒车掉头一边喊：“我怎么就不能和你开个玩笑呢？你怎么就老是看不起我呢？我就想孝敬你一下，明知道在你家连个脸熟都混不上，我偏偏屎壳郎变知了——自讨没趣。”

车跑远了，话传过来："我也有十年河东十年河西哩！"

单冬花回家后第一件事就是给张孝德打电话，电话那头接起来时心反倒哆嗦了一下："孝德呀，妈没事，就想告诉你，二流子是个不知饥饱的饿死鬼，越吃越饿，越饿越吃。都是他教坏了你姐，咱张家水不深，你可不敢叫石头露出头顶呀。"

张孝德问："妈，发生啥事情了？没头没尾的一段话，他欺负你了？"

单冬花赶紧说："他哪敢欺负我，妈没事，就想给你打个电话。"

放下电话，单冬花望着屋外，看得景物朦胧了，一个佝偻着身躯的老人站在她的屋门口，身后的暮色同样朦胧了他，他看着单冬花说："秋口上你一走哇，能说话的人就又少了一个。"

老人闪过后说："那些树上的熟果子，秋天连个糟害它们的娃娃都找不见了。"

天空下着雨，雨不大，雾霾很重，更没有电闪雷鸣，张孝德讨厌这不大不小的雨，它不利不爽，最挫伤人的锐意。翻阅微信信息时看到了打开的小包袱照片，想着这件事情，觉得那个捡到包袱的人，哪怕光归还母亲保存了三十多年的信也好。想到这里，心头一热，就再次拨打大姐的手机号。让张孝德没有料到的是，电话竟然打通了，但没人接。

张孝德一阵狂喜，再打，电话那头传来的是在建筑工地当小工的二外甥虎英的声音，他说刚才他在扛水泥，没听到电话。

张孝德问："你妈把手机号码给了你？"

虎英说："我妈说，这手机号码她这辈子都不用了。叫我换个号，我办号时发现卡上还有钱，等钱打完就不用了。大舅，我回头告诉你我的新号。你有事吗？"

张孝德说："没事。嗯，你不要和你妈说我打电话了。"

迟疑了一下，张孝德又说：“以后多孝敬你妈，她这一生不容易。”

张孝德看到窗玻璃上映着他的面孔，想哭，这张脸已经回不到童年。

他翻阅书柜找出一沓旧稿子，坐在书桌前，他在想：三十多年前给母亲写过的信里都有什么内容呢？那些内容他是彻底忘记了。

张孝德提笔写下一行字：妈，我在部队想家了。

接下来呢？文字还能在一个人的疼痛中生长吗？

纸鸽子

一

儿子吴所谓是何明儿一个难醒的梦。真要有一天醒来，何明儿会觉得这个梦是上苍跟她在今世开的一个天大的玩笑。

这是秀月小区旁边的一座茶楼，茶楼叫“一品香”，门口没有女生，几个戴宋朝官帽的男侍应在引客。何明儿和吴所谓一前一后走着，走得有些闷。何明儿看到儿子两手插在裤兜里，两肩耸着，手掌向大腿两边撑开去，那个样子，如风叠起来的一个人模子。如果前面不是自己的儿子，何明儿会觉得这个孩子可爱，但前面是自己的儿子，平常的行为影响了何明儿对儿子所作所为的认识，看他那漫无目的、涣散无力的样子，只觉得脊后凉凉的，只有何明儿知道，这是一个极其抗拒一切的动作。

走进装潢得伪古典的茶楼，坐下来，看到男侍应转身出去的时候，进来一个女生，女生看上去像中学生，齐眉刘海下一双大眼睛，涂了睫毛膏，眼影是淡粉色的，很跳跃。这该是上学的年龄，女孩最忌讳过早走入社会。进门后女生婀娜地扭动腰身，伏跪下来，捏着小茶盅的手翘着兰花指。何明儿看着儿子盯着对方看，那个女孩看着吴所谓羞涩地笑了一下，错了一下嘴角，在何明儿眼睛的掌控之下，吴所谓的脸颊上泛起了两朵红晕。何明儿像和谁较劲似的站起来说：“我不要茶艺了，就两杯茶，要龙井，一壶白开水，备好后，你可以不在门口站着。”

女孩，一张白脸，一双大眼，嘴翘而鼻挺，仰了一下头，起身往外弯腰的刹那，何明儿看出了女孩身上露出来一丝风尘。何明儿很是不屑似的把喉头那口唾沫弄得很响。儿子吴所谓的嘴角咧开了一道缝，眼睛看着何明儿，一口气长吁出来，有些内容。

决定和儿子来茶楼里谈话，是何明儿想了很久的事，用茶带来的气息抑制儿子身上的那股躁动之气。何明儿一直认为，喝茶是附着于物质之外很阳春白雪的事，和儿子坐在茶楼里，听着古筝弹拨《梅花三弄》，任它有千般怨恨，在如此幽静淡雅的环境中，总该顺乎环境，不至于一说就失态吧！

何明儿忽略了当下的情景，无端把一个女生在男生面前的表现扼杀了。

当下，吴所谓顺手把桌子上的一根牙签叼到了嘴里，木制的牙签被吴所谓嚼烂了，何明儿心中的火气腾了起来，这个儿子让她心中不知道郁结了多少疑问和痛苦。何明儿难以释怀地压了压冲向喉咙处的火苗，眼睛盯着走进来又走出去的女孩，不看，死盯。

两杯清茶，袅袅上升的热气。何明儿很矜持地端起杯子喝了一小口，她用眼睛示意儿子也喝，吴所谓根本就不看她，嚼得像一团麻线样的牙签被挂在了嘴前，何明儿压了压性子。

“我们，可以谈谈吗?”

吴所谓说：“谈什么？你限制了我的自由，我只想告诉你，这个世界上没有一个人是可以限制另一个人的自由的!”

何明儿苦笑了一下，看着水中浮着的茶叶，很平静地说：“因为你是我的儿子。”

吴所谓猛吸了一下嘴角的牙签，伸着指头说：“你没有给我快乐!”

儿子的指头不是指着她，而是勾着自己的鼻子，蒜头鼻尖上有细小的米粒大小的汗挂着。这让何明儿想起丈夫的鼻头来，惊人的一样。

“你没有一点诚意，我不想在这样一个环境中出现家中那样的对抗，我现在是你的一个朋友，权当是你的一个异性朋友，我要求你用最简单的礼貌尊重我。”

吴所谓盯着散发着香味的茶杯说：“不是几片树叶就可以决定我们谈话的内容，也不是几片树叶就能换来尊重的，我们还是不谈了。”

何明儿端着茶杯的手抖了一下，就是方才，她跟踪儿子到一家网吧的门口，就在儿子回头张望什么的时候，何明儿的视线像一只无形的手一样拽着吴所谓走到了她身边。

吴所谓问：“你跟踪我？”

何明儿笑了笑，说：“这不是第一次，也不是最后一次，在我还有监护权的时候跟踪你，不是什么过错，最直接的原因是，我是你妈妈。”

吴所谓问：“你到底想做什么？”

何明儿说：“想和你谈话。”

和儿子的谈话如此就上升到一个形式或仪式上了。

那杯茶的香气淡开了，吴所谓端茶的姿态很粗放，嚼碎的牙签还在嘴角挂着，茶杯压在嘴上，上嘴唇卷出来，毫不喘息，一杯茶水倒进了肚子里，杯底子上搁浅着的除了茶还有那根碎得失了形的牙签。

吴所谓觉得眼前这个应该叫妈妈的异性老是不让他省心，老觉得管教他是件挺重要的事儿，尽管自己不是世俗眼中的好学生模样，但目前这样的生活挺适合自己的，未来的一切美好愿望与远景太遥远，他甚至鄙夷那些学习成绩好的同学，一个孜孜矻矻追求成绩的人，视野必定是狭隘的，那智商也高不到哪里去。这样想，他就觉得他一生的快乐都被眼前的这个女人限制了。小时候看动画片，粗暴的声音一声声呵斥过来，想起来就叫人索然无味。回到家中，做了学校的作业，接着做对面这个女人布置的作业，日复一日，年复一年，他这架学习机器，在不断重复的学习中，丧失了多少快乐，在快乐不断地被剥夺中他爱上网络，有什么错呢？起码网络把他的欲望和快乐前所未有地调动起来，想怎样享受都不为过。吴所谓现在还无法设想，在游戏中，愿望被满足到什么样的状态，才会到达快乐和自由的顶峰，他是太想到达那个顶峰了。

何明儿感觉吴所谓进入了一种幻觉中，他两只手在木质的茶几上敲着键盘，她加重了语气问："看你沉迷的状态，你难道不能不上网吗？"

吴所谓放下手里空了的茶杯，木质的茶几上"咚"地响了一下。"你烦不烦呢！"

何明儿说："烦得无聊，读书可解。"

吴所谓说："活得绝望，死能除之。"

何明儿喉头一松，火气不自觉地冒出来，说："你这样和你妈妈说话？养育你的恩情，你就拿这样的对抗来回报！"

吴所谓站起来，长及脚跟的牛仔裤拖在地上，裤筒上下有一条红色的横线装饰，使他的腿显得更短，上身拉长，下身堆积，他跨出了茶楼。何明儿追赶出去的时候，感觉视野如阴郁的天空一样，并且感到那阴郁的颜色浸染了她整个身体，有一种无法形容的情绪攫住了她，身后的女孩喊了一声："等一下，您还没有结账！"她冲着吴所谓走过的空空的街巷吼了一声："吴所谓——"

她因情绪过分夸张呈现出歇斯底里的样子，有人走过去扭头看她，想象她向谁在喊：无所谓！

二

何明儿感觉很无助，来自内心深处的无助，她坐在仿古的太师椅上，满上的茶水冒着热气，对面无人，想不出来叫谁来与她一同消解此时的孤独。心里想到一个男人，那种无助越发彻骨。往常，知识女性的形象局限了她对生活的过分热爱，一个离了婚多年没有成家的女人，她在人前所塑造的形象，不是一个简单的女性形象，而是一个有教养有知识的教育工作者和伟大的母亲形象。没有人知道她的儿子是一个整日沉迷在网络中的问题少年，儿子的行为让她的心情缺少了一种痕迹——快乐的痕迹。尽管所有人看上去对她的评价都是好的，甚至有的女性表面上夸赞她并要以她为榜样，可只有她自己清楚，她的生活状态是一团糟。心理上的，生理上的，以及家庭给予她的快乐逐渐在丧失，只余下做母亲的资本，而做母亲她又是多么失败啊。何明儿想到女友海棠，海棠的幸福生活在朋友中是有口皆碑的，物质上的饱足，养就了海棠一副若无所动、若无所想的慵懒模样，与何明儿简直是背道而驰的两种状态。如果人的期望值不是太大，会不会很幸福呢？填饱肚不生事，生活落到俗处，也许会好一些。对了，就给海棠打个电话。好久没有见面了，一个城市各自为了生活，何明儿总觉得自己和海棠不是一类人，现在想起来，好像也就是想找一个世俗中的人来窥探一下日子的好歹，打发一下难熬的光阴。掏出手机来拨过去电话，海棠说："稀罕呀人民教师，你还会想到我？我马上过去，我有话要和你说呢。"女人与女人或许能从生活的体验中聊出一些乐趣，不然，何明儿是无法度过这一下午时光的，一下午都会为吴所谓在网吧而焦心、心痛。

十五分钟后，海棠打扮得光鲜水滑来到茶楼，一身名牌，不是每个人都能穿出名牌的，名牌在海棠身上是一种气质。坐下来，依旧是那个女生，海棠看着桌子上的两杯茶叫喊："怎么如此不会享受呢？为什么不来茶艺？换茶，消费就是享受，我的人民教师，懂吗？"

何明儿不懂吗？只是，现在不喜欢烦琐做作的成分。心烦意乱，叫她来是想说话的，或者说是想讨一点生存经验，如此这般，何明儿觉得叫海棠来是乱上添烦。女孩在古旧的音乐中开始一连串的夸张动作，接下来海棠的眉头像和谁较劲般地立起来，要何明儿闻。女生说："这是上好的龙井，您可以品，常喝茶的人能闻出新绿的味道。"何明儿闻不出来，土陶罐换成了瓷茶壶，为生活本身而心力交瘁的何明儿端起茶盅时，有点讨厌海棠装模作样的动作，这个女人她是从骨子里看不上的。何明儿一直以来都觉得自己是精神上的精品，而不是那种类似海棠财力上包装的结果。

何明儿对女生说："你出去吧，叫你时你再进来。"

女生扭身弯腰出去的时候，看着海棠说："您的气质真好。"

这是对何明儿态度的对抗。

海棠说："好久不见了，你的气色看上去不是太好，和男友生气了？"

何明儿说："没有。生什么气，八字没有一撇的事，儿子反对，不提他，等儿子上了大学再谈。"

十年寂寞的日子，没有婚姻但不等于没有爱，只有何明儿自己知道。这个年龄再爱必然双方都是有过家庭的，她爱着的那个人也是因为儿子，现在的单亲家庭的独生子女全都是阿哥格格，拒绝陌生人出现在自己的家中，那么对于何明儿来说，也是一样的，吴所谓不同意，她的爱只能是地下的。

海棠笑了笑："没有哪个男人会等你到孩子上大学，人生就是游戏，爱情在当下的社会没有多少刺激能激活，只有钱、地位，至于才情嘛，我不好说，反正任何事情都要靠数字来推动的，我不像你有理想，我是茫然地活，混沌着过。”

何明儿勉强笑了笑：“快乐和金钱呈抛物线样走势，我不否认，就算没有男人，孩子总还是可以唤醒快乐的。你是身在福中，物质的诱惑对我不是太重要，我只专心于我儿子的成长。”

海棠说：“你说得对，我是身在福中，谁又知道我的福是我的苦海还是岸呢？我跟你说，沉迷一件事情会带来快乐，我最近经常网聊，你也常常上网吗？”

何明儿摇了摇头。

“各式各样的人，大千世界，你能感觉人是一个奇怪的东西呢，你与一个陌生人聊天，你不知道对方的一切，凭想象你可以信任他，生动地感觉他，你愿意听他的话，他的一切让你的身体处于非常美妙的状态。也许按你说呢，是一种病态，但是这也是一种身心的反叛，很刺激呢。”

何明儿突然一下不理解了，这社会是怎么啦？学舞蹈的海棠和一个优质的老公，在街市上相携而行，会赚来很多回头赞慕的眼神。她的老公经营电脑生意，钱对于海棠来说，已经不是物质上的快乐了，精神上的快乐呢？如海棠说的，真在网络中包含着吗？

海棠说：“明儿，你也上上网吧，别像和尚庙旁的尼姑一样，你该有你自己的时间。孩子是未来，只有自己是现在。我表面上的风光不是真实的海棠，我告诉你，我不幸福，如你一样。我十年的婚姻名存实亡。我有欲望，我有虚荣心，我想保持我婚姻的假象——我不会离婚的，人生游戏，没有比爱情伤人更重。因此，我不看好它，如你儿子的名字一样，无所谓！那个等你的男人未必能等你到孩子上大学，爱是需要培养的，是身体的培养，不是精神的。我不能和你比，虚荣、游戏、满足、假象，是可以掩盖很多，掩盖之下是我的名牌消费、养老保险，还有什么呢？我的寂寞和无聊，当下的日子我能怎样？所以我选择网络，不选择离婚。”

又是网络，这是何明儿没有想到的谈话内容，听来的是失望，她有点同情海棠，十年婚姻中的不快乐隐瞒到现在，只有从生活体验中走过来的人才知道时间有多漫长。本来想说说儿子的事情，现在已经没有必要说了，多说什么显然都是无力的，也是脆弱的。海棠还想说什么来着，手机响了，关上手机，海棠的脸煞白。何明儿问：“出什么事了？”

海棠匆匆饮了最后一口茶，道了再见，说是回头解释，人已经走得没有影子了。剩下的依旧是无助，何明儿突然觉得现在就算是从网吧找见儿子，她也没有多余的力气拽他回家，对抗，对抗。如果有一个男人在自己身边，就算是没有多少学识，哪怕只长了一副孔武有力的身板，狠狠地用拳头替她教训一顿吴所谓，她的心情都会明丽一些。她爱着的那个人，教养限制了他的力量，只能是等待。何明儿从来都没有想过把那个人领回家来，就算是“身体的培养”，也只能是开钟点房诉苦，在有限的时间里偷情。一切埋怨都在教师的光环下扎根了，很深。教师形象是何明儿的保护伞，不足与外人道的一切，何明儿咽下了，如一杯苦茶。

何明儿结了账走出茶楼，走进自己居住的小区，走上五楼。上一楼的时候碰到了二楼的住户，彼此笑了一下，上三楼的时候碰到了三楼正要出门的一对小夫妻，他们襁褓中的孩子看着走近的何明儿笑得开心，没理由不给孩子一张笑脸。何明儿接着往上走，因为走得急，气有点喘，像做了什么亏心事似的，在推开卧室门的一刹那，整个人就像被泪抱住了一样“哗”地在床上哭了起来，一时间，翻江倒海般上下抽搐起来。

是谁说过“温暖是人生的表象，苍凉是人生的本质”？何明儿是何等一个有个性有教养的人呢，是什么时候具象为一个女人了，一个母亲了，具体到生活的端倪，琐碎得啰唆起来，甚至感受不到生命的快乐，而只是生命的苍凉了呢？无助的她，突然感觉到了巨大的寂寞。夜在黑下来，何明儿站到阳台上，倚着玻璃看楼下，所有走过去走过来的人，那样的走路姿态，都不是她儿子。她儿子只有一个字可以概括：垮。从这里看楼下，与刚才从一品香茶楼里看并无多少不同，只是路灯亮了。刚才在一品香茶楼和海棠的谈话情景还在她脑海里回旋，但是一句话也记不起来。路灯透过重重尘粒把光芒反射上来，这时候儿子是不会回来的，她知道，而今夜能否回来都是未知数。

天黑透了，亮起来的灯光把何明儿的影子竖起来，屋子空空，逼仄的内心被什么东西装满了，是一腔的无助。如果此时有一个人，出现在防盗门的外面，猫眼里的一张面孔，一张陌生的面孔，何明儿也会走近，把内层的木门打开，让风送进来那人身上的一丝烟卷气息，哪怕是来自泥土粪土的气息，也会缓解一下她现在的焦心和烦躁。什么也没有，街道上的车滑行发出刺耳的声音，屋子里的白墙比灯光还亮，还醒目，孤独像山脉一样横亘在四周。

三

人在孤独的时候会感觉到时间流动得更长，是一种煎熬。于无声处，烦躁汹涌而至，目标只有一个：网络—游戏—儿子。当明白一切都是徒劳时，打破当前的安静是何明儿求助于任何什么的最大的愿望。她拿起电话，打给谁呢？打给前夫吴秉杰？不能。何明儿想：当时她可是拼命把儿子要下的，儿子是她生命的墙基，任何人不能把他带走，如果失去儿子，她觉得她就失去了居所。有一次前夫给何明儿打电话，张口就说：“我听说你把儿子养得一点也不服你管教，你那么优秀的一个老师，怎么会把儿子教育得如此走形!”何明儿当时堵过去一句话：“我养的儿子，摔多少跟头，他都是我养的儿子!”况且吴秉杰已经和其他女人再婚，那个女人又生了一个儿子，像防贼一样防着何明儿，惹一身没有任何意义的麻烦有什么用处？不，决不！已经遁身渺然，何苦揪出他来，做他今后可凭宣泄的对象呢!

决定还是给相爱的那个人一个电话吧。堵心的等待中对方传来话说：“有事吗?”

没事就不能打个电话吗?

何明儿想哭，忍着眼泪说：“没事，问候一下，周末。”

“和孩子吃好一点，好好休息休息，对孩子情绪不要那样极端，不是课堂上，任何强硬的态度落到地上都不是惊雷，做一个常态的母亲。”

何明儿说：“知道，这个周末很愉快。”

“那就好，我爱你!”

何明儿说：“我爱你。”

结果又是多么无奈。何明儿伏到电脑前，开启电源。两眼无声地看着显示器，桌面上是她和吴所谓的照片，她坐着，吴所谓站着，儿子的一只手托着她的肩膀，像一道墙一样由她靠着。这样的儿子，她曾经的骄傲，如今却变得和仇人似的。何明儿伏在桌子上哭了，原本坚强的人，怎么会如此泪多？何明儿突然想起吴所谓的QQ昵称“破抹布”来，有些激动。那是一次和男性朋友吃饭，说起当下的事，朋友建议何明儿搞一个号上网聊天，寂寞的生活该有一点充满色彩的东西来填补。当时儿子的眼神有一种不屑连带着怀疑，张口说：“我妈妈不适合，我妈妈是一个容易进去，并且一进去就走极端的人。”她当时拍了拍儿子的头，对网络的评价，儿子用了“极端”两个字，很好。儿子把脖子梗了一下，他不喜欢何明儿在一位男士面前这样做作的伸手方式。她后来一直没有动过聊天的心思，聊天是面对面的事情，一下和一个陌生得不知道年龄、性别、外貌的人敞开心扉去贩卖隐私，她觉得除非自己有病。现在想起来，是因为，目前，自己和儿子最容易交流的，好像只剩下网络了。

她开始下载“腾讯”，开始想自己的网名，用什么来应对“破抹布”？

脑海里乱了，尽是一些电视里和报纸上看到的因为网络游戏杀人的事件。她怎么也没有想到这种事情会降临到她的头上，她一直相信自己的儿子有自己性格中自强自立的东西，就算有他父亲的影子，他父亲也不是差到哪里去的人啊！她想起儿子用一根手指指着她鼻尖的样子，有一次居然抓了她的领口，那些看起来像面对仇人的动作，让当时的何明儿腿肚子抽筋。

这个时代，这个网络，她恨死了！

现在要面对她恨死了的东西，这哪是何明儿的性格。

用到抽丝一样的“破抹布”，何明儿从这个网名中看不到色彩，那么，自己要用一个什么样的名字来扰乱吴所谓对自己真实的判断？何明儿当下想出了几个“必须”：必须是女孩儿，必须是16岁，必须对这个社会和家庭有叛逆性格，必须妄自尊大把什么都看得很透。有这几个“必须”存在，网络名称就得独辟蹊径。何明儿开始搜索在线网名，“爱你一夜”“甲壳虫”“沦落天涯”，等等，没有一个让她觉得是有特点的，她必须搞一个独特又很新潮的名字，就名字而言就很让儿子吴所谓心动。

何明儿想起远方城市的丽丽。

有一次，丽丽在电话里说，我给你搞个网名，一起进我们自己的聊天室说话去，这样呢，省了电话费。何明儿说：“行。”有一会儿丽丽打过电话来说，搞定了，你呢，叫“水也狂”，因为你看上去如水一样柔软，要狂一些。我呢，叫“不也狂”，不干什么并不是我的本意，我已经进入社区，你来找我。何明儿按照丽丽发过来的短信一步一步走，果然就进去了，并大张旗鼓地发表声明说：我找“不也狂”。社区的小黑板上有公布的消息：水也狂找不也狂。当下有人跟了帖子：来了一个母浪。这句话有明显的语病，何明儿说：你这句话有明显的语病。那个人说：晕菜！这时候丽丽发来短信说，要出去一下，要何明儿自己找网友聊，先适应一下环境，等她半小时左右。何明儿看到自己的跟帖多了，有一个问：你很水吗？喜欢你这个名字，水水的。何明儿觉得这个水字，在这里蕴含的意思有些变味了，接下来的就更让何明儿痛恨丽丽和网络了，“你喜欢一夜情吗？我喜欢，尤其是你这般水水的人儿”。对于中学教师的何明儿来说，“跟帖”这一网络用词，她现在才明白：网络，是可以句句语病，是可以言语滚烫，是可以胡说八道、真假衷肠的啊。看看，何明儿都搞得不知道用词了。

丽丽在取网名上是很鬼精的，何明儿看了看时间，已经是深夜11点，这时候给丽丽打电话显然不合适，丽丽有孕在身呢。那么给海棠打个电话吧，海棠的电话无人接听。这时候往她家里打显然不妥，她丈夫会想，何明儿要网名做什么，猜测下的臆想会让自己不舒服。可是，目前的何明儿太想进入吴所谓的内心了，多少年没有交流，叛逆的青春期是一个硬伤，从吴所谓学习成绩下滑的初一开始，母子关系恶化到现在，吴所谓恨不得拧下她的脑袋当球耍。

她静心听了听外面的楼道，没有脚步声，那么说儿子现在肯定还在上网。

何明儿决定自己动脑子，如果儿子接纳了自己，那么，进入儿子的内心也就可以说是一夜之间的事情了。

何明儿苦思冥想，在“年龄”一栏里填了“16岁”，“星座”填了“处女座”。在申请人一栏里想呀想，想一个否定一个，等终于想出一个“小米粒”网名时，申请开始。可申请不是超时，就是申请人太多。等终于申请成功时，已经是凌晨1点。何明儿取出偷记下的儿子的QQ号，发出一条问候：“你好，加我好吗？”

堵心的等待。

何明儿盯着显示器，心跳加速。

嘀嘀声弹响了何明儿的耳朵，一阵激动，何明儿悄声骂了一句：“妈的，网络真好！”

何明儿看到一个沙皮狗脑袋头像摇摇晃晃出现在了自己的面板上。

破抹布说：“你好！”

何明儿想了想，一时有些激动，不知道该回答什么好，眼泪有往外滚落的意思，幸福得心慌。真要装到16岁花季，也不是容易的事情。

小米粒说：“我奶奶用抹布用到破了都不舍得丢弃，为什么用这么个网名？”

破抹布说：“我比你奶奶用过的抹布还破，破到烂如一堆蟑螂吸取营养的干牛屎。”

小米粒说：“你一定不喜欢你的家庭，是不是？不然不会这么叛逆。”

破抹布发来一个字：“哦。”

小米粒不知道该说什么话，想了想还是敲了一句话：“我们可以做朋友吗？”

破抹布问：“你喜欢听谁的歌？”

答非所问。

小米粒觉得最喜欢的歌手是德德玛，草原民族历经荣衰变迁，他们的歌声是马背上盛开的花朵，但是，这对破抹布来说怕都是老古董，觉得怎么也该找一个新一点儿的人，小米粒说："那英吧。"

破抹布说："装嫩呀，挂了吧你。"

之后破抹布的沙皮狗脑袋头像黑了。

何明儿不知道自己做错了什么。还没开始就已经结束。何明儿试着发过去一串话："你怎么啦？你怎么啦？"那个沙皮狗脑袋头像没有一点动静，她想了想，用试探的话骂了一句："你个操蛋东西！"

那边始终没有动静。

何明儿觉得儿子是不是下线了要回家了。那么，在他回来之前她得关掉电脑，把网上所有关于QQ的资料删掉。一切做得都很稳妥，之后，她躺到床上听楼道里的脚步声。

黑暗中的空，像悬空的一口古井。如果有人走动，会有跺脚声响起，那是用声音跺亮楼道里的声控灯。儿子的脚步声和他父亲的惊人的一样，人未到声先来，是命呢，命让何明儿永远走不出那个人的阴影。什么声音也没有，夜把所有的人带入了梦乡。赤着脚，何明儿走到阳台上看楼下，路灯依旧，城市在失去轮廓，变成深沉的颜色，偶尔有车滑过去，从楼上看，感觉像幽灵在墨一样的夜中飞越。何明儿想：一定是自己说错了什么？不然刚建立起的谈话内容怎么就断了呢？有什么歌是目前最风靡的？想想看：崔健、老狼、罗大佑、齐秦、汪峰……一路追忆过来，民谣歌手们不敢去想，这些怕都是老掉牙的过去了，还会有谁呢？

网上查去。

何明儿回转身子，怕儿子回家开门，自己来不及拾掇利索，决定给门上了保险，之后，又一次坐在了电脑前。

打开百度搜索，有谁呢？周杰伦。

第一次知道周杰伦是在镜花水月量贩式歌城听同事米胡唱《东风破》。米胡不是好歌手，但那一曲《东风破》唱得是慷慨激昂。何明儿觉得这样的好歌自己怎么就没听过，因此决定学唱。米胡午夜的歌声像狼嚎一样，米胡说："其实周杰伦的嗓子不见得比我的好，他出名就在于他的声音没有高度。"何明儿尖着嗓子学，到最后声带都撕烂了，沙哑着回家，一路上依旧不忘唱《东风破》，这是当下最流行的歌，周杰伦是儿子最喜欢的歌手，会唱这首歌就等于和儿子有了共同的话题。何明儿有说不出口的高兴。那夜的天空下着雨，颇有几分江南烟雨的味道，柏油马路被洗得青黑发亮，心情湿漉漉的。那夜的风是东南风，有一种惊诧的莫名的激动，唱着《东风破》中的"谁在用琵琶弹奏一曲东风破"走上五楼，进了家门，儿子在电脑上抬了一下头说："看你把周杰伦糟蹋成啥了！"

真是无法形容当时的那种感受，目光凝聚在前方一个物体上，是儿子的后脑勺。脚下脱去的鞋子无声无息又被何明儿穿上了，何明儿心虚起来，想不出是米胡的错还是自己的错。

何明儿等儿子上学后，打开电脑下载来听，却发现周杰伦的《东风破》自己根本就听不明白，少盐没醋缺热气儿，米胡是唱走调了才唱得如此"破东风"。她骂米胡太馊，硬把一首好歌唱土性了。米胡说："周杰伦唱歌太阴，不符合'东风破'仨字，我给这歌注点阳气，人家要像我这样唱，必然见光就死，那些喜欢周杰伦的小兔崽子都是自身条件不好，拿周杰伦超低声练唱呢。"何明儿想：自己怎么就忘了说周杰伦呢，倒说了那英，那英对于儿子这一代来说，怕是熟识但不可爱啊。何明儿想起自己昨天收到的一条短信：

等中国强大了，全叫老外考中文四六级！文言文太简单，全用毛笔答题，这是便宜他们！一人一把刀一个龟壳，刻甲骨文！到考听力的时候全用周杰伦的歌，《双截棍》听两遍，《菊花台》只能听一遍。告诉他们这是中国人说话最正常的语速！

周杰伦是一头懒懒的驴子上驮着的小男生，眯眼唱着自己醉人的往事。

四

何明儿的记忆中，儿子有多么可爱，儿子是她阳光的酥照与和风扑面的惬意呢。儿子6岁那年，何明儿和前夫分手，分手的原因是新来的外教米奇。米奇高大，说不出来是不是英俊的那一类型，因为从中国人的欣赏角度看，米奇长得比较粗糙，看上去只能说是彪悍。何明儿是城区一中初三班的班主任，米奇当外教，第一次走进何明儿所在的教室，米奇走上讲台，两只大手捂着胸口一脸虔诚，那神态就像一脚踏进了自己丰收的玉米地，弯了几次腰，表示他对初三班同学们的关怀。米奇用左手在黑板上写下中文“同学们好”。米奇写英文的时候却是用右手，他写字时的左右手不统一是何明儿对米奇最大的兴趣。还有，米奇对唐山大地震的关怀，他问何明儿：“唐山发生了最大的土灾，你一定知道当时有多少人死亡?”这是米奇独创的词汇，把地震描述成土灾。米奇耸耸宽阔的肩膀，看何明儿笑得头发跳动起来的样子，他不明白这个中国女人在笑什么，远年的那一场灾难为什么让这个女人笑?

他不知道何明儿是在笑他独创的词汇呢。

当然，后来何明儿详细告诉了他那一年的事情，并纠正了他对地震的描述。

米奇有许多爱好，整个人看上去总是生机勃勃的，他有许多稀奇古怪的愿望和梦想。米奇有法学、经济学和心理学三个博士学位，这些在中国人听起来极其累人的学位丝毫不影响米奇儿童一般的天真无邪。他的英语教学常常以一段虚拟场景开始，来训练学生的真实感。有一次，米奇在学生面前跪在了何明儿腿前，他把两只大手搓得滚烫，一把抓了何明儿的手说："我爱你！"

何明儿以为这是虚拟的一段场景，被焐热的一双小手从米奇的大手里抽出来，像蝴蝶的双翅一样扑扇着，甩尽了米奇体温的热气。何明儿说："米奇，你真可爱。"

米奇面色红润，很真诚地说："真的吗？你也爱我吗？我要用中国的方式娶你为妻，你答应我，我在我们的学生面前追求你，我要向你求婚！"

何明儿扭头和学生们说："这个美国佬，他在用美国式的求爱演绎中国的求婚，这一段虚拟场景你们可以不学，因为你们还不到这个年龄，但是，你们要听清楚了，这里的'求婚'念：propose，'追求'念：court。"

米奇说："我不是虚拟，我是真心，我要和你丈夫说，我比他更爱你，他不如我爱你，他就应该回老家，向后转，走开。"

同学们哗然。

何明儿觉得很荒诞，他到底在做什么？他是一个异乡人，这里不是他的祖国，他的血液和这里的河流毫不相干，他无法知道文化带来的审美差异，他不知道忙于生存的人们有着比生存更喜闻乐道的嗜好，这样的结果，是让她的前夫很气愤地在学校的操场上掴了她两个耳光。男人打女人总是令人八卦的事，操场上聚集的人多起来，一个外教涉嫌插足婚姻的事件，像风一样走进了小城的大街小巷。

米奇知道这件事情发生在操场时，他把何明儿的前夫揪到操场，朗日阳光，何明儿像乡下的泼妇一样，迅疾地闪到两个不同国籍男人的面前。

何明儿伸出斗鸡一样的脖子，冲着米奇说：“我不喜欢你美国佬，你带给了我婚姻上的伤害!”

米奇很奇怪地指着自己的头、自己的太阳穴说：“我这里不快乐!”

何明儿说：“你不快乐，关我什么事，鬼才叫你不快乐，你从这个城市滚吧！滚吧!”

很快地，米奇被解雇了，带着不快乐的脑袋很落魄地流浪到另一个城市。前夫对何明儿的伤害，让她感觉自己在这个世界上朝上仰起的人民教师的头是一种耻辱，她把6岁的儿子吴所谓叫到跟前说：“妈妈和爸爸要分开住了，你看呢？如果你不同意，妈妈会妥协!”

6岁的吴所谓说：“爸爸怎么你啦?”

何明儿说：“他打妈妈了，面对很多人，妈妈觉得丢人。”

6岁的吴所谓说：“他打人是不对，是离婚吗？离吧。”

何明儿觉得儿子聪明绝顶，她放弃了一切物质上的需要，就要儿子，儿子是她将来的梁柱，是顶天汉子，有儿子就会有一切，去他的爱情，儿子才是召唤她从各种桎梏中解脱并回归幸福的黄手帕。

生活是什么？是一路走过，来自脚下黄土的凉意。生活像一棵树，长出来的叶子就为了最后的那场秋风，就为了变老，一句话光阴如水就如水了。儿子上初一的时候，她偷看他的日记，儿子写：“整天面对一个臭三八，心情阴到极点了。”何明儿当时的泪不是流出来的，是挤出来的，被生活的怨气裹着，那泪珠儿一颗颗直戳戳地掉在地上，把何明儿的心砸碎了。何明儿那一次狠狠地教训了吴所谓，指着他的鼻头说：“我是你的亲娘，不是臭三八，你娘养你不容易，你小时候对语言的感觉到哪里去了?”

那一次儿子没有反对也没有说话，好像那一次之后儿子就不和何明儿交流了。慢慢地拉开了一段距离，无心的也是有意的。和成绩好的听话的孩子相比较，儿子身上的缺点太多，过多地遗传了前夫的性格，何明儿身上的优点在吴所谓身上反而看不到，何明儿觉得自己应该放弃一切，为了吴所谓，她决定用自己严厉的教育来克服他身上的缺点。她甚至不想再婚，硬撑着不乱章法以职业的尊严抵抗着外界的诱惑。后来有人介绍她认识现在的这位男士，她与他从见面开始就约定了等儿子上大学后结婚。小心谨慎着，吴所谓还是走进了网络。那一次之后，吴所谓常常要钱说买礼品给同学过生日，何明儿多说一句，儿子就会顶撞，每一次都让何明儿感到心像针扎一样生疼。有一次，数学老师反映他不集中精力听讲，做小动作，而数学课又是主课，何明儿要吴所谓的班主任把吴所谓调到前排。吴所谓居然和调到后排的同学说："我妈妈利用职权把你调到后面去，在这个不公平的社会里，你认为公平？"那学生闹到教导处，事情一经扩大，何明儿觉得很没有面子，这就是自己生养的儿子！

儿子开始去网吧，像瘾君子一样，言语更少了。

何明儿想，再申请一个QQ号，儿子毕竟还没有长成气候，他还没有分辨是非的能力，他不能自控，她必须像捏面人那样把儿子捏成一个形状。这个年龄是不能放任他去自由的，两年后高考，如果不扭转他的兴趣，考不上大学，那就等于是被社会淘汰了。哪里招公务员不要文凭？哪里招人才不要文凭？没有文凭就等于没有饭碗，比不得从前了，那个年代讲究根正苗红，是工人的子弟就可以接班，能做工农兵那是再光荣不过的事情了，如今，哪个不以孩子考清华、北大为荣？哪个不以老子经商为荣？同学聚会坐下来的话题，我儿子在哪个国家，我女儿钢琴几级了，没一个说我儿子上网了。孩子没有成绩是没有面子的事，你做父母的是怎么教育的！我何明儿的儿子将来考不上一类大学，那是我何明儿养的儿子吗？不学习，不考大学，玩游戏顶得了将来的饭碗吗？我何明儿就这样一个儿子，儿子没有将来，我何明儿有什么将来？儿子是一块璞玉呢，将来必考名牌大学，必考公务员，必进政府职能部门，儿子将来如果不这样走路，我何明儿何苦要付出婚姻的代价！

何明儿决定先用“小米粒”这个账号找一个16岁的孩子聊会儿天，要想进入儿子的思想必须先进入这一代人的思想，一代人的思想，妈妈呀，何明儿的头一下涨了，感觉问题大极了。

这时候有电话打进来，是海棠打来的。这么晚了，电话里海棠说，看有你的未接电话，有事吗？何明儿突然不想说关于网名的事了，说，没事，看你下午匆忙走了，想打电话问候一下。海棠说，出了点事情。何明儿问，出什么事情了？海棠迟疑了一会儿说，我还在局子里。何明儿说，什么局子里？因为什么？海棠说，没有啥，公安局，无所谓的事情。改天解释。海棠挂了电话。

何明儿放下电话时，心里觉得海棠的话有点奇怪，莫名的，还有点幸灾乐祸，不去想她了。

坐回电脑前查找在线人群，把寻找的目标定位在自己居住的城市，把年龄局限在16岁到22岁，她想找一个女孩子，女孩子性柔，人说女孩是母亲的贴心小布衫。从生育的角度说，何明儿还是想要男孩子，何明儿传统着呢，父亲活着时说过，女人头胎不养儿子，那是会被家族看不起的，就说现在，她虽然离婚了，因为有了吴家的孙子，曾经的婆婆和公公始终都把何明儿当自己“第一儿媳妇”待，那不是说自己有多么好，是因为有吴家的根在她何明儿手里握着，老人不嫌孙多。

显示屏上，16—22岁人群的在线人数，怎么会有这么多呢？凌乱晃动的人群，不是喧哗，比起大街上嘈杂的人声，这里要显得安静，一行一行罗列在眼前，全部晃着卡通头像。何明儿想起世界上最著名的小木偶——匹诺曹。一行一行的字都是淘气的孩子，也许除淘气的匹诺曹外，每一个卡通头像后面都藏着像何明儿一样的人物。故事里的事，会有慈祥的老爸爸杰派托和会说话的蟋蟀，会有坏狐狸和学舌的猫，在故事的字里行间，有做人的基本道德。她曾经用"匹诺曹"的故事教育过吴所谓，希望他有同情心，乐于助人；应该诚实，永不撒谎；应该勤劳，用劳动换取报酬；应该爱妈妈，因为母亲是这个世界上连带着他的血亲。何明儿笑了一下，多年来唯一的一次笑，是想象卡通头像背后的故事，故事里的热闹，也是对她第一次走进网络里满怀着的奇异幻想的失笑。

一个16岁女孩子"孤独的水"跳入了何明儿的眼帘，何明儿觉得要进入角色了。

小米粒说："你好，加我好吗？我是你的妹妹。"

一个小猪的头像在小米粒的面板上晃动着。

孤独的水说："你好，你是很小的小妹妹吗？"

小米粒说："是呀，小小的，小如米粒儿呢。"

孤独的水说："你怎么这么晚还在上网？家人不管吗？"

小米粒迟疑了一下说："我讨厌父母，总是管呀管。我逃学不回家呗，要不这么晚了怎么会来找你。"

孤独的水说："我和你一样，你在哪家网吧？我去找你，约个地方出来好吗？"

小米粒觉得对方的热情有点过了，女孩儿在一起聊天，总要磨叽一会儿吧，真就对夜晚不惧怕？

"你喜欢谁的歌？"小米粒想起和破抹布聊天的失败。

孤独的水说："喜欢周杰伦。我定个地点你出来吧，你不是很孤独吗？"

小米粒觉得从喜欢歌手上说，对方是一个年龄青涩的人，但为什么不就歌手的话继续呢？奇怪。她接着说："我是很孤独，就想知道你心里在想什么？不是说现在，是白天。"

孤独的水说："我想离开这个城市，离开熟悉的面孔，往远走，走到天涯海角，你跟我走吗？"

小米粒说："我还没有想过。"

孤独的水说："你有视频吗？打开我看看你。"

小米粒想，你看我不就露馅了嘛！决定要看看对方："我没有，我想看看你。"

孤独的水说："我想给你买衣服，把你打扮漂亮，你一定很漂亮，我们见面不就是最好的视频方式吗？"

小米粒想，她为什么老想要出去呢？于是就想了一个招数，说："我不是16岁，我是男人，你信不？"

孤独的水说："骗人吧，听你说话的口气像16岁。"

小米粒说："不是，我想找女孩子，你要不是呢就挂了吧。"

孤独的水说："你要我死吗？小心肝，我真的想你了，我能给你想要的一切，你来集运网吧门口好吗？我能给你最大的快乐。"

何明儿感觉皮肤很不舒服，先是紧，接下来打了个冷战，胳膊上的汗毛就竖直了，这个人，会不会是男人？那么会不会有女人也在找男孩子聊天，聊一些下流的事情？

孤独的水说："我要你看我，我是你的哥哥，宝贝！"

何明儿关闭了对话框。网络太可怕了，让人少了感性认识，那个小猪的头像还在"嘀嘀嘀"地晃动着，何明儿已经感觉到问题的严重性了，自己的儿子就这般在网上打发大把的时间，时间，时间，有多少时间可以从头再来？

小米粒点击儿子“破抹布”的头像，写下：“儿子，你要回家！你要回家!! 你要回家!!!”写好了没有发送，她觉得应该克制自己，这样等于是告诉儿子“我是你妈妈”。这么多年来自己那种不克制的，对一切当下就想闹清楚的教师性格，在儿子面前威严尽失。何明儿趴在桌子上哭了，面对网络，哭总归不是解决问题的方法，她决定写一封长信给儿子，不能面对面交流的时候，就用文字。

匹诺曹，永远的匹诺曹，因悲伤而长逝了。

五

清醒万分的何明儿还记得打开门感觉一下楼道里的风，风里没有儿子回家的气息，黑挤进来，屋子里的光推出去，一腔的耳目却是什么也感受不到。

明知道他在网吧，自己却无可奈何，这叫什么样的日子！

打开“我的文章”，开始写信，和儿子在现实的人生之外，又多了一层纸，人情如纸，亲情也要如纸了。

写信，信上写啥？话很多，却不一定能入心、入情，宁愿写一堆溢美之词的表扬稿子，却不知道在写给儿子的信前怎么开头。

吴所谓：

我亲爱的儿子，妈妈用文字来和你交流，这样的说话方式本不该存在于我们母子中间，但是，它存在了，一切的存在都有它的合理性。

妈妈常常回忆起你小时候的模样，那么乖巧、可人。还记得有一次回乡下去，我们走在窄长的土路上，由姑姑家去外婆家，你没有注意有一条蛇挂在路边的灌木上，妈妈吓得倒抽一口气退后了几步，你说："妈妈你怎么啦？怪吓人的。"妈妈说："有蛇，土绿色的，挂在路边的灌木上。"你说："我看看，我把它打死让妈妈走。"那条蛇在你走近的时候滑走了。妈妈说："什么东西小了都好，唯独蛇不好，瘆人。"你说："人小了也不好，大了好，像妈妈一样，我大了保护妈妈。"儿子，你大了吗？你是大了啊，高出了妈妈一头还要多，你长成大小伙子了。那时你先我站到山坡上，回头看着妈妈说："妈妈，妈妈你看起来很小，和我一样。"我说："因为你站得高。"你说："才看妈妈小。"6岁的你知道站得高看得远、站得高看得小的道理，那样的融会贯通的能力真让妈妈惊讶，妈妈想到未来的学习对你来说一定是一个愉快和开心的过程。这也是妈妈对你一直的期望呀。

但是，妈妈怎么觉得你是越大越难和你交流了，越大越对学习不感兴趣了呢？上小学的时候，你每次考试只要一考不好，你就哭着回家，你说丢妈妈的脸了，听听，多让人感动呀，你真是知道妈妈的心事啊。读初一的时候，平常比你学习好的同学都考不过你，但是，妈妈在替你高兴的同时，忽略了你上网玩游戏，你在一步步深入网络的空间。你第一次逃学，我从网吧逮着你，你看见走近的我，把身子缩了下去，我拽着你的头发，你红着脸不看周围的人，眼睛里含着泪，你保证说，再也不逃课了。第二次，我又从网吧逮着你，你看着走近的妈妈，站起来说："我跟你走。"我注意你脸上的表情，没有一点颜色，甚至感觉脸上还挂了一层灰尘，细小的挂在绒毛上的那一层白灰，妈妈知道那是你对妈妈的怨气。第三次，第四次……多了，我记不起来了，你把妈妈的首饰拿了去贱卖掉上网，等我发现后，你又告诉我自行车丢了，上了三年初中，丢了十五辆自行车。你这样对付一个手无寸铁的女人，你这样对付生你养你的妈妈，你妈妈现在还有什么呢？有的就剩下一张嘴了，现在，就算是有嘴，你都让妈妈封了，一说话，你就瞪眼，眼珠子像玻璃弹子一样射过来，还没有等妈妈张口，你拖着两条腿走了，走进你心爱的网络世界。

吴所谓，妈妈的儿啊，这世界上妈妈还牵挂谁？只有你啊儿子！4岁上幼儿园，儿童节你在舞台上表演节目，你看着台下的妈妈吐了一下舌头，小可爱样子，妈妈朝着你做一个鬼脸，你忘了台词，冲着台下观众喊："都是我妈妈害我忘了台词！"妈妈带头给你鼓掌，台下所有观众都给你掌声，你冲着台下喊："我爱你，妈妈，妈妈！"你知道吗儿子？妈妈那时是天底下最最幸福的人。开始上学了，妈妈向你口头要求了一条横杠：中学之前，限你在班级前五名。每次考试你总是排名第一，只是有一次考了全班第四，你哭着一路回家，进门窝在沙发上看着妈妈说：我不是一个好学生。

那时候你多有骨气。我离婚后，有一次与你谈话，说到你爸爸，说到这个家，你说，你不允许有男人踏进这个家。你说，你是这个家唯一的男人。为你这句话，妈妈决定就我们母子一起生活到老。

是什么让我们母子一路走来却成了路人？越往后的日子，你对成绩已经无所谓了，青春期的特征让你的嗓音变粗，你恶狠狠地盯着妈妈说："我讨厌排名次！"这还不够，你居然打开门冲着楼道喊："我讨厌排名次！"满楼道粗重的回音跌落下去，你是妈妈最乖巧的孩子，是什么让你如此叛逆？

你能不能告诉妈妈你在想什么？你到底要做什么？你对将来还抱什么理想？这个世界，没有理想的人注定人生第一步就是失败的，你不可能在网络里捞到你想要的世界，那里的世界是虚幻的，这世界上没有孙悟空的筋斗云，网络游戏如海市蜃楼般合谋来欺骗你。

你应该知道，儿子，有妈妈就有家，妈妈是你的墙，你的门，你的炉灶和饱腹的粮食，妈妈看到时间在你的眼睛里一层一层变暗，你回不到现实中来，你眼睛里重重叠叠的黯淡令妈妈骇异，是什么牵了你的鼻子，牵了你的魂？

回到现实中来吧，儿子！你知道吗？你是妈妈沉重的影子，妈妈多么想看到早晨的霞光把你的身姿推向前方，霞光里你灿烂的笑容，和你回头叫我那一声“妈妈”牵动妈妈的心。

儿子，妈妈的儿子，妈妈有许多话要和你说，妈妈现在，只希望你回家！回家！回家！

儿子，妈妈求你了，你能用写信的方式和妈妈交流吗？

妈妈期待你的回答。

何明儿写不下去了，眼睛酸困涩辣得睁不开，她把写好的文字设置成大字号，用A4纸打印出来，一共十页，她想用夸张的方式来吸引儿子的注意。

以前，何明儿也试着用文字和儿子交流过，她把写好的纸条放到儿子的写字台上，只要儿子一看到，接下来的事情，必然是一团纸球越门而出，门在闭上的时候，儿子吴所谓会把一句很“有梗”的话丢出来：“请不要越雷池半步！”

那可是我何明儿名下的房子啊，你敢把那十五平方米的卧室说成是你吴所谓的雷池？门重重合上的时候，何明儿觉得这句话已经像箭镞一样穿过她的胸膛，何明儿在客厅里大喊：“别忘了小兔崽子，是我给了你生命!”吴所谓用血写下几个大字斜着门缝插出来，那上面写着：“把你的生命拿去，我对活人已经失去信心了!”

没有谁知道何明儿当时的痛，那是没有一点力量的痛。接下来的寂寞是扩大的，她甚至想用大声的哭，招来任何一个人哪怕是陌生人的关注，但她始终没有哭出声来，空气里的无助像腊月天的寒气冻得她浑身打战。经由手背的寒战，在何明儿的喉头结冰，何明儿想，我到底做错了什么?我到底失败在什么地方?

现在，她用透明胶带贴在吴所谓卧室的门上，那纸张一页一页低下来，低下来的纸张背负着沉重的力量，似要压弯她的脊背，她扶着墙，想站起来，双手挂在一个高度上，如同绝望的攀崖者，她在和儿子赌博!倏忽之间，何明儿觉得自己像枯枝一样，万籁俱寂，天地木然，没有人来扶她一把，她所有的寄托，就因为儿子的存在而存在，“儿子”两个字让何明儿生痛，这一场赌博，何明儿觉得自己是血本无归。

何明儿把无力的手臂垂下来，整个人像脱水的拖把一样松下来，瘫在地上，何明儿把身体贴紧地面，尽量把身体偏一些，折一点，好让悬空的心更为舒展地放在地板上，目前能够与她温存的除了地板还有什么呢?儿子在另一个自我的空间里，那个空间唯一的联络方式是：网络。

吴所谓是早上6点钟回家的，门被反锁着，在他想用钥匙扭动锁眼的刹那，门被打开了，迎面相逢，吴所谓觉得是在做梦，门前站着的女人是谁?门后呢，风吹动一扇门上的纸张，像是要奋力挣脱什么，仿佛又被什么力量给拽住了，有按捺不住的激奋，吴所谓张大了嘴巴，要说什么?何明儿等不及了，上前搂住吴所谓说：“你回家了儿子，你回家了儿子!”

吴所谓挣脱出来，说：“你在装什么神经?”

何明儿知道，这是儿子对她一晚等候唯一的肯定。

楼道里有铁门开启声，轻微的，随着门缝，一定有人探出了脑袋想探问什么。何明儿突然意识到了黎明前的安静，吴所谓的话决定了一早开口说话人的最早一句问候，一个离婚的女人，在这层楼里，你不敢有半点动静。这是学校分配的家属楼，从一层到五层到对面的住房，有学校的中层领导，有后勤工作人员，还有几户好像是没被分配住户，房子又多余着被租出去了。租出去的房子还好说，那些房客的生活圈子在校园外，可是许多中层领导的太太有天生的优越感，让她们对周围的邻里之间产生一种敏感与好奇。平淡的生活是需要不断制造话题的，人不一定有多高的修养，但是，她们选择话语的权利却很敏感。一个单身女人，黎明时分，儿子的一声吼叫，意味着想象里的事情有了语言的嚼头。这里的住户没有一个在安静气氛里弄出过巨大的响动，所有的矛盾深藏不露，像饺子馅一样。对于何明儿，自从那次影响小城人的趣味话题发生之后，总有挑逗的目光投向她，有多少眼睛在盯着看呢？何明儿一把拽进儿子，轻声关上门，然后，她听到纸张被风掀动的声音，儿子打开卧室门，走进去，之后，一切陷入了长久的寂寞和安静中。

回家的人对何明儿最大的意义就是回家了。

泪水顺着脸颊绵延而下，纺线一样被拉细、拉长，终于滴落到地板上。那封信，唐突而羞涩地挂在门上。儿子没有用眼睛去读它，何明儿很准确地看清楚了，吴所谓的眼睛还在另一个世界里盘桓，目无旁顾，执着于自己的世界，看见灯光的时候，眼睛透出了失措，是想逃离什么吗？只有逃进卧室，一切才会安全吗？

何明儿决定敲门，是有节制和有节奏的那种敲门。

声音轻巧而礼貌。

万般期待，门扇上的纸张，拇指大的黑字，最后把它们装进眼眶的不是吴所谓，是何明儿。

她一边敲门一边看信，信写得没有节制，满纸都是真情，每读一字，心房怦然，一夜的心沉气闷，是该发泄了，你不看，我就读给你听，一字不落地读。

何明儿搬过来椅子，坐下来，仿佛身处教室里的讲台，似乎又有一股强烈的热力撑着她，使她不能安坐，又站起来，面对很小的空间，生命体内却有万般欲望，如果何明儿此时是清醒的，她会感觉到自己夸张的面部，特写的嘴唇，包括吐字的舌头都是一幅绝好的漫画，可惜人的精神上的表达是一个很难界定、无从把握的过程，此时此刻，何明儿希望自己的声音能敲击吴所谓的心灵。

先是很小声地读，接下来，大声地读，像朗读课文，朗朗如月，她的阅读中有回忆，有忍辱含悲，仿佛人生，抑扬顿挫，凄凉、残缺、隐痛、迷离，读到结尾处，全身竟溢出了朗读的快感。

朗读之后，一切无声。

六

已经是星期天的早晨，何明儿觉得打开门的希望不存在了，拒绝交流，对于自己的这个儿子，一夜无眠，已经构成了谈话的障碍。

门内的鼾声是最好的回答。

何明儿开始梳洗，镜子中的眉眼，已经不是自己原来的眉眼了，黑眼圈、眼袋，肿胀的上眼皮，有掩饰不住的苍老。梳洗又必须是很认真的，因为要面对许多喜欢窥探人眉眼中的心事的人。

家属楼通往学校的路上有一片广场，是城市绿化重点工程，也算是一个休闲广场，一早一晚成为市民最活跃的场所之一。最近，为了迎接教师节，除了学生要表演节目，学校要老师也参与进来，为了不影响课时，时间上利用了早自习这一空当。何明儿是集体舞节目中的一员。如果不下楼去参加呢，必然会影响集体活动，下去呢，这个样子，眼睛像金鱼眼一样，要别人怎么去猜测！往常何明儿也会时不时地到广场上锻炼，广场上节目多，老年的有太极拳、扇舞什么的，中年的有交谊舞，何明儿有时候会和人跳跳交谊舞，大多数时间是和女人跳，一是男人都有固定的伴儿，二呢，一个单身女人和谁跳多了都会有闲话出来。早起也是因为儿子要上学，她要给儿子做饭，送儿子下楼，锻炼后到早市买中午的新鲜菜。时间长了成了习惯，她与儿子的身影也成了广场上锻炼的人眼中的一道风景。擦肩而过时彼此的一个招呼，哪怕是不锻炼身体，何明儿也愿意和儿子从那里穿过，好像只从那里走一遭，她才会发现生活的状态还像是以前那么好。有学生家长会聚过来讨好她，有人会说，看人家的儿子多有出息，到底是教师呀。如果说家里的情景给何明儿太大的心理压力外，走到广场上，人们不定时的夸奖会令何明儿感到比别人优越。何明儿也正是这样一天天从小城人的议论中硬扳回自己的教师形象的。米奇留给人们的印记模糊了，对何明儿很少有人妄加揣测，更多的时候是赞扬一个母亲的不易。何明儿也从每个人每天面对的日子里，知道了每个家庭的日子与外表看上去有很大的不同，但每个家庭的相同点是一样的，有不能停下来的争吵。

何明儿孤傲的性格就这样一点一点浸入世俗的底部，这种无端的也是无来由的变化需要一个由量到质、由质到量、看似不变的过程，性格却正在其中发生着变化，也开始变得婆婆妈妈，碎嘴婆一样喜欢嚼事了。更多时候，何明儿会和那些锻炼的人挑起话题，是关于孩子的话题，关于网吧的来自社会上的消息反馈。何明儿说起来像是与自己不沾边似的，只是以一个老师的职业道德关心社会问题，谁也不知道她内心的伤痛。听到的，看到的，何明儿都会记录下来，先是在心里装着，结束后回家记录成笔记。看到吴所谓的时候，对照笔记，心情会紧张，会联想。到最后，像得了重症，反复不停地拿听来的教育吴所谓，有时候成了教化，吴所谓会反感地吼一声："有病了你！"

比如，前一段时间城市里发生的两件事情很是让何明儿害怕。一件是在城郊一家网吧，四个学生斗殴，因为网恋，其中一个学生拿水果刀捅了另一个学生十六刀，这是一件不敢想象的事情，人被捅得像马蜂窝一样。传话人传到何明儿耳朵眼里的话是，那个捅人的学生丝毫没有惧怕的心理，他认为爱情中的自己就应该像欧洲中世纪的骑士那样去决斗。听说，那个学生的家长是开肉店的，家长的择业是否会影响孩子的性格？何明儿思考之后，肯定地认为家长的择业会影响孩子的成长，不然古时的孟母何苦要三迁？何明儿觉得这还不是最可怕的，最可怕的是双方家长面对事实，面对打破了十几年的生活秩序，那一下空了的屋子、空了的希望、空了的精神，接下来要怎么面对？如果是自己，何明儿会选择死。另一件事情是关于一个初三女生的。她有一天上课，在课堂上突然笑起来，很阳光的那种，极度的放松，极度的敞亮，笑到最极致时把书本撕碎成拇指大的纸片，扬起来，蝴蝶一样空灵飘逸的纸片落满教室。何明儿了解到，这个女学生学习成绩原本是很好的，一直排在前十名，一段时间成绩下降，父母在教育上强了一些，限定了底线，不能再落到十五名后了，结果就出现了如此场面。上百人的网吧，何明儿是进去过的，不止一次，清一色的青春，一丝不苟的坐姿。门口写着"禁止学生入内"，如果容颜不是从脸上去看的，何明儿会想到进入了天堂。

从那里走出来，何明儿明显感觉虚脱了，这是生活吗？是！不容何明儿质疑。

那正是何明儿孜孜以求的生活，生活是什么呢？何明儿后来明白了，生活就是不尽如人意，网络是什么？是带给人娱乐方便的同时，也给人骚扰和困窘。这好像也是所有事物的共同特点，是好也是坏，是对也是错，是有理也是无理，是所有的对立面，是垃圾和孩子的梦想，如果你不要垃圾，那好，你连孩子一起扔掉吧，而你舍不得孩子，也就只好让孩子和垃圾同在。何明儿从广场上走过，会揣摩那些人的思想，他们为什么活得如此这般幸福呢？幸福好像是长在了他们脸上的，时间长了，何明儿也被感染了，对那些学习成绩好的孩子和他们的家长，她一点也不羡慕了，从闲谈话语中找他们生活的不如意处，窃喜！对那些生活不如意、孩子学习成绩不好、经济富裕的家长，她也会像其他人那样咧嘴笑一笑，有不屑也有说不清楚的内容。对那些好坏参半、长短参半、对错参半的东西，以前令何明儿厌倦的东西，何明儿越来越适应了，她害怕，假如有一天人们知道她的孩子也在上网时她要怎么面对！何明儿在不满足中满足，在无可奈何中掩饰自己的生活，也学着去说一些假装的、与心情不符的话，因为，她真害怕那一天的到来。

那个曾经被老外米奇很是欣赏的何明儿死了，活着的是另一个何明儿。

参加跳舞的教师已经集合了，音乐开始，红色的绸子扬起来又落下去，探海、卧鱼儿、云手，生活在当下不尽如人意中的一份好心情。背景音乐是《好日子》。

教化学的张老师说："你今天来晚了，哟，还戴了眼镜，气质一下就提起来了。"

何明儿收了一下绸子又快速地打开，转身，仰头，说："儿子在休息，睡懒觉，我也跟着睡着了。"

何明儿扶了扶眼镜，要不是一夜不睡，她是不戴眼镜的。

教物理的李老师说："你真是养了个好儿子，一米八几了吧？那天见到了，一下还真没有认出来，福气呢。呀，身上的运动衣是啥牌子的？显身段呢。"

何明儿说："我这一辈子就靠这个儿子活呢。还牌子呢，伪名牌。"

教政治的王老师，老公在公安局，压低了嗓音说："知道不，又有新闻了，你的那个好朋友海棠，爱穿名牌的舞蹈演员，难怪是一个演员，出事了，掉到泔水缸里去了。"

何明儿看到对方在转身前，下巴做了朝着一个方向看过去的动作，咧了两下嘴："海棠出啥事情了？"

"告诉你吧，都是网络惹的祸。"

上仰、下摇、卧鱼儿，红绸子翩翩，身体和精神都沐浴在了好奇中。何明儿有些心不在焉，想知道海棠、网络，它们到底出了什么事情？

"裸聊。"

何明儿一时没有明白，问："什么是裸聊？"

有一位老师插话说："光身子要人看。"

音乐响起来了，红色的像花朵一样绽放的早晨又开始豁然灿烂了，每个人看上去都像蝴蝶一样，在被规范了的动作中舞动，一丝不苟，海棠的事情给这个早晨添加了一种别样的味道。

七

没有人觉得这不是生活。

海棠最后的结局是海棠的命运。听明白后，何明儿觉得海棠在生活面前实在是没有什么品位。一个婚姻中的女人，没有爱，只落下了虚荣，能掩盖多少世俗？心被伤到多重且不去说，接下来的日子经天纬地，那是身心两方面的疲惫啊，何明儿再清楚不过了。女人一生心事全在孩子和丈夫身上，留给自己的是不知道该怎么打发的闲暇时光。原来的日子不好，但是，总还有婚姻，总还有牵系，你恨那个人，那个人还在你眼皮下生存。你恨那个人，因为有一纸婚约，你就得装出一副恩爱模样。只有那个人与你什么也不是了，你才会缺少了焦渴般的恨，留下不尽的幽幽无奈。一切应该是从面对现实开始的，开始时的那种放松渐渐地成了空，她才要去糟践自己。何明儿拿自己的日子来和海棠的比较。当时，丽丽还打过电话来说："一个人多好，思想可以富含诗情画意地去期待、去憧憬，去营造清风明月式的幽雅与闲适，就算是和一个人聊天，旁边没有眼线，没有约束感，大笑也不会有人说，看你，没有一点含蓄样！"日子长出来的时候才知道孤独是那样的咄咄逼人，旁边一旦没有了人，敞开的屋子，昏黄里颤动的影子，即使煲电话粥，听到的也是对方呵斥丈夫的声音，那预期的想象与切身置于现实之中，仍然是两个完全不同也永远不可能一致的概念。何明儿是用自己码起来的日子去理解海棠的。海棠面对的是什么？是美丽不为所动，是年华的渐渐老去，是寂寞的两山相对，抛开孩子来说，简单到两个人，闲与忙，一个人不入另一个人眼，我给你一切，但不给你爱。何明儿从海棠昨天的谈话中知道，网络给了海棠一种感受，非常强烈的感受，说一些平常不愿和现实中的人说的话，寄托一些平常不敢与现实中的人寄托的相思，人隔着网络啊。

和一个人裸聊。

又是网络！

和城市的黑夜迥然不同的白昼，城市的白昼有这样那样的反响，汽车喇叭、摩托、孩子的嘈杂声、上下班人的喧嚣声，还有闲话和假装的关切。总之，城市的白昼是活生生的，是有生命的。城市的黑夜呢，尤其是对一个离婚的女人，简直就是死亡，是没有一星半点气息的，尤其是对于曾经结过婚的单身女人来讲。何明儿在体验中理解海棠的同时，听到这个消息时也还是惊出了一身冷汗。

这个消息不是哪个人传播的，正是网络。

何明儿惦记着家中的吴所谓，这一觉怕是要睡到过午，吴所谓午后醒来第一个动作首先是打开电视，像弹钢琴一样搜台，最后的落脚点是动画片，惯常的动作。一个16岁的孩子居然没有思想，没有选择，还停留在看动画片的年代。何明儿突然想到，假如吴所谓也要面对一个人裸聊或一个裸聊者面对吴所谓呢？天，吴所谓还会健康地步入社会吗？何明儿想到，吴所谓与网络是一个不敢松懈的问题，30多岁的海棠都控制不了，吴所谓还是一个孩子呀？假如吴所谓面对的聊天对象就是海棠这样一个中年女人呢？假如，假如……天，真不敢往深里去想，何明儿打了个激灵，决定在吴所谓醒来之前赶回家搞坏电脑，反正我不动电脑也决不允许你再上网！

有电话打过来，是那个她爱的或爱她的人打过来的。

电话里的他问："还在为教师节排练吗？"

何明儿问："散了。你听说海棠的事没有？"

"什么事？一夜之间有什么新鲜事了？"

何明儿有气无力地说："她在网上和一个人裸体聊天。"

"有这种聊法，也不是稀罕的事情，看一个人与一个人的情感程度。"

何明儿一下觉得电话里的那个人有点陌生："你居然理解？"

"没什么不理解，是一种现象，就像我们，也开钟点房，虽说师道尊严，可我们也是人，情感在一定的氛围，人是可以臆想的。"

何明儿说："不可思议！我担心我儿子，假如他也看到这些，他还是个孩子，你懂吗？我怀疑你的人品！"

"没有那么严重，神秘的事情总是吸引人，你冷静一下，你是有分析头脑的人，在儿子的问题上你一定要冷静，你沿着马路走一圈，看看人或者景或者早晨的阳光，然后买菜回家，不要把生活想得太复杂，简单到一日三餐才好。这样吧，我晚上见你一下，思想上千万不要走极端。"

何明儿几乎是在喊："不是你儿子你不知道利害关系，不见！"

何明儿把电话挂了。何明儿想，有道理的事，也许没有多少道理可讲，无道理的事呢，真的能让人走极端！

冷静了一会儿，她决定沿路走一圈。这条路叫滨河路，广场叫滨河花园，河已经成为以往的抽象，有绿树、绿草，全是人工种植的。有三两个孩子追逐的笑声传过来，如小鸟的婉转啼鸣，孩子没有大人守护，心情放得很开。那边，打太极拳的还没有散，看上去平心静气，音乐是古典的，动作很是飘逸，有轻微的沙沙声，像窃窃私语。沿着街边走，早市上的叫卖声很是热闹，散开的人从身边滑过，好像有说不完的话。挤满了马路的人群阻挡了那些企图呼啸而过的汽车，马达声和喇叭声此起彼伏。何明儿想，一早就这么热闹，人再也不是统驭一切的至高无上者，必须与物——那些自己创造出来的器械达成妥协。

难道自己也要和吴所谓达成妥协吗？自己创造出来的物！还有海棠。

找一个能够隐藏自己的地方坐下来。坐下来的何明儿想过滤头脑里的吴所谓，还有海棠，还有网络，到底是一种什么样的生存状态？

何明儿这样来分析：让海棠悚然而起的是一种深不可测、广不着边的孤独和恐惧，消磨了的婚姻一定像那夜的雾障般，紧密地包围着海棠，压迫着海棠，令她有一种真切的透不过气来的窒息感，不然，她不会面对一个陌生的人脱光了自己。话又说回来，孤独的没有伴侣的日子真就那么咄咄逼人，令心情无法控制吗？更想不到的是，那个和海棠裸聊的人居然要挟她，想要海棠拿钱来换取网上截取的照片。海棠一定被这件事搞昏头了，不然不会发生要全城人民听了都想传播的事。信任、爱、廉耻，都去哪里了？如果有一天，我儿子吴所谓也要发生这样的事情呢？不敢往下想了。

回想昨天看到的海棠，都是俗世中人，总该世俗一点，藏着一点，掩着一点，遮蔽一点，虚假一点，甚至厌倦一点有什么不好？海棠，你剥光了你自己！

何明儿的思想乱了，乱成一锅粥。

八

何明儿在市场买了肉，肉价一天一个样，她要了那块膘瘦点带五花的肋条，如果吴所谓中午醒来呢，一定给他做红烧肉，他喜欢吃。对了，还应该有两个新鲜蔬菜，用家常的体恤来安抚他，冷静地去唤醒他，他不能像海棠那样感觉不到爱，这会出大问题的。爱情是爱，亲情更是爱，要他知道家有天下最好的温暖。

买菜的间隙碰到了住在楼下的校长太太，40多岁的人了，脸上没有一点褶子，不是因为美丽，是因为胖。首饰也厚重，耳朵和项上闪耀出金属的光芒，手抬起来不是招手是朝后抹开披散在两鬓的头发。何明儿不喜欢胖得没有形的脸，校长太太的优越在脸上显形，眼睛从来都是搜寻似的看着你，因丈夫的职位怀疑而负气地盯着，想盯出什么来。这让何明儿很不自在，手里提了买菜的塑料袋子，迎着走过去，格外谨慎有礼地问：“大姐，买菜呀？”

“买菜。买这么多菜？几个人吃？”

“我和儿子，两个人。”

“怎么还是一个人呢？还以为有了呢，谁说的呢？噢，是我家老张说的，说你有了，怎么会没有呢，凭啥他要说你有了呢。”

何明儿像明白什么似的说：“谈着一个。”

“哪个单位的？做啥的？多大了？也离婚了吗？女人不成家，周围的人都会为你操心。”

何明儿一时哑然。

这样的话，要怎么来回答？

何明儿伸进买菜的口袋掏出两个北瓜来，递过去，把不开心压下去，说：“多了，新鲜得和春天一样，给大姐两个，闲时来楼上坐坐，等我没课的时候，我好细说与你。”

逃也似的走开了。

一条单身女人走过来的路，做什么都有闲说，总是世俗。拾阶上楼，悄声打开门。

吴所谓的门紧闭着，门上的纸张，被风掀起来，落下去，很牢靠地挂着，何明儿突然很想和什么计较一下，是走过来的日子，还是日子中遇到的尴尬？什么也不是，是吴所谓，是这个很不懂事的儿，对付俗世，有多少悲凉和苦痛？母子俩相依为命已经很不容易了，儿子为何不能和妈妈相亲相惜，我与你是骨肉至亲啊，吴所谓，这个世界上有谁能使我神动心往！你如果能理解妈妈，妈妈还怕什么？生老病死、成败得失都轻了。

何明儿开始流泪，换了拖鞋走到厨房，放下菜，抹一把眼泪，坐在餐桌前想，方才外面的一切事情，包括海棠的话题都已经不在心上装着了，进了这个家便就进入了自己的世界。自己的世界里，儿子是第一位，自己和儿子像是演小品似的，一路走过来，想不通，也没有结果，接下来的日子怎么过下去?!

走到阳台上，想拿什么呢？心里惶惑却又不自觉地转了回来，无意瞟了一眼楼下，大门处那是谁呢？仔细看，是学校的张校长和他刚才买菜回来的太太。两个人说着话，手还比画着什么，动情时，张校长的太太还指着高处看一眼，天上流云，天蓝得像水洗过的绸子，张校长往前多走开几步，扭回头说了句什么，见张太太从提着的塑料口袋里掏出两个北瓜，重重摔在地上，翠绿鲜嫩得一片生机盎然，那绿透着俗世气象，开裂成几瓣儿，何明儿一颗心悬起来，张太太在怀疑何明儿和张校长的关系？

就算何明儿对男人的审美退化了，张校长是从没有入过何明儿的眼啊，黝黑的皮肤，体形也瘦小，细细的眼睛，走路探前走，人看上去是倾尽力气了要往前行，骂人的时候才能在脸上看到泛出的笑容，那根本就是讥讽的嘲笑呢。没有几个人会盯着他，因为根本就看不到他的眼睛。一个看不到眼睛的人，你压根就不知道他有什么喜好。学校哪个不知道他太太是醋罐子，躲还来不及呢。就因为自己是离婚的女人，住一个单元，何明儿的存在就像隐形人似的时刻贴着空气飘来飘去，令他太太看她的眼神泛着不自觉的绿光，带着不自觉的怀疑。二十年的夫妻就这样坚持着这种琐事，需要多少耐心和爱情来支持？何明儿很是不屑地扭转头，这样透着婚姻的脆弱，维系下去还有什么意义。爱，其实能有多久呢？也就是为孩子维系着最后的亲情。何明儿想到周围打着婚姻大旗的人们不想要孩子，假设情况允许，何明儿也不想要孩子，和相爱的人结婚不是每个女人的必经之路，但是在何明儿看来，婚姻是生孩子的必经之路。婚姻也是一个女人的保护伞。十年了，转瞬一晃，就为了吴所谓，她承受了一切本不应该承受的痛苦，快乐呢？如果吴所谓不长大，如果他永远是一个孩子，童话里的孩子，像匹诺曹一样的孩子，头顶万米以上的天空，会出现什么样的色彩？

吴所谓那屋的门响了，何明儿的心像被什么揪了一下，高度集中地盯着那扇糊满纸张的门。门开了，吴所谓走出来，何明儿闪到一边观察，吴所谓走进卫生间，门“咚”一声被关上，不是用手，是用脚。何明儿仰头看了一眼天花板，想不出是谁教会了他如此叛逆。在何明儿决定把手里的菜放到案板上的时候，卫生间的门开了，吴所谓光着脚，很自然地走向客厅那台安静的电脑。何明儿什么都没有反应过来，只是本能驱使，快步跳了过去，以惊人的坐姿跌落在了吴所谓还没有坐下去的椅子上。这个动作吓了吴所谓一跳，往后退了一步，居然笑了一下，何明儿发现自己手里抓了一把芹菜，滴着水，水在木地板上滴成一片雨，流到吴所谓的脚底板下，吴所谓收住笑，抬起脚“啪”地踩了一下地上的水说：“还像个老师的样子吗？”

何明儿说：“我像不像老师的样子我最清楚，我不像老师的样子是因为有你这样一个不像学生的儿！我要把这台电脑搞坏，绝不让你再上网了，我恨那个污浊的网络世界！”

吴所谓瞪了一下眼，有些眩晕，或者说是脸上热辣辣的，很自然地提起胳臂，伸出一根手指指着何明儿的喉：“你！”

何明儿说：“我没有错误，请放下你指我的那根手指头。”

吴所谓吼道：“你生了我，你养了我，你蹂躏我！”

何明儿说：“我养你不是为了蹂躏你，是为了让你成人，成才，成砖，成瓦，成气候，不是为了在一切都还没有开始的时候结束，你不知道网络有多么可怕！”

吴所谓很奇怪地看着何明儿说："有多可怕？你这个当老师的单身变态女人。"

何明儿笑了一下，很困难地笑了，打开电脑，她不准备再搭话了，她要用行动来毁坏这台电脑，却是无法下手。手里的芹菜依旧滴着水，很缓慢的，或者说是无声的，或者说是在加速一种幻觉空间的点缀，突然，手里的菜被吴所谓夺了过去，高举到头顶，阳光惶惑着吴所谓的脸，那张脸上五味杂陈，接着那芹菜砸下来，砸在何明儿的头上，愣是把何明儿吓得站了起来，这是她想象不到的结果。

惊恐稍纵即逝，何明儿"唰"的一下抬起手臂抡了过去，吴所谓的脸火辣辣的，随即他伸出手一把抓紧了何明儿的领口，眼睛瞪得老大，这下子怵得何明儿不知道该怎么进行下一步了。

重复两次的动作。孤单、无援，何明儿怀疑自己，甚至怀疑当下，内心深处以为唯我独醒的思想一下子又迸发出来了，她盯着吴所谓说："你还是受过教育的人吗？你是畜生！你随便拿到什么东西都会照我砸下来，我以为一切不实的传说都是谎言，就你抓着我的领口的样子，你是拿得起刀子的人，一个敢拿刀子动手的人，将来能有什么出息！我就看你今天能把我怎么的，就这台电脑，就那个网络，我决不允许你再碰它们！"

电脑被何明儿用劲推了一下，掉到了地上，电源处迸出火花。

吴所谓松开手说："我也没想过用刀子，你不要血口喷人，这个家我不待了，你不要逼我，要不是念你是个女人，我不会松手！"

何明儿转身跑到门口，整个身体贴在门上，她唯一的念想就是：不能让吴所谓走，他走了有可能就不回来了，这样的结果不是最后的，她不能让外界的人因为儿子小看自己，也不能让外界的人知道自己有一个问题儿子。

吴所谓回到房间，他想不出来要拿什么东西，拿什么东西对他来说都没有意义，这个家已经没有温暖了。温暖似风中之旗，他的温暖在另一个世界里，那个世界是自己的，自由的，任凭时间之水流逝，有的是太阳的光芒照亮一片天地时，云彩投下的一片阴影，一个武士头顶彩云出现了，那是我吴所谓啊，灵魂自在地游荡，键盘、鼠标，无拘无束，满怀激情，只用轻轻一点，那只“飞出竹笼的囚鸟”就可以飞遍世界，有谁敢来阻挡我，我吴所谓才是真正的一个人，一个活出自我的人。现实，多么令人窒息的空：想象，空；欲望，空；盼望，空。吴所谓决定穿过那堵墙进入更广阔的“空”中。

吴所谓走出卧室，看到紧贴着门站着的何明儿，他觉得她的那个姿态有点荒唐，疲惫地凝视着什么地方，凝视中隐藏着绝望，在绝望的眼神里透着蔑视，是对吴所谓的蔑视，那双眼睛在吴所谓的凝视中垂下了眼帘，转移开视线，嘴角还挂着一串话：“我要跟网络拼命。”

身后的门自动关上了，风把门上的纸张扬起来，跌落下去，有点嘈杂，吴所谓伸出手一张一张撕下来，坐到地板上，把它们折成鸽子，十只纸鸽子，他走到阳台上，打开窗户，放飞它们，鸽子们不是飞走的，是掉下去的，是逃生。吴所谓笑了笑，先把右腿伸上去，然后是左腿。他整个人就站在了阳台窗户上，世界真好，他整个身体因激动而战栗着。

这是一个温暖的正午，金黄色的阳光与自由的风儿一起舞蹈，没有日出时的娇嫩，也没有日落时的苍茫，它像一位风华正茂的母亲，正值韶华盛极。

就在吴所谓幻想自己像纸鸽子一样展翅飞翔的刹那，温暖的阳光点燃了何明儿焦虑的头绪，仿佛所怨之物已然消融归化，所眷之情音容已杳，何明儿搂住了吴所谓那两条还没有来得及腾空的双腿，很响亮地喊道：

“儿子——”

悬挂在窗台上的吴所谓也在一刹那被阳光照亮，在流溢的阳光芳馨香气里，他感受到了，那是母亲的爱。那些纸鸽子被风卷起，再一次飞翔，他惊慌失措地喊了一声：“妈妈，救我！”

当母子二人瘫坐在阳台地面上时，沐浴在光影里发生的一切，便有了梦一般的感觉。

九

又是一个天近黄昏，晚风习习吹着，带来太多的凉意和秋意。阳台上的花木几天没有浇灌了，花木缺少水分叶片会干黄，会枯萎。何明儿提着水桶，用水瓢舀了清冽的水浇灌着盆花冒出的新绿。阳台东南角上的一盆昙花，挂出了一朵一朵的花蕾，花蕾的颜色由深褐到浅褐到淡藕，花蕾的顶部就要张开了，有一股孕育久远的异香在往外喷薄，何明儿冲着身后的客厅喊：“吴所谓，昙花要一现了。”

身后的吴所谓传过话来：“妈妈，你一说好话就别扭得舌根发麻吗?”

何明儿突然意识到了什么，走到客厅盯着坐在地板上的吴所谓说：“吴所谓，是真的，昙花开了。”

吴所谓站起来说：“那好，我去把它搬进来。”

昙花开了一个半小时的工夫。那淡藕色开始不断隐退，那张开的花瓣柔韧着，在柔韧的怀中抱出一枚枚粉嫩馥郁的蕊。何明儿突然感觉到了一种昙花开时的安恬与凄苦，活到今天，她与旁边坐着的儿子更多的是记忆，而不是相望，一种消失了的生活，她不能肯定过去的那种令人心慌的处境是否真的走出去了。是否上苍真的垂怜她，一个完好的儿子坐在她的旁边，两人呼出的气息融合在一起，“妈妈”这个单纯的词包含着多少不易的内容！

昙花依旧开着，它片刻的绽放却也串起了何明儿漫漫人生的欢笑与眼泪，她回头看着吴所谓说：“从现在开始，一切随缘。”

吴所谓看着半开的昙花，说：“妈妈，我一定做错了什么。”

何明儿想说什么，却见昙花完全绽开了，正是昙花的成熟期。

昙花真就把严肃凝固的空气化解活泛了吗？

图书在版编目（CIP）数据

流水 / 葛水平著. -- 杭州 : 浙江教育出版社, 2025. 1. -- ISBN 978-7-5722-8588-2

Ⅰ. I247.7

中国国家版本馆CIP数据核字第2024QC7636号

新时代·新作品——当代文学名家中短篇小说集

流　水

LIUSHUI

葛水平　著

项目策划	吴颖华		
责任编辑	苏心怡　余理阳	**责任校对**	余晓克
责任印务	陈　沁	**封面设计**	观止堂_未氓
美术编辑	韩　波		
出版发行	浙江教育出版社 (杭州市环城北路177号　电话:0571-88909724)		
图文制作	杭州兴邦电子印务有限公司		
印　　刷	浙江海虹彩色印务有限公司		
开　　本	710mm×1000mm　1/16		
印　　张	16.75		
插　　页	2		
字　　数	220 000		
版　　次	2025年1月第1版		
印　　次	2025年1月第1次印刷		
标准书号	ISBN 978-7-5722-8588-2		
定　　价	52.00元		